경성지옥

경성
지옥

녹차빙수

나와 세그웨이 트윈테일과 동생	006
방공호에서	044
선녀와 사슴	079
숙제	093
유폐	115
자살 강자	129
점례아기본풀이	175
우주에서 온…	188
경성지옥	230

나와 세그웨이 트윈테일과 동생

　서늘하게 부는 바람이 마음을 종작없이 두근거리게 하는 가을이었다. 고등학교 2학년 2학기가 시작되기 직전인 가을방학의 끝자락에서, 나는 홀로 공원 벤치에 앉아 절망한다.
　'나는 왜 이런 것일까⋯.'
　하늘을 높게 줄지어 떠가는 구름, 바람에 살랑거리는 상록수의 나뭇잎, 공원 모래밭에서 떠들어대는 아이들, 그 모든 것이 내 마음속에 들어오면 공허하게 뚫린 구멍에 삼켜져 검어진다.
　이유는 간단했다. 소설가 지망생으로서, 꽤나 오래전부터 공들여 쓴 작품들을 소설 연재 사이트에 올리고 있었는데 여태까지 아무런 반응을 얻지 못했던 것이다. 특히 이번에 썼던 작품은 꽤나 많은 시간을 소모하며 공을 들인 자신 있는 작품이었는데, 이마저도 철저하게 외면당하고 마니 자연히 절망하는 마음이 들었다.

커트 보니것은 자신이 쓴 글을 자신이 보았을 때 이런 기분을 느낀다고 한다.

'오. 신이시여, 정녕 이 글을 제가 썼단 말입니까!'

나도 내가 쓴 글을 보았을 때 같은 기분이 든다. 다른 맥락이기는 하지만.

나는 애꿎은 스마트폰을 바닥에 집어 던지고 양손으로 얼굴을 감쌌다. 바닥에 쌓인 낙엽 위로 내 눈물이 떨어져 바스락거리는 소리를 내었다. 비루한 내 재능에 대해 격하게 원망하는 심정이 일자, 나는 하늘을 쳐다보려 고개를 들었다. 그때 공원 입구에서 나를 향해 다가오는 괴이한 물체가 보였다. 나는 너무 무서워 앉아 있던 자리에서 일어났다.

그것은 트윈테일을 한 여자아이였는데, 세그웨이를 타고 나에게 곧장 다가오고 있었다. 눈의 초점이 심하게 풀려 있어서 정신이 나가 있는 것처럼 보였지만 매우 귀엽게 생긴 아이라는 인상만은 그 모습을 보자마자 머릿속에 떠올랐다. 여자아이는 기묘하게 웃는 얼굴로 나를 똑바로 바라본 채 다가왔다. 눈도 깜빡이지 않는 것 같았다. 그리고 그렇게 코앞까지 접근해 와서는 표정도 바꾸지 않고 다짜고짜 이렇게 말하는 것이었다.

"난 미래에서 온 로봇 김복순이야. 너를 도와주러 왔어."

"응?"

"네가 미래에서 가장 형편없는 작가 1위에 선정되어서 그 특전으로 보내진 거야."

소설을 많이 읽다 보니 이런 상황에 대한 적응력이 길러졌던 것 같다. 그 순간 나는 모든 것을 납득했다. 그리고 오열하면서 바닥으로 주저앉았다. 결국 그렇게 되고 마는 것이다.

"흑흑흑!"

내가 바닥에 주저앉아 울기 시작하자, 김복순은 내 앞에 서서 내 어깨를 가만히 토닥거려 주었다.

"울지 마. 너를 도와주러 왔어. 네가 명작을 쓸 수 있도록 내가 도와줄게."

그러고는 내 양쪽 겨드랑이 밑으로 양팔을 집어넣어 허공으로 들어올리더니 마라카스처럼 앞뒤로 흔들었다.

"일단 정신부터 차려! 정신!"

그리고 그대로 나를 벤치로 던져 버렸다. 눈앞이 어질어질했다. 그처럼 호리호리한 몸집에선 상상할 수 없는 무지막지한 힘이었다. 자신이 로봇이라는 김복순의 주장이 보다 좀 더 강력한 근거를 얻었다.

그 순간 나는 깨달았다. 내가 알기로 이것은 소위 말하는

'보이 밋 걸'이라는 라이트노벨의 클리셰가 아닌가! 내 비루했던 인생에 이런 픽션 같은 일이 찾아오다니, 꿈만 같은 상황에 가슴이 뛰기 시작했다. 그렇다면, 우리 둘은 머지 않은 미래에 하렘의 바깥주인과 정실부인의 관계가….

김복순이 손바닥으로 내 왼뺨을 후려갈겼다.

"그렇게 멍하니 있을 시간이 없어!"

골이 흔들리는 느낌에 눈앞이 아찔했다.

"서둘러 쓰지 않으면, 죽기 전까지 쓸 수 있는 글의 양이 줄어든다고!"

"어…."

내가 정신을 차리지 못하는 사이 김복순이 이번엔 반대쪽 뺨을 후려쳤다.

"절망하고 있을 시간에 한 글자라도 더 써야 한다고!"

이렇게 맞다간 죽을 것 같았다. 나는 그만하라는 표시로 양팔을 허공에 대고 허우적거렸다. 그러나 다시 왼쪽 뺨에 타격이 가해졌다.

"글 쓸 거야, 안 쓸 거야!"

나는 벤치에서 굴러떨어져 몸을 쭈그리고 앉아 애원했다.

"소설 쓸게! 쓸 거야!"

"좋아, 아주 좋아."

김복순은 만족스러운 미소를 지었다.

왼쪽 위의 제1소구치가 흔들거리는 것이 느껴졌다. 다시 그처럼 무자비하게 맞는 일만 없었으면 좋겠다는 생각이 들었다. 내가 다시 벤치에 앉자, 김복순이 품에서 태블릿 PC를 하나 꺼냈다. 표면에 어떤 로고도 찍혀 있지 않은, 회색의 매끄러운 외장이 어딘지 수상해 보였다. 나는 조심스럽게 물었다.

"그런데 나는 재능이 없는 것 같은데, 네가 도와준다고 좋은 글을 쓸 수 있을까?"

김복순은 검지손가락을 들고 흔들며 대답했다.

"걱정 마! 그런 건 미래 최신 기술로 쉽게 해결할 수 있어!"

김복순은 태블릿 PC를 들고 뭔가를 조작하더니 다시 나에게 말했다.

"우선, 네가 쓴 글들 중에 가장 반응이 좋았던 것들을 가져와 봐."

"반응이 좋았던 작품들이 없어."

내 대답에 김복순이 미간을 찌푸렸다.

"그럼 전부 가져와 봐."

내가 쓴 글들은 모두 전산화시켜 블로그에 비공개로 보관하고 있었다. 그것을 알려 주자 김복순은 내 스마트폰 화면에 검지손가락을 잠시 가져다 대더니 뗐다.

"음, 전송 완료."

"그렇게?"

김복순은 이번에는 자기 태블릿 PC 화면에 검지손가락 끝을 잠시 동안 대고 있었다. 그리고 태블릿 PC를 돌려 나에게 화면에 떠 있는 것을 보여 주었다. 팔다리가 달린 문서 아이콘들이 양치식물로 가득 찬 원시의 대지를 걸어 다니고 있었다.

"유전 알고리즘이라는 최신 기술을 이용할 거야. 그게 뭔지 아니?"

김복순이 질문했다. 일전에 SF를 쓰기 위해 공부해 본 바가 있어 대충은 아는 내용이었다.

"들어본 적은 있어. 두 개체가 가진 유전자가 교배를 통해 서로 섞여 후대의 개체로 전해짐으로써 부모 세대와 차이를 보이는 새로운 후손 개체가 만들어진다는 유전의 원리를 이용하는 최적화 시뮬레이션 방법이지?"

"맞아. 어떤 문제에 대한 특정한 해(解)를 구한다고 할 때, 가능한 해의 후보들을 염색체로 두고, 그 해를 구성하는 세부 요소들을 유전자로 둔 다음 해들끼리 교배를 시키는 방식이야. 그럼 그 해들이 가진 유전자들이 세대를 내려가면서 일정한 기준을 두고 섞임으로써 계속해서 새로운 해가 만들어지게 되지. 그리고 그렇게 태어난 해가 목표로 하는 결과에 얼마나 적합한지를 검증하고, 개중 우수한 결과를 보이는 해들만 다시 교배시키는 과정을 만족스러운 해가 나올 때까지 반복하는 거야."

원리는 간단하지만 그걸 소설에 적용한다는 말이 잘 상상은 되지 않았다.

"그걸로 소설을 쓸 수 있다고?"

"이건 실제로 고전이라 불리는 작품이 만들어지는 방식과 유사해. 보르헤스도 말했지만 어차피 새로 나오는 모든 소설들은 이전 소설들의 패러디야. 그리고 이렇게 태어난 소설들은 시간이 흘러가며 냉혹한 자연선택에 의해서 걸러지게 되지. 그러고 나면 마지막에 남는 것은 시간이 부여한 고된 시련을 견뎌낸, 고전의 반열에 들 가치가 있는 작품들뿐인 거고."

"어…."

"간단해. 우리는 방금 말한 과정을 순수하게 네가 쓴 소설만을 가지고 인공적인 방식으로 진행할 거야. 지금 네 소설들을 이 시뮬레이터 안에 넣어 두었어. 소설 자체가 염색체가 되었고, 그 안의 내용들은 유전자로 등록되어 있지. 이제 이 작품들은 세대를 내려가며 교배를 할 것이고, 그렇게 태어난 새끼 소설들 중 노잼인 것들은 냉혹한 자연선택에 의해 걸러지게 될 거야. 그렇게 세상의 마지막까지 도달하면 결국 최고의 걸작만이 말세의 지표 위에 패자로서 군림하고 있을 거라고."

듣다 보니 그럴싸하게 느껴지기는 했다.

"그럼 어떻게 자연선택이 이루어지지?"

"시뮬레이터 내에서 작품이 태어나면 독자 데이터베이스에 저장되어 있는 평균화된 인격들이 작품에게 덧씌워지게 돼. 그러면 작품들은 랜덤하게 떠돌아다니다가, 마주치면 서로를 읽고 평가하게 되겠지. 그렇게 해서 둘다 상대방이 어느 기준치 이상으로 마음에 들었다면 상대방과 교미를 해서 자손 작품을 낳는 거고, 마지막까지 상대방의 마음에 들지 못한 작품은 도태되는 거고."

"소설들도 살기 힘들구나…."

어쩐지 우울한 감정이 들었다. 나도 앞으로 도태된 삶을 살게 될 것 같은데, 내가 낳은 자식들도 같은 괴로움을 겪게 만든다는 사실이 견디기 힘들었던 것이다.

"이런 거 말고 그냥 소설 잘 쓰는 공식 같은 거 알려 주면 안 돼?"

"푸하하하하하!"

김복순은 호탕하게 웃었다.

"사실 잘된 작품과 망한 작품 간의 차이는 의외로 크지 않아. 하지만 바로 그 미묘한 차이가 절대적인 것이지. 이걸 미래에서는 서사 물리학의 비선형 법칙이라고 말해. 나비효과 들어봤지? 그 미묘한 차이는 너무나 미묘해서 미묘한 문면 변화에 따라서도 엄청나게 증폭되어 결과를 말도 안 되게 달라지게 만들기 때문에 절대적으로 공식화할 수 없어. 이 메타 휴리스틱 방식이 현재 가능한 최선인 거야."

더 이상 질문할 것은 없었다. 나는 고개를 끄덕였다. 내 대답을 확인한 김복순이 내 옆에 주저앉더니 태블릿 PC 화면을 눌러 시뮬레이션을 가동시켰다. 그렇게 첫 번째 세대의 작품들이 태고의 지구 위에서 마주치고, 서로를 알아가는 과정이 시작되었다. 정말로 이렇게 하면 미증유의 명작이 태어나는 것일까? 의혹은 남았어도 내 가슴은 미래에 대한 희망 때문에 끝간 데 없이 부풀어올랐다.

가장 처음 광대한 대지 위에서 마주쳤던 것은 로맨스 소설과 호러 소설이었다. 그러나 둘은 결국 별다른 성과 없이 헤어지고 말았다.

"뭐, 이제 시작이니까…."

김복순이 나지막이 말했다. 그러나 그 후로 시뮬레이션 내부의 시간을 가속해서 오랫동안 기다려 봤지만 작품들은 짝을 선택하지 않았고, 결국 부여된 수명이 다함에 따라 하나둘씩 사망해갔다. 마지막 남은 작품 둘이 처음에 만났던 호러 소설과 로맨스 소설이었다. 김복순은 시뮬레이션 내부 시간을 불활성화시킨 다음 스피커를 통해 둘에게 말을 걸었다.

"나는 너희들을 만든 신이다! 어서 교미해! 너희에겐 자손을 남길 의무가 있단 말이야! 너희가 이 망한 세상의 유일한 희망이라고! 아담과 이브라고!"

로맨스 소설이 하늘을 쳐다보며 처절하게 외쳤다.

"신이시여! 어찌하여 저에게 이런 시련을 내리시나이까! 이런 노잼인 작품과 결혼하느니 차라리 죽겠습니다!"

호러 소설도 로맨스 소설도 흘긋 쳐다보더니 소리쳤다.

"갸아아아아아아악!"

둘은 결국 혀를 깨물고 자살했다. 김복순은 신경질적으로 자기 머리를 벅벅 긁었다.

"어떻게 이런 결과가 나올 수 있는 거지? 대체 뭘 쓴 거야?"

김복순이 죽은 로맨스 소설의 시체를 클릭하자, 그 내용이 화면에 떠올랐다.

그는 자신의 마음속에서 끓어오르는 감정을 더 이상 외면하지 않기로 했다. 시한부 판정을 받은 그에게는 더 이상 낭비할 시간이 없었다. 결국 그는 그녀를 향해 처절한 목소리로 외쳤다.

"나는 자신감도 없고, 재능도 없고, 공부도 못하고, 얼굴도 못생겼고, 성격도 뒤틀려 있지만 너를 진심으로 사랑해! 나와 사귀어줄 수 있니?"

"어맛! 멋진 남자!"

김복순은 이어서 호러 소설의 주검을 클릭했다.

그 핏자국은 무저갱의 습하고 병든 바닥에서 피어 오를 법한 뒤틀리고 변질된 현화식물을 연상시키는 모습으로 영겁처럼 느껴지는 순간을 본원적인 사악함으로 오염시키며 불길하게 유동하는 변깃물의 표면에서 시시각각 모독적인 모습으로 요변하고 있었다. 그러나 이제는 잊혀져 버린 아득한 외우주의 행성에서 끈적거리는 점액을 발라 대며 지표 위를 거닐었던 사악한 뱀 종족으로부터 전존하는 인피로 장정된 저주받을 책은 결코 그것이 치질의 전조가 아니라 전언하고 있었던 것이다. 그것은 사실 공허한 하늘의 흉악한 심부에서 모독적이고 우주적인 양태로 맥동하고 있는, 만신들을 다스리는 우리의 아버지, 정신 나간 백치 신의 초점 나간 동공이었으니!

"갸아아아아아아악!"

김복순은 눈 사이를 손가락으로 쥐며 한숨을 내쉬었다. 내 얼굴이 빨갛게 달아올랐다.

"안 되겠다! 작품을 평가하는 눈을 좀 낮춰야겠어! 프레셔를 줄이지 않으면 답이 없겠어!"

난 점점 울고 싶은 기분이 되었다.

"작품에 투영된 심층심리를 분석해서 네 인격을 시뮬레이션했어. 이걸 모든 작품에 덧씌울 거야. 이 쓰레기… 아니 이 소설들은 적어도 네 취향에는 맞는 것일 테니까, 이렇게 해 두면 교배할 가능성을 조금이라도 높일 수 있겠지."

나는 반론을 제기했다.

"평가하는 사람이 결국은 나라는 얘긴데 내 수준이 이 모양이라면…" 나는 한숨을 쉬고 말을 이었다. "평가가 제대로 이루어질까? 어차피 전부 내가 쓴 거잖아."

김복순은 고개를 저었다.

"작품을 제대로 쓰지 못하는 작가라도 재미있는 것과 재미없는 것을 구별할 수 있는 눈은 있어. 그건 대량의 독서를 통해서 누구나 손에 넣을 수 있지. 단지 자기 작품에 대해서 객관적이기가 어려운 것뿐이야."

이내 두 번째 시뮬레이션의 결과가 도출되었다.

"모두 멸종했어…."

김복순이 믿기지 않는다는 표정으로 화면을 들여다보며 말했다. 그러더니 갑자기 내 정강이를 걷어찼다.

"아!"

나는 정강이를 부여잡고 고통을 이기지 못해 바닥을 굴렀다. 김복순이 벽력같이 소리질렀다.

"자기 작품을 하나도 빠짐없이 노잼이라고 생각한다고? 스스로에게도 확신이 없는 작품을 쓰면 어떻게 해!"

"그치만… 그렇게라도 하지 않으면 아무런 글도 쓸 수가 없었는걸! 나도… 나도 내가 읽었을 때 재미있는 작품을 쓰고 싶었던 말이야!"

나는 결국 너무 서러워 울음을 터뜨렸다. 김복순이 초조하게 손톱을 물어뜯으며 중얼거렸다.

"첨단 기술로도 구제가 안 되는 재능이라니, 역시 인간은 불량품에 불과하다는 하이브마인드님의 말씀이 맞았던 것일까…."

김복순이 내 엉덩이를 발로 걷어찼다.

"일어나! 이럴 시간에 한 글자라도 더 써야지!"

"나 안 할래! 이제 너무 힘들어! 마음이 너무 아파!"

김복순이 내 배를 걷어찼다.

"그럼 몸을 대신 아프게 해 주지! 내가 뭐 하러 과거까지 왔는데! 글을 써! 글을 쓰라고!"

"살려 주세요!"

"하! 하! 하! 나는 지금 네 비명과 반대위상의 음파를 내보내 네 비명소리를 상쇄시키고 있지! 이제 비명을 질러도 들을 수 있는 사람은 없어! 비명을 지르고 싶다면 종이 위에다 쓰거라!"

결국 끝없이 쏟아지는 폭력이 나를 일으켜 세웠다. 이젠 어떻게 되든 상관없다는 생각이 들었다.

"정말 자연이란 냉혹한 것이야!"

김복순이 내 멱살을 잡고 흔들어 대며 말했다. 김복순의 초점 없는 눈이 한층 더 맛이 가 있었다.

"좋았어! 초반 몇 세대 동안 강제교배를 시키고 돌연변이 과정에서 외래 유전자를 집어넣자!"

"외래 유전자?"

"아까 네 블로그에서 글 긁어오다가 다른 블로그의 글들도 딸려왔거든. 어차피 전부 고만고만하게 인지도 없는 삼류작가들 글이니까, 내용을 좀 뒤섞어도 아무도 모를 거야."

"그거, 표절…."

"꺄하하하하하하하하하! 역시 휴먼은 재밌어!"

김복순은 미친 듯이 웃어 대며 내 등을 팡팡 때렸다.

"내가 얘기했잖아! 어차피 새로운 글이란 건 없어! 이제 입 다물어! 더 이상 찌끄레기 삼류작가인 네 어리광을 듣고 있을 시간은 없어!"

나는 벤치에 주저앉았다. 반박할 기운도 없었다. 그저 사라져 버리고 싶다는 마음만이 가득했다.

"맘대로 해…."

그리고 세 번째 시뮬레이션 결과가 나왔다. 우리는 결과물을 보고 동시에 외쳤다.

"재밌다!" / "재밌어!"

그야말로 말도 안 되게 재미있는 글이었다. 솔직히 말해 내 원래 글들의 흔적은 거의 찾아볼 수조차 없었지만, 작품이 뿜어내고 있는 압도적인 재미 앞에 그런 사소한 사실은 아무런 의미도 확보하지 못했다.

"어떻게 이렇게 재미있을 수 있지?"

"아하하하하하!"

김복순이 기뻐하며 웃었다.

"역시! 일단 교배만 시작시킬 수 있다면 이 알고리즘은 결코 지지 않아! 너 연재하고 있는 사이트 있었지? 글부터 올리라고! 빨리빨리 평가를 들어봐야지!"

그러나 아무리 생각해도 마음이 편치 않았다.

"이 글…, 올려도 괜찮을까? 내가 쓴 부분이 거의 들어 있지 않잖아."

"네가 쓴 부분이 있건 없건 압도적인 재미 앞에서는 무의미하다고! 재료가 아무리 네 것이 아니라도 조합은 우리가 했어! 선점효과라는 걸 무시하지 말라고! 작품이 재미있다면 사람들은 오로지 너만을 기억할 거야!"

김복순이 주먹으로 내 등을 마구 후려쳤다. 나는 통증에 떠밀려, 서둘러 소설 연재 사이트에 알고리즘으로 생성된 글을 올렸다.

"반응은 좀 있어?"

김복순이 참을성 없게 물었다. 글을 올린 지 겨우 3분 남짓밖에 지나지 않아서인지 아직까지 별다른 응답은 없었다. 내가 고개를 젓자 김복순이 말했다.

"아직 시간이 별로 안 지났으니까, 뭐…. 하지만 너도 확신할 수 있겠지?"

나는 고개를 끄덕였다. 표절에 대한 내 불안감과 상관없이 이 소설은 어찌되었던 성공할 것이라는 강력한 확신에 의혹이 비집고 들어갈 틈은 없었다.

그때 전화가 걸려왔다. 동생인 지우였다. 시간을 보니 저녁때였다. 아마 배고프다고 전화한 것이리라.

"오빠새끼야! 어디 있어! 나 배고파! 밥 줘!"

"지우야, 내가 지금 좀 바빠서 그래. 금방 갈 테니까 조금만 기다려."

"키시시시시싯! 오빠새끼 주제에 감히 나를 기다리게 해? 나를 이 이상 배고프게 만든다면 무사하지 못할 것이다! 네가 신주단지처럼 모시는 절판도서들을 불에 구워 먹어 주겠어!"

나는 전화를 끊고 김복순에게 다급히 말했다.

"나 이제 동생 밥 차려 주러 가야 해."

"몇 살인데?"

"초등학교 5학년."

"그럼 팔다리는 이미 자라나 있겠네. 밥 정도는 직접 차려 먹으라고 해."

"내 동생한테 그렇게 말하지 마! 애가 어릴 때부터 맞벌이하는 부모님이랑 떨어져 있는 시간이 많아서 나한테 많이 의지해서 그러는 거란 말이야…"

"흐음….."

"괜찮으면 같이 우리 집에 갈래? 내가 저녁이라도 대접해 줄게."

김복순은 손을 내저었다.

"난 기계니까. 혼자서 전원 끄고 충전하면서 쉬는 게 제일이야. 여하간! 그 글은 반드시 대박을 칠 게 틀림없어! 소심하게 표절이 어쩌니 저쩌니 전전긍긍하지 말고 대범하게 성공을 즐기란 말이야!"

나는 미심쩍은 마음으로 고개를 끄덕였다. 김복순이 미간을 찌푸리더니 내 얼굴 앞에 자기 얼굴을 들이대며 말했다.

"자, 따라해 봐. '내 글은 최고다.'"

"내 글은 최고다."

"계속 반복해."

"내 글은 최고다. 내 글은 최고다. 내 글은 최고다. 내 글은 최고다…."

그 말을 수없이 거듭하자 어느 순간 나도 모르게 입가에 함박웃음이 걸리기 시작했다.

"내 글은 최고야…. 그건 내 글이야…."

김복순이 가지런하고 하얀 치열을 드러내며 만족스러운 미소를 지었다.

"내일 우리가 처음 만났던 시각에 여기서 다시 보자. 마지막으로 독자들 반응 한 차례 체크하고, 미래로 돌아갈 거야."

우리는 그렇게 헤어졌다. 집으로 돌아오는 길에 첫 번째로 올라온 독자 반응을 확인할 수 있었다.

세상에! 너무 재미있어서 정말로 미친 듯이 읽었습니다. 진짜 말이 안 나오네요. 최곱니다! 트위터랑 현생 지인들한테도 꼭 읽혀야겠습니다! 정말 대단하십니다!!

그 반응을 확인한 것을 마지막으로 나는 더 이상 스마트폰을 꺼내 들지 않았다. 내가 그간 독자들의 반응에 시시각각 전전긍긍했던 것은 결국 자기 작품에 확신이 없기 때문이었다. 그러나 마음속에 내 작품에 대해 한줌의 의혹도 없는 지금은 그때와 사정이 완전히 달랐다. 뻔한 미래를 확인하는 것만큼 지루한 일은 없는 법이니까 말이다.

집에 돌아와 현관문을 열자 동생이 쪼르르 달려 나왔다. 세로로 난 동공을 홀쭉하게 조이며 끝이 두 갈래로 갈라진 혀를 날름거리고 있었다. 엄마와 아빠가 뱀술을 마시고 관계해서 낳았더니 저렇게 되었다고 들었다.

"키시시시시싯! 오빠새끼야! 나 배고파!"

"알았어, 금방 차려 줄게."

"왜 그렇게 실실거리면서 웃어? 기분 더러워!"

지우가 내 정강이를 발로 걷어찼다. 그러나 이번엔 조금도 아프지 않았다.

나는 주방으로 걸어가 먹다 남은 김치찌개를 불에 올렸다. 냄비 뚜껑이 열려 있어 안을 살펴보니 고기가 하나도 없었다.

"지우야, 김치찌개에서 고기만 다 골라 먹었니?"
"당연하지! 그래야 새로운 고기를 먹을 수 있으니까! 오빠 새끼는 너무나 멍청해서 그런 뻔한 사실도 모르는 거야?"
"아, 그렇구나."
　나는 지우를 보고 살며시 웃어 주었다. 지우는 그런 나를 쳐다보며 아무 말 없이 동공만 바쁘게 움직일 뿐이었다.

　그렇게 저녁을 먹은 뒤 밤이 되어 엄마아빠가 돌아오는 것까지 확인하고 잠자리에 들었다. 자기 전에 연재 사이트 반응을 한 번 더 체크할까 싶었지만 여전히 궁금하다는 생각이 전혀 들지 않았기에 그만두었다.
　지우는 아침밥으로 시리얼을 선호했기에 나는 다음 날 점심 직전쯤에야 느지막하게 일어났다. 점심 먹고 공원으로 가 보면 김복순을 다시 만날 수 있을 것이다. 지우가 라면을 먹고 싶다고 졸라서 점심은 간단히 라면으로 때웠다. 그 후로 설거지를 하고, 샤워를 하고, 옷을 갖춰 입은 뒤 올라온 독자 반응 몇 개에 답해 주려는 목적으로 PC를 켜고 소설 연재 사이트에 접속했다. 그리고 반응을 살피던 도중 먹었던 라면을 키보드에 토했다.
　_제 블로그에 올린 글이었는데, 이렇게 교묘하게 베껴 가서 자기 것이라고 발표할 줄은 몰랐어요.

_저도, 긴가민가했는데 확실해졌네요. 윗글 올린 작가님뿐만 아니라 '앵두입술' 작가님의 '오늘은 하늘이 체리 빛이다'에서도 설정이랑 전개를 베낀 것 같네요. 그 밖에도 피해를 호소하는 작가님들이 몇몇 더 있습니다. 아무리 습작이었다고 해도 나름대로 각자 아이디어 짜내서 쓴 건데 이건 좀 너무한 거 아닌가요? 이쯤 되면 사이트 차원에서 작가에게 공식적으로 해명을 요구해야 하는 상황이라고 생각합니다.

나는 차마 댓글들을 더 이상 읽을 수 없어 고개를 숙여 버렸다. 그리고 참담한 심정에 사로잡혀 한동안 움직이지도 못한 채 멍하니 굳어만 있었다.

생각해 보면, 결국 이렇게 되어 버릴 일이라는 것은 내심 알고 있었다. 김복순은 표절이건 뭐건 소설의 재미로 압살해 버리면 된다고 했지만, 과거의 사례들을 짚어 보자면 그런 것도 작가 자신을 무조건적으로 지지하는 여론이 사전에 충분히 뒷받침되어 있어야만 가능할 수 있는 일이었으니 말이다.

"오빠새끼가… 방구석에서 또 혼자 뭐해? 또 야동 보고 있었지?"

뒤를 돌아보자 지우가 혀를 날름거리며 문 앞에 서 있었다.

"아, 아냐."

나는 손등으로 눈물을 훔쳤다.

"킥킥킥킥! 그래! 그래! 오빠새끼가 절망하고 괴로워하는 모습이 너무나 보기에 좋구나! 더 괴로워해! 더 괴로워하라고! 흡하! 흡하!"

여동생이 심호흡을 하며 내 절망을 들이마시고는 즐겁게 웃었다. 나는 소매로 코를 풀었다.

그래…. 이쯤 되면 인정할 때가 되었다. 나는 도무지 내 것이라고 끝까지 받아들일 수 없었던 그 소설을 연재 사이트에 올리며 오히려 한편으로는 이런 반응을 기다렸던 것 같기도 했다. 더 이상 뒤가 없이 뿌리까지 파헤쳐진다면 앞으로는 되도 않는 소설이나 쓰겠다며 발버둥치지 않게 되겠지. 차라리 잘됐어. 이대로 인정하고 사라지면 되는 거야.

"아니, 아니지."

내 생각을 읽고, 어느새 코앞까지 다가온 지우가 내 얼굴을 두 손으로 덮으며 말했다. 세로로 난 지우의 동공이 내 눈 바로 앞에 놓였다. 그 검은 눈동자 속에 비춰지는 것은 아무것도 없었다. 오로지 공허, 무한한 공허만이 있었다.

"나는 여동생이야. 그리고 여동생은 필연적으로 오빠를 증오하게 되어 있지. 나는 오빠를 증오해. 바닥 없는 협곡을 가득 채울 만큼 오빠를 증오한다고. 오빠가 언제 가장 절망하는지 알아? 쓰레기 같은 소설을 쓰고 아무런 반응도 받지 못했을 때야. 그리고 그때만큼 내가 즐거울 때가 없단 말이야. 그런데 여기서 그만두겠다고? 안 돼, 안 돼. 소설은 오빠한테서 절망을 짜내는 공장 같은 거야. 세상에 그렇게 재미있는 장난감이 어디 있을까?"

지우의 눈을 보고 있자니 정신이 차츰차츰 몽롱해졌다.

"오빠는 계속 써야만 해."

그 말을 마지막으로, 정신을 차렸을 때 지우는 내 방 한가운데서 나를 바라보며 가만히 서 있었다. 웃고 있는 입꼬리가 귀에까지 걸려 있었다. 그 순간 문득 견딜 수 없이 간절한 욕망이 치밀어 올랐다. 나는 지우에게 외쳤다.

"지우야, 나 어떻게 하지? 소설이 너무 쓰고 싶어! 나, 왜 이러지? 이제 어떻게 하지?"

"키시시시시시! 뻔한 거 아냐? 제대로 용서를 구해야지. 얼른 반성문이라도 써 보지 그래?"

"이걸? 오히려 역풍만 불지 않을까? 차라리 아이디 세탁하는 게 더 낫지 않을까?"

말하고 보니 그것은 아주 좋은 생각 같았다. 나는 의자를 박차고 벌떡 일어났다.

"그래! 인터넷에서 나와 관련된 기록을 모두 지워 버리는 거야! 인터넷에서 나 스스로를 완전히 없애 버린 다음 새로운 아이디로 다시 태어나면 내가 표절작가라는 증거가 영원히 사라지는 거지!"

"그게 가능하겠어? 공부도 못하는 오빠새끼한테 그런 기술이 있어?"

 물론 나에게는 그런 능력이 없었다. 그러나 김복순에게는 있을 것이다. 일단은 미래에서 왔다는 최첨단 로봇이니 현대의 인터넷을 주무르는 것쯤이야 식은 죽 먹기 아니겠는가?

 "나 잠깐 어디 다녀올게!"

 나는 자리에서 일어나 곧장 공원으로 달려갔다. 약속했던 시간에서 약간 지난 시각이라 김복순은 이미 공원 벤치 곁에 세그웨이를 주차해 놓고 그 위에 가만히 서 있었다. 나는 손을 들어 올리며 김복순을 부르려 했다. 그러나 이름을 어떻게 불러야 할지 애매해서 그냥 이렇게 했다.

 "김복순 씨!"

 내 외침에 김복순이 나를 발견했다. 그 순간 내 등 뒤에서 무언가 빠른 속도로 뛰쳐나와 내 앞을 가로막았다. 지우였다. 지우가 김복순을 마주 보고 서더니 고함쳤다.

 "내 재미를 방해하는 게 네년이었구나!"

 지우는 그렇게 말하고 김복순에게 걸쭉한 침을 뱉었다. 김복순은 팔을 들어 방어했지만 침이 닿은 부위가 연기를 내며 부식되기 시작했다.

 "캬아아아아악!"

 김복순이 당황하는 틈을 타 지우가 김복순에게 달려들었다. 그러나 김복순은 경이적인 반사신경으로 몸을 돌려 지우의 기습을 피했다. 그리고 막 자기 눈앞을 스쳐 지나가고 있던 지우의 발목을 잡았다. 김복순은 그 상태로 지우를 머리 위로 들어 올려 반원을 그리더니 벤치의 등받이 모서리에 내리찍었다. 그 바람에 벤치 등받이가 산산조각 났다.

"저… 저기!"

나는 둘을 말려보려 했지만 싸우는 기세가 너무나 거세었기에 가까이 다가갈 수조차 없었다. 그 사이에 지우는 몸을 굽혀 김복순의 팔뚝을 껴안더니 몸을 기괴하게 꼬며 〈디 워〉에서 빌딩을 기어오르던 부라퀴처럼 김복순의 머리 꼭대기까지 올라갔다. 그리고 입을 크게 벌리고 대량의 침을 김복순에게 쏟아부었다. 침이 닿은 부위에서 고기 굽는 소리가 나며 하얀 연기가 뿜어져 올라왔다. 이내 둘의 모습이 연기 속으로 완전히 사라졌다.

나는 더 이상 참을 수 없었다. 소설을 너무나 쓰고 싶었다! 소설이 정말로 너무나 쓰고 싶었다! 어차피 써 봤자 망하겠지만, 그 사실을 알고 있음에도 참을 수 없었다. 소설이 쓰고 싶었다! 그런 갈망과 함께 강력한 소양감이 엄습해 와 나는 바닥을 구르며 온몸을 벅벅 긁기 시작했다.

"크아아아아악! 소설을! 소설을 쓰게 해 줘!"

자욱했던 연기가 걷혔다. 김복순과 동생이 희한한 것을 다 본다는 얼굴로 나를 가만히 내려다보고 있었다. 나는 둘에게 손을 뻗으며 애원했다.

"소설을 쓰고 싶어! 제발! 이젠 참을 수가 없어!"

김복순이 지우를 보며 말했다.

"아, 얘를 이렇게 만든 게 너였구나."

그 말을 들은 지우가 관자놀이까지 입을 찢으며 웃었다.

"키시시시시시싯!"

둘은 나를 벤치에 집어 던지고 뺨과 배를 마구 때려 정신을 차리게 했다. 내가 한 차례 토하고 진정되자 김복순이 나에게 말했다.

"좋아. 어차피 이렇게 된 거, 애프터서비스 정도는 해 주지. 네 말대로 네 흔적과 관련된 모든 것을 현재의 인터넷에서 지워 줄게."

"진짜?"

한순간 반짝이는 희망이 보였다.

"아아, 잠깐만. 그건 안 돼."

지우가 김복순을 가로막으며 말했다.

"깡통은 이미 한 번 실패했잖아. 이젠 못 믿는다고."

"누가 깡통이라는 거야? 그리고 난 실패한 게 아니야! 네 오빠한테 제대로 걸작을 만들어 줬다고!"

그 말에 지우가 웃었다.

"키시시시시시싯! 깡통 주제에 제법 뻔뻔스럽게 사악한 면이 있군! 그 점은 마음에 들어!"

 나는 둘의 지엽적인 대화가 더 길어지기 전에 끼어들었다.

 "나는 소설만 계속 쓸 수 있다면 어찌 되건 괜찮아. 내가 어떻게 하면 되지?"

 내 질문에 김복순이 무언가를 말하려 했지만 지우가 그 입을 틀어막았다.

 "아이디를 지우는 것보다 더 좋은 것은 진심 어린 반성문을 쓰고, 사람들이 납득하도록 만드는 거야."

 지우의 의견에 김복순이 따지고 들었다.

 "이제 와서 그게 가능하다고 생각해? 내 전자 두뇌가 내놓은 시뮬레이션 결과에 따르면 아닌데?"

 나도 김복순과 비슷한 생각이었다.

 "진심 어린 반성문이라면 어떻게 그런 글을 쓰게 되었는지 사정을 다 말해야 하는 거 아니야? 그런데 미래에서 온 로봇을 언급하는 순간부터 그냥 자기들 놀린다고 생각할 거 같은데? 사람들이 믿어 줄까?"

 "키시시시싯! 오빠새끼는 멍청한 건지 순진한 건지. 물론 둘 다겠지만. 진심 어린 반성문이라는 게 결국 뭐라고 생각해?"

 "어… 솔직하게 쓴 반성문?"

 지우가 손가락을 튕겨서 내 코를 때렸다. 코피가 터졌다.

 "케케케케! 좋지 않은 머리라도 조금은 굴려 보는 게 어때?

이것 봐! 아무리 솔직하게 써 봤자 인터넷의 바퀴벌레들이 정말로 진심 어린 반성문이라고 생각할 거 같아? 방금 전에 직접 말해 놓고도 모르겠어? 놀린다고 생각하지 않겠어? 그래, 안 그래?"

"그렇지…."

"그래, 그거야! 진실을 살펴보자면, 진심 어린 반성문이라는 건 결국 사람들이 진심 어린 반성문이라고 생각하는 거야! 생각해 봐! 오빠새끼가 기업의 인사 담당자라면 솔직하게만 쓴 자기소개서를 선호할까? 아니지! 사실은 철저하게 가공해서 감동적으로 만들었지만 보는 사람으로 하여금 솔직하게 쓴 것처럼 믿게 만드는 자기소개서를 선호할 거야. 판사에게 보내는 진술서도 같은 원리겠고 말이야. 모든 글은 이런 원칙으로 움직여. 오로지 보는 사람의 마음을 움직일 수 있는가 아닌가가 핵심인 거야."

지우의 말에 김복순은 고개를 끄덕였다.

"그건 그렇지. 휴먼들은 우리 로봇들과는 달리 감정에 휘둘리는 존재들이니까…. 좋아!"

김복순이 품에서 태블릿 PC를 꺼내며 말했다.

"인터넷의 기록들을 지우는 것보단 그쪽이 더 도전의식이 생기는군! 유전 알고리즘을 이용해서 이 이상 좋게 쓰는 것이 불가능할 정도의 걸작 반성문을 만들어 주겠어!"

유전 알고리즘이라는 단어가 내 PTSD를 자극했다. 나는 공황에 빠졌다.

"으, 으아아아아아아아아아!"

"흡하! 흡하! 맛있어! 오빠새끼의 공포와 절망이 너무 맛있구나!"

지우가 심호흡을 하며 기뻐했다.

잠시 뒤, 공황이 진정된 이후 나는 김복순에게 유전 알고리즘은 이제 더 이상 쓰기 싫다고 간청했다.

"하지만, 알고리즘을 통하지 않으면 어떻게 마음을 움직이는 글을 쓸 수 있겠어? 너 쓸 수 있어?"

그건 또 그렇기는 했다. 내가 아무리 열심히 반성문을 써도 틀림없이 공감을 얻어내지 못할 것이 뻔했다.

"하지만 또 외부 유전자 끼워 넣어서 쓸 거잖아!"

"그건 당연하지! 네 글만으로는 교배부터가 시작이 안 된다고! 주제 파악을 좀 해!"

"그럼 이번에는 반성문 쓰는 데까지 남의 글 표절했다는 말 들을 거 아니야?"

김복순이 태블릿 PC로 내 머리를 후려쳤다.

"그러기 싫었으면 애초부터 네가 글을 제대로 썼었어야지!"

그때 내 농도 짙은 공포와 절망에 잠시 굿 트립 상태에 빠졌던 지우가 코를 훌쩍거리며 끼어들었다.

"케케케! 나에게 좋은 생각이 있어! 인류의 오랜 역사를 통해서 수없이 검증되어 온 방식을 쓰는 것이지! 생판 모르는 남의 글 따위 필요 없어! 나는 오로지 오빠새끼의 글만을 가지고 승부를 보겠다!"

김복순이 비웃었다.

"그게 가능하겠어?"

"키시시시시시싯! 잘 보라고! 내가 직접 이 손으로 해결을 봐 주겠어!"

지우는 그렇게 말하고 스스로를 전자화해서 태블릿 PC 안으로 들어갔다. 나는 너무 놀라 벤치에서 벌떡 일어났다. 표정을 보니 김복순도 상당히 당황한 것 같았다.

"어떻게, 어떻게 이런 일이 가능하지?"

김복순의 의문에 지우가 태블릿 PC의 스피커를 통해 대답했다.

"전자화는 악마… 아니, 초등학생의 기본 소양이니까! 초등학교 3학년 때 배우지! 인터넷에 떠돌아다니는 차마 입에 담을 수 없는 끔찍한 악플들을 본 적이 있지? 그게 전부 악마들이 전자화해서 써 놓는 거야! 고작 인간 따위가 그런 추악한 짓을 할 수 있을 리 없잖아!"

"다행이다. 그 악플들이 사람이 써 놓는 게 아니었구나! 아직 세상은 살 만한 곳이었어."

나는 안도감에 가슴을 쓸어내렸다.

"키시시시싯! 서론이 너무 길었어. 이제 진짜 시작해 보지!"

그렇게 선언한 지우가 내가 쓴 글들을 하나하나 샅샅이 읽어 보기 시작했다. 너무나 괴로웠다.

"으아아… 친동생이 내가 쓴 습작들을 읽고 있어!"

나는 도무지 이 상황을 견뎌낼 수 없어 벤치에서 달아나 수풀에 머리를 처박았다. 지우가 신나서 떠들어대는 목소리가 들려왔다.

"케헤헤, 이거 이거, 소설이 너무 투명해서 오빠새끼의 얄팍한 생각이 그대로 비쳐 보이는 거 아닌가? 서사의 흐름에서 대가리 굴리는 게 그대로 노출되는데, 노출증 환자이신가? 키시싯! 이건 중학교 1학년 시절에 같은 반 친구라는 애한테 쓴 연애편지 그대로 가져와서 재활용하셨구만! 불쌍하다고 잘 대해주는 거 혼자 착각해서 고백했다 차이고 울면서 들어온 일이 오늘 아침에 일어난 일처럼 뇌리에 생생하다고, 케헤헤헤헤헤!"

"그… 그만…"

"아니, 이건? 초등학교 5학년 때 메이플 팬픽 쓴다고 밤 샌 다음 가족끼리 수영장에 갔을 때 탈의실에서 수영복 입는 것도 잊어버리고 홀랑 벗은 채로 걸어 나왔다가 놀러 온 같은 반 애들하고 마주쳤을 때 느낀 심정을 활용한 것이 틀림없군!

지하실에서 사람 잡아먹는 구울에게 사냥 당하는 주인공의 심리를 써 놓은 꼴을 보니까 그때 탈의실로 달려가며 울먹거리던 오빠새끼의 모습이 그릴 듯이 떠오르는군!"

"그만, 제발 그만…."

김복순이 새삼스럽게 감탄하는 목소리로 말했다.

"동생은 오빠의 일을 참 세세하게 알고 있구나!"

"케헤헤헤! 난 오빠새끼를 파멸시키기 위해 지옥에서 올라왔다! 그 정도는 기본 상식으로 알고 있어야 하지!"

그처럼 괴로운 시간이 한동안 이어졌다. 얼마나 지났을까, 누군가 내 엉덩이를 걷어찼다. 나는 화들짝 놀라 수풀에서 뛰쳐나왔다. 지우였다.

"막상 해 보니 참 재미있는걸? 좋아! 욕심이 생겼어! 글을 더 완벽하게 꾸밀 수 있도록 소스를 내놔!"

지우는 그렇게 외치고 내 머리 위로 뛰어들었다. 그리고 사지로 내 두개골을 꽉 조이고 크게 벌린 입을 내 두피에 모자처럼 덧씌우고는 쭈왑쭈왑거리며 차기작에 쓰기 위해 쟁여 놓은 아이디어들을 쭉쭉 빨아들였다.

그 무서운 기세에 나는 그만 정신을 잃고 말았다…가 잠시 뒤 얼굴에 흩뿌려진 차가운 액체를 맞고는 화들짝 깨어났다.

내 앞에서 태양을 등진 지우가 의기양양하게 웃으며 태블릿 PC를 머리 위로 들어 올려 화면을 내게 보여 주고 있었다.

시나이산에서 받아온 십계명을 군중들에게 보여 주는 모세와도 같은 모습이었다.

"케케케케케케! 한번 읽어 보라고! 최고의 작품이 만들어졌다! 이것이 악마가 내려준 진짜배기 저주받은 걸작이다!"

나는 태블릿 PC에 떠 있는 반성문의 문면을 천천히 읽어 보았다.

"어! 이거?"

"키시시시시시싯! 내가 뭐랬어!"

"재밌다!"

그 재미있는 반성문은 놀랍게도 온전히 내가 쓴 글과 머릿속에서 긁어온 단어와 문장들, 설정들로 이루어져 있었다.

"이게… 정말… 내가 쓴 글이랑 아이디어들만으로 만들어진 거란 말이야?"

나는 홀린 듯이 몰입한 채로 반성문을 읽어 내려갔다. 그리고 다 읽고 나선 슬픔을 견디지 못하고 오열하기 시작했다.

"아! 세상에 이처럼 불쌍한 사람이 있었다니! 이처럼 불쌍한 사람이!"

지우가 내 정강이를 걷어찼다.

"오빠새끼야! 정신 차려! 이거 오빠 반성문이라고! 어서 연재 사이트에 올려! 사과문은 질만 보장되어 있다면 공개가 빠르면 빠를수록 좋다는 원칙을 모르는 거야? 모르시겠지!"

나는 사이트에 반성문을 업로드했다. 비록 길이는 짧았지만, 심금을 뒤흔들어 놓는 반성문의 내용에 여론은 순식간에 반전되었다.

_아, 세상이 어쩜 이래 ㅠㅠㅠㅠㅠㅠㅠ 불쌍해서 어떻게 해.

_그런 사정이 있었군요. 제가 함부로 오해해서 정말 죄송합니다.

_힘내세요. 계속 쓰다 보면 분명 좋은 날이 올 거예요. 그 스티븐 킹도 무명 시절이 길었다고 하잖아요.

물론, 반성문에 써 있는 내용 전부가 거짓말이기는 했지만 말이다.

"내 알고리즘을 뛰어넘을 수는 없겠지만 이 방법도 괜찮은 걸? 구식이라고 생각했는데 제법이야."

김복순이 감상을 피로(披露)했다.

동생이 쓴 방식은 내가 쓴 글과 머릿속에 떠돌던 아이디어들을 한없이 냉정하고 잔혹한 시선으로 바라보며 쳐내고, 쳐내고, 또 쳐내다 마지막에 남은 엑기스들만 긁어모아 조합하는 것이었다. 글을 쓰는 누구나 알고 있지만, 그렇다고 누구나 할 수 있는 방법은 아닌…, 제대로 구사하기 위해선 문장과 구상의 좋고 나쁨을 정확히 판단할 수 있는 감성을 필요로 하면서도, 기준에 미달하는 문장이나 아이디어에 대해선 자비 없이 내칠 수 있는 냉혹함마저 요구하는…, 평범한 인간으로서는 견뎌 내기 힘든 모순적이기 짝이 없는…, 역사 속의 기라성 같던 대가들이 한입 모아 추천하는 바로 그 알고리즘 말이다.

"그럼, 다 잘 끝난 것 같으니까 나는 미래로 돌아갈게!"

김복순은 그렇게 인사하고 세그웨이를 타고 석양이 지는 저편으로 사라져 갔다.

여하간 결과가 좋게 되었으니 일단은 사태가 잘 마무리되었다고 볼 수는 있었다. 내가 여태까지 써온 글들의 정수와 구상해 온 아이디어들이 반성문 한 쪽에 전부 소모되었다는 참담한 사실만 잊는다면 말이다.

망연자실해 있는 내 곁에서 지우가 내 복숭아뼈를 계속해서 걷어차며 외쳤다.

"오빠새끼야! 나 머리 써서 배고파! 밥해 줘! 스팸 구워 줘!"

뇌와 심장이 텅 비어 버린 듯한 감각이 엄습했다. 마음이 찢어질 듯 아팠고, 흐르는 눈물을 주체할 수 없었다. 그러나 한편으로는 홀가분한 느낌도 있었다. 모든 구속에서 풀려난 듯한 자유로운 느낌 말이다.

이제까지 소설을 쓰는 일에만 집착하면서 침잠되어 있던 내 정신이 모든 차원과 모든 공간으로 흩어져 가는 것만 같았다. 아집으로 가득했던 마음이 무한한 공간 속에서 희석되어 가며 희미한 단말마를 발하고는 이내 사그라졌다.

그렇게 마음에 여유가 생기자 비로소 나 자신에게 근원적인 질문을 던질 수 있게 되었던 것 같다.

'나는 대체 왜 소설을 쓰고 싶었던 거지?'

김복순이 세그웨이를 탄 채 하늘로 날아올랐다. 그 배경에 펼쳐진 노란 석양을 보자 문득 어릴 적의 기억이 떠올랐다.

내가 아주 어렸을 적에, 석양이 지는 저녁 때가 되어 지우와 함께 집에 돌아오면 우리를 반기는 것은 차갑고 어둡고 아무도 없는 쓸쓸한 공간이었다. 우리는 그 고요한 집에서 단둘이 저녁을 차려 먹고 부모님이 귀가할 때까지 하릴없이 기다리곤 했다.

시작이 언제부터였는지는 가물가물하지만 기억 속의 나는, 언젠가부터 커튼을 치고 전등을 꺼 일부러 어둡게 만든 방 안에서 지우에게 내가 지어낸 이야기를 들려주고 있었다.

"아빠는 사실 외계에서 왔어. 지구에 오기 전에는 오르트 구름 너머에 살았는데, 거기에는 인류에 적대적인 행성들도 많이 있고, 이상하게 생긴 외계생물들도 잔뜩 살고 있어. 엄마는 원래 아빠를 만나기 전까지는 심해에서 살았는데, 심해는 빛이 들어오지 않아서 이 방보다 훨씬 더 새까맣고, 뒤틀린 모습을 한 심해 생물들이 바닥에 깔린 끈적거리는 진흙을 헤집으며 헤엄쳐 다닌단다!"

"으앙~!"

나는 그 시절, 이야기의 강대한 힘을 몸으로 직접 경험했다.

재미있는 이야기는 힘든 현실을 잊게 만들고, 결말을 듣고 난 후로도 오래도록 머릿속에 달라붙어 현실을 다른 각도에서 보게 만든다. 고작 단어와 문장들을 이어 만든 언어의 다발에 불과하건만, 환상과 현실의 경계를 무너트리고 고단한 삶을 살아갈 수 있는 힘을 부여하는 능력을 가지고 있는 것이다.

나와 지우는 그 어둑한 방 안에서 현실에 존재하지 않았고, 앞으로도 존재하지 않을 인물, 사건, 현상, 사물들이 우주의 별처럼 가득 들어찬 무한한 공간을 떠돌았다. 나는 그 보상으로, 내가 궁리해 낸 어설픈 이야기를 들으며 흥미진진한 표정으로 눈을 빛내고, 펀치라인에 웃음을 짓고, 공포로 비명을 지르고, 분노로 게거품을 물고, 절망으로 전율하던 여동생의 모습을 의기양양한 기분으로 감상했다.

지우가 조금 더 자란 후로는, 미저리마냥 작가인 나에게 요구하는 게 급격하게 많아져 힘겹기는 했지만 말이다.

"옛날옛날, 언덕 위의 성에, 인자한 임금님과 자애로운 여왕님, 그리고 아름다운 공주님이 살았어요."

"키에엑! 노잼! 때려치워! 내가 좋아하는 얘기 있잖아! 대체 얼마나 말해야 기억하는 거야! 금붕어야? 풰! 풰!"

"…옛날옛날, 깊이조차 알 수 없는 까마득하고 어두운 지하에, 냉혹한 지옥의 왕과 SM을 즐기는 여제, 그리고 망자들의 고통에 찬 비명을 음악처럼 듣는 절반은 왕자, 절반은 공주인

공주왕자가 살았어요."

"좋아! 좋아! 바로 그거라고! 키헤헤헤헤! 키헤헤헤헤헤헤헤헤! 키헤헤헤헤헤헤헤헤헤헤헤!"

그래도 그때 내 이야기를 듣고 순수하게 기뻐하던 여동생의 모습만은 아직도 눈앞에 선했다. 어쩌면… 나의 첫 번째 팬이자 첫 번째 독자라고 할 수 있었던 동생의 그런 모습이, 나를 여기까지 떠밀어온 것은 아닐까?

나는 지우의 머리를 살살 쓰다듬어 주었다. 그새 뿔이 다시 자라나고 있었다. 초등학교에서 뿔이 자란다고 따돌림당하면 안 되니까 나중에 시간 나면 다시 잘 갈아 줘야겠다는 생각이 들었다.

"어쨌든 네 덕분에 잘 넘길 수 있었어. 정말 고마워."

지우가 날카로운 이빨을 드러내며 웃었다.

"키시시시시시시싯! 꿀에 감사는 할 줄 아는군! 그 나이 먹었으면 머리 숙일 자리를 잘 알아야지, 암!"

"다음에 소설 쓸 때 초고 읽고 퇴고하는 것 좀 도와줄래?"

지우가 혀를 내밀어 내 손을 휘감아 세차게 흔들며 대답했다.

"케케케케케케케케! 옛날 생각나는걸! 물론! 물론!"

그렇게 우리 둘은 혀와 손을 잡고 사이 좋게 집으로 돌아갔다.

작가의 한마디

작가 이야기이다. 작가 이야기는 작가 아닌 사람들에게 읽히기 미안하기 때문에 재미있게 쓰려고 노력했다. 하지만 재미있을지는 잘 모르겠다.

방공호에서

01

이 모든 일이 시작되기 직전, 누군가가 찍었다던 하늘 사진을 본 적이 있다. 하늘을 빽빽하게 덮은 구름은 난층운처럼 새까만 색깔이면서도 군데군데 탑처럼 수직으로 성장해 적란운과도 같은 모양을 이루고 있었다. 그러나 그것은 난층운도, 적란운도 아니라고 했다. 유사 이래 누구도 그러한 형태의 구름을 본 적이 없다는 것이었다. 그처럼 육대주 위에 빽빽하게 드리워진 기괴한 모습의 구름을 말이다.

사람들이 혼란해하던 와중 새까만 구름을 뚫고 광망이 비쳤다. 그 오로라와 같은 빛은 여러 가지 빛깔로 휘황하게 반짝거리면서 모든 사람들의 뇌리에 아래와 같은 메시지를 주입했다.

"저희는 크리우아칸 성인(星人)입니다. 번영과 평화와 공존의 이상을 추구하는 종족으로서 호의를 담아 지구인들께 알립니다. 현재 미쿠르로나게 성인(星人)에 의한 지구 침공이 시도되고 있습니다. 미쿠르로나게 성인은 다른 생명체와 융합하는 능력을 가진 자들로, 지구인의 몸에 융화됨으로써 우점종의 지위를 강탈하는 것이 목적입니다. 현재 저희 크리우아칸 측의 구조대가 지구로 향하고 있습니다. 저희의 본대는 지구 시간으로 두 달 후에 지구 대기권에 진입할 예정입니다. 지구인 여러분! 그때까지 부디 미쿠르로나게에게 굴복하지 말고 버텨 주십시오! 미쿠르로나게 성인들은 물리적인 존재이므로 여러분이 가진 과학기술로도 어느 정도 대응할 수 있을 것입니다! 저희가 도착할 때까지 희망을 버리지 말고 생존해 주십시오! 저희의 동족들이 지금 도움의 손길을 건네기 위해 날아오고 있습니다! 이 시련을 무사히 극복해 주십시오! 모든 미쿠르로나게를 박멸하고 함께 찬란한 미래를 향해 나아갈 수 있게 되기를 진심으로 기원하겠습니다!"

위와 같은 메시지가 절반 가량 진행되었을 무렵, 온 세계에 거센 호우가 퍼붓기 시작했다. 하늘에서 쏟아지는 빗방울들은 점도가 기이할 정도로 높았다. 그리고 그 빗방울 하나하나에는 미쿠르로나게 성인이 들어 있었다.

02

 지하 방공호의 입구를 막고 있는 철문 너머에서 거대한 것이 충돌해 왔다. 문과 가까이 있으니 그 충격에 골이 흔들리고 지축이 요동치는 감각마저 느껴졌다.
 "이거… 막을 수 있겠죠?"
 난 머리 꼭대기까지 차오른 긴장을 삭혀내지 못하고 누구에게라고 할 것 없이 물었다. 답을 기대하고 건넨 질문이라기보다는 그저 '괜찮다'는 말 한마디를 듣고 싶다는 심정이 흘러나온 것일 뿐이었다. 내 질문에 다른 사람들도 불안한 표정으로 서로의 얼굴을 흘긋거렸다. 문만 노려보며 굳게 입을 다물고 침묵하는 대장의 안색은 어두웠다. 그럴 법도 했다. '괜찮다'라는 빈말도 상황이 어지간해야 나올 수 있을 터이니까 말이다.
 대장의 이름은 최만식으로, 이 난리가 시작되기 전에는 소방정 계급을 달고 119특수구조대에서 근무하고 있었다고 한다. 이곳 방공호에 모여든 생존자들 중에서 재난 상황을 통제하는 데 가장 적합하다고 판단되어 생존자들 상호간의 합의 하에 일종의 리더로 추대된 것이었다. 대장이라는 다소 유치하게 들리는 직함으로 불리게 된 것은 아이들 때문이었다. 특수구조대장 출신이라서 처음에는 일단 '대장님'이라고 불렀었는데, 잔뜩 겁에 질려 있던 아이들이, 다 큰 어른들이 그보다

늙은 어른 뒤를 '대장님', '대장' 하면서 따라다니는 꼴을 보고 재미있어 하며 웃었기에, 그냥 계속 대장이라고 부르자고 결정이 났던 것이다.

그래, 아이들… 방공호 안엔 아이들이 있다.

빗물에서 기어 나온 것들에 인간이 잠식당해 태어난 그 끔찍한 놈들은 인간을 공격해 손톱과 이빨로 신체를 훼손시킨다. 그 훼손의 결과로 죽은 사람들은 괴물에 의해 포식되어 시체가 남지 않는 경우를 제외하면 다시 되살아난다. 사실 되살아난다는 말은 어폐가 있었다. 사람이 죽고, 그 몸을 그대로 빼앗아간 또 하나의 괴물이 태어난다고 표현하는 것이 더 정확할 것이다.

다만 아이들의 경우엔 사정이 달랐다. 아이들은 죽더라도 괴물이 되지 않았다. 정확한 이유는 몰라도, 희생자가 아이들일 경우는 예외 없이 포식의 대상이 되었으니까 말이다.

저 너머의 무언가가 다시금 철문과 격돌했다. 철문 자체는 멀쩡했지만 문설주와 이어지는 콘크리트 부분에 잔금이 갔다.

"아…."

곁에 있던 순경이 탄식했다. 상황은 누가 봐도 나빠 보였다.

"안에서 뭐라도 더 가져와서 입구에 쌓아 둘까요?"

영문학과 다니던 대학생이 의견을 냈다.

"철문도 뚫고 들어오는 놈들인데, 뭐 가져다 쌓아 둔다고 효과가 있겠어?"

공구상 주인이 핀잔을 주었다.

"솔직히 답이 없네. 죽었다. 우린 다 죽었어."

순경이 바닥으로 주저앉으며 한탄했다. 그 순간 또 한 번의 격돌이 이어졌다. 문설주 부분의 철문이 살짝 휘어졌다.

"와, 저게 휘네."

공구상 주인이 감탄했다.

이내 그 휘어진 부분 너머로 괴물이 된 인간의 눈이 나타났다. 고개를 모로 꺾고 있었기에 벌어진 틈으로 한 개체의 두 눈을 모두 볼 수 있었다. 놈은 눈꺼풀을 있는 대로 치켜뜨고 핏발 선 눈알을 뒤룩뒤룩 굴리며 방공호 내부를 살폈다.

볼 때마다 기분이 더러워지는 모습이었다. 저놈들은 겉보기에는 살아 있는 인간과 사실상 다를 것이 없었다. 바로 그 부분 때문에 전쟁 무기를 보유한 인류가 전황 초반에 놈들을 남김 없이 말살하는 일에 실패했던 것이다. 동정심에 망설인 것이 문제였다기보다는 놈들의 힘을 과소평가했기 때문이었다.

놈들이 사람과 비슷한 것은 겉모습뿐이었다. 다른 대부분의 점에서는 인간과 달랐다. 일단 녀석들은 자기 보전에 대한 욕구가 현저히 적어서 적에게 두려움 없이 달려든다. 거기에 수가 많기도 했고, 머리를 공격하지 않는다면 죽이기 힘들기도

했고….

 그리고 무엇보다도 인간의 몸을 기본 단위로 해서 어떻게 조립되는가에 따라 다양한 형체를 형성하는 능력을 가지고 있었다. 지금 철문 너머에서 공성추 노릇을 하고 있는 녀석도 그러한 종류일 터였다. 그 구름을 뚫고 나타난 빛이 언급한 '융합'은 생각보다 지칭하는 범위가 넓었던 것이다.

 이곳 방공호에 들어온 뒤, 의대생이었던 딸아이가 밤새 돌봐야 할 환자가 있거나 내가 불침번을 서게 되는 경우, 격려차 가끔씩 서로의 근무지로 가서 이런저런 이야기를 나눌 때가 있었다. 그때 딸아이가 괴물들의 이러한 습성을 '초분자'라는 개념에 비유했던 것이 기억난다.

 "분자들, 그러니까 아주 작은 물질들을 두 개 이상 서로 약하게 결합시키면 원래 분자들이 가지지 못했던 새로운 물리적 특성을 가지는 물질을 만들 수 있어. 이런 걸 초분자라고 하는데, 괴물들이랑 비슷하지 않아?"

 "그러네. 걔네 막 합쳤다 떨어졌다 하면서 별 희한한 모습으로 변화하고 그러니까."

 "나 저번에 바깥에 나갔다가 끔찍한 거 봤다? 시내에 일영빌딩이라고 있어. 햄버거 집 있는 건물. 거기 꼭대기 층에 사람들이 숨어 있었나 봐. 계단 틀어막고 농성했던 것 같은데, 내가 봤을 땐 괴물들이 에펠탑같이 세모나게 융합해서는 벽을 타고 기어올라가고 있더라고. 신기하지 않아? 아무리 봐도 짐승으로밖엔 안 보이는데 어떻게 그렇게 합쳐질 생각을 하는 거지? 개미들이 그러는 것처럼 본능 같은 걸까?"

확실히, 괴물들의 생태는 설명되지 않는 부분들이 많았다. 딸아이가 언급한대로, 개개 개체는 별다른 지성이 없는 것처럼 행동하면서도 어떻게 적시 적소에 융합하여 알맞은 형태를 구성할 생각을 하는 것인지도 그랬고, 이번에 대피소의 존재가 발각된 것도 의아한 측면이 있었다. 최근엔 바깥으로 내보낸 인원들도 없었는데, 대체 무엇을 단서로 해서 우리가 여기 있다는 것을 알아낸 것일까?

"아빠…."

방공호 내부에서 나온 딸아이가, 내 팔꿈치를 두 손으로 잡으며 속삭이는 목소리로 나를 불렀다.

"어, 유정아."

"상황이 좀 어때? 아이들이 불안해해."

딸아이가 휘어진 철문을 흘끔거리며 말했다.

"별일 없을 거니까 걱정하지 않아도 돼. 여기 있지 말고, 돌아가서 사람들 좀 진정시켜라. 애들은 어른들이 불안해하면 더 불안해해."

딸아이는 입술을 질끈 물고는 끄덕거렸다. 엉망으로 헝클어진 머리와 초췌한 안색을 보자 마음이 찢어질 것 같았다. 애엄마 죽고 혼자 열심히 키워서 의대까지 보내 놓았던 아이였다. 이제 의사고시 보고 막 인턴 들어가려던 상황이었는데, 어쩌다 이렇게 몹쓸 일에 휘말리게 되었는지 도무지 모를 일이었다.

다시금 괴물이 철문에 격돌했다. 막 방공호 안쪽으로 들어가려던 딸아이가 흠칫 놀라 돌아보았다. 더욱더 큰 곡률로 휘어진 문의 틈 너머로 무언가 바쁘게 돌아다니는 것이 보였다. 쉭쉭거리고, 워워거리고, 구어어거리고, 놈들은 인간들을 습격하려는 욕망만큼이나 기분 나쁜 소리를 내려는 욕망도 강한 것 같았다. 딸아이는 나를 향해 억지 미소를 짓고는 위축된 모습으로 입구를 떠났다.

그러나 입구 통로에 남겨진 남자 아홉은 그저 무력할 뿐이었다. 방공호 안쪽에 숨어 있는 사람들은 초등학교 저학년생 열둘에, 그 초등학생들을 건사하느라 탈진 직전인 중년 여성 넷, 의료진인 내 딸과 의료 보조 역할을 해 주는 여중생 둘이 전부였다. 이 모든 인원들의 구성은, 무슨 회사 사장이라는 사람이 산 중턱에 지어 놓은 별장 지하에 만들어져 시내에서의 접근이 어려웠던 이 사제 방공호에 처음으로 여섯 사람이 발을 들인 이후로 지금까지 계속해서 변동해 왔다. 방공호는 넓고, 저장된 식료품도 넉넉한 편이었지만, 그것은 한두 사람 기준으로 생각했을 때에 그렇다는 것이었다. 필요한 식량이나 식수를 구하고, 몸을 지키는 데 사용할 물자나 방공호용 발전기를 돌릴 기름 등을 긁어모으기 위해서는 바깥으로 나가야 했고, 그렇게 나갔다 습격 당해 돌아오지 못하게 된 사람이나, 바깥 어딘가에 숨어 있다가 우리 일행에 합류해 방공호로 흘러 들어온 사람들이 방공호 내부의 사람 수를 끊임없이 요동치게 만들었던 것이다.

언젠가 대장이 이 방공호를 세운 사람에 대해 이야기해 준 적이 있었다.
"그 양반, 무슨 유튜브에서 말하는 음모론에 빠진 사람이라고 하더라고요."
영문학과 대학생이 맞장구를 쳤다.
"저도 제 친구가 그 회사 다녀서 알아요. 사원들한테도 강제로 유튜브 시청하게 하고 그런다고 들었어요."
"여하간 몇 년 전부터 정치한다고 지역 유지들 만나서 밥 사고 그랬거든요. 북한 군사력이 우리보다 강력하고 정부 요직이 온통 간첩이라고 믿고 있는 거 같았어요. 식사 자리에서도 끝없이 북한이 엄청 강하다, 이대로 가만히 있으면 빨갱이들한테 다 죽는다, 어휴, 나도 보수기는 하지만 그것도 어지간해야지 들어주지. 그래서 얼마 안 있어서 북한이 남침해 올 거라고 자기 별장에 이런 방공호도 세운 것 같은데."

그 대화를 나눌 당시에는 살아 있었던 고등학교 체육 교사가 말을 더했다.

"그럼 그 양반 죽었나요? 제가 처음 왔을 때부터 없었던 것 같은데."

"모르겠어요. 시스템에 대피소로 등록되어 있는 곳이라 애초에 그 양반 없이 들어왔어요. 여기 방공호 등록한 게 구의원 출마 때문이었을 거예요. 선거 전략으로 안보 문제 들고 나오려니까 막 방공호 이야기하면서 공포 분위기 조성해야 하고, 자기가 방공호 지어서 시민들에게 개방할 정도로 애민정신이 투철하다, 뭐 그런 이야기 풀려고 했던 것 같은데, 무소속으로 나와서 잘 안 됐지. 계속 돈만 버렸어요. 지금은 어떻게 되었을지, 어디서 무사히 살아 있었으면 좋겠네요."

"그래도 그 사람 덕분에 우리가 이렇게 안전하게 숨어 있네요. 유비무환이라는 말이 틀린 건 없는 거 같아요."

그러나 그 짤막했던 역사도 이제는 끝이었다. 곧 철문이 열리고, 괴물들이 들이닥칠 것이다. 다시금 한 차례의 격돌이 따랐다. 방공호 안쪽에서 아이들이 공포에 울부짖는 소리가 들려왔다. 괴물의 손가락이 철문과 문설주 사이로 비집고 들어왔다.

순경은 절망하기 시작했다.

"결국 여기서 죽네…. 차라리 일 처음 터지고 사람들 방공호에 다 들어가게 한 다음에 핵이라도 터뜨렸으면 나았을 텐데!"

"조용히 해라. 아직 끝난 게 아니야."

대장이 나지막하게 타일렀다. 순경은 그저 웃을 뿐이었다.

"어차피 벌어진 일이에요. 옛날에 어쨌다고 하지 말고 쟤들 들어오면 어떻게 할지나 생각해 봐요."

역사학과를 지망한다던 고등학생이 말을 얹었다.

"그래. 커다란 놈들 때문에 좀 밀리기는 했지만, 일이 어떻게 될지 누가 알아? 끝까지 포기하면 안 돼!"

나도 나름 보탬이 되겠다고 말을 꺼내 보았다.

다시 격돌이 있었다. 이번엔 문설주 자체가 암반에서 뜯겨 나왔다. 끝났다. 정말로 끝난 것이다. 많아야 열 번? 그 정도는 버틸까? 문설주의 틈이 지금보다 벌어진다면 문이 부서지기 전에 상반신만 가지고 있는 괴물들이 선공해올 수도 있었다. 녀석들은 머리만 손상 없이 남아 있다면 멀쩡하게 활동할 수 있었으니까 말이다.

"버팁시다."

대장이 우리를 돌아보며 말했다.

"1분이라도, 1초라도 버티다가 죽자고! 저 어린애들 저렇게 남겨 놓고 포기할 수는 없어!"

"맞아요! 버티다 보면 그 구하러 온다는 외계인들이 도착할 수도 있잖아요!"

그 말을 듣고 영문학과 대학생이 동조했다.

"그래. 세상 일은 모르는 거니까. 버티다 보면 어느 때라도 구해주러 올 수도 있어!"

공구상 주인도 거들었다.

"뭘로 막아요?"

순경이 나지막이 말했다.

"들 수 있는 거 죄다 들고 막아야지."

공구상 주인의 대답에 순경은 깊은 한숨을 쉬었지만, 이내 자리를 털고 일어났다. 그 뒤편 구석에서 교회 전도사는 기도하느라 바빠 보였다.

우리는 잠시 뒤, 통로에 탁자를 엎어 방패 삼아 세우고 그 뒤로 끝을 뾰족하게 만든 쇠파이프를 들고 밀집했다. 이것이 철문을 부수려는 괴물에게 한번 맞으면 뚫릴 허술한 방어선이라는 건 모두가 알았다.

"영화 〈300〉 같네."

소설가로 먹고살고 싶었지만 실패하고 공시생이 되어 버렸다는 남자가 킬킬거렸다.

"저도 그거 봤어요."

역사를 좋아하는 고등학생이 맞장구를 쳤다. 들뜬 척하는 어조였지만 불안해하는 기색까지 숨길 수는 없었다. 다시 괴물이 문에 몸을 부딪쳤다. 벌려진 틈 사이로 괴물 한 마리가 상반신을 들이밀었다. 유난히 아파 보인다는 것을 빼면 인간의 형태를 그대로 유지하고 있는 녀석이었다.

바짝바짝 마르는 입이 거슬렸다.

"들어온다!"

귀를 먹먹하게 만드는 무서운 소리와 함께 박살 나는 철문이 내 정신을 현실로 끌어내렸다. 뻥 뚫린 입구에 서 있는 것은 거대한 괴물이었다. 역광에 그림자가 져서 정밀한 구조는 보이지 않았지만 몸 전체에 삐쭉삐쭉 솟아나와 있는 인간의 대가리들을 보면 역시나 기본 구조인 인간 형태의 괴물들이 융합되어 만들어진 녀석일 터였다.

"케아아아아악!"

거대한 괴물의 발치에서 서성거리던 온전한 인간 형태의 괴물들부터 우리에게 돌진해 왔다. 우리는 달려오는 말을 향해 창을 들이대듯이 쇠파이프의 날카로운 끝을 전방으로 향했다. 그러나 말과 달리 괴물들에게는 두려움이 없었다. 한 놈이 마구잡이로 달려들다가 목이 뚫리기는 했지만 놈들에겐 사소한 피해였다. 괴물들은 아랑곳없이 계속해서 공격해 왔다.

우리는 탁자에 체중을 실어 버티면서 위로 넘어오는 녀석들을 쇠파이프로 찌르려 했다. 하지만 당연히 잘 되지는 않았다. 압도적인 물량에 이미 몇몇 놈이 다른 녀석들을 밟고 탁자 위를 넘어와 공구상 주인과 고등학생을 덮쳤다. 그 순간 철문을 부쉈던 거대한 놈으로 추정되는 것이 탁자에 격돌했다. 그 순간 이 게임은 끝났다는 확신이 머리를 때렸다.

가해진 힘 때문에 탁자가 두 조각이 났다. 가장자리에 있던 나와 영문학과 대학생은 두 쪽으로 부서진 탁자 절반에 몸이 덮인 채 벽면으로 밀려나 압착되었다. 탁자를 밀쳐내려 했지만 통로를 가득 채운 괴물들의 압력 때문에 왼쪽 팔 하나로는 역부족이었다. 오른쪽 팔은 둔통만 느껴질 뿐 힘이 들어가지 않는 것으로 보아 부러진 것 같았다. 탁자와 벽면의 사이로 문을 부쉈던 거대한 녀석이 다시 작은 녀석들로 분해되는 모습이 보였다. 방공호 안쪽에서 아이들과 여자들의 비명이 들려왔다. 나는 딸아이의 이름을 외치며 몸을 마구 뒤틀어 갇힌 상태에서 벗어나고자 했다. 하지만 탁자 너머에서 아직도 누군가 살아서 저항하고 있는 것 같았다. 탁자에 가해지는 압력이 계속해서 위치만 바뀌며 줄어들지 않았다. 끙끙대는 목소리를 봐서는 아무래도 순경인 것 같았다.

"황철아! 좀 비켜 봐! 도와줄게!"

"황철이 형! 비켜봐요!"

그때 탁자가 측면으로 밀리며 몸이 오른쪽으로 돌려지는

바람에 부러진 팔이 벽면에 짓눌리면서 꽈배기처럼 꼬였다. 그 순간 오른편의 벽이 갑자기 꺼졌다. 탁자를 발로 밀어내기 위해 등으로 벽면에 힘을 주고 있던 나와 대학생의 상체가 느닷없이 뚫린 구멍 속으로 넘어갔다. 나는 무서운 기세로 돌 바닥에 머리를 부딪치고 의식을 잃었다.

03

"아빠아! 아빠아악!"

희미하게 들려오는 딸아이의 울부짖는 소리에 눈이 떠졌다. 눈앞이 흐릿하고 머리가 빙빙 돌았다.

"아빠아! 어딨어!"

"어, 유정… 유정아!"

내가 서 있는지 기대 있는지 무슨 상태인지를 알 수가 없어 사지를 버둥거려 보았다. 누워 있는 것 같았다. 상체를 일으키고 손을 뻗어 보니 벽이 만져졌다. 떨리는 손으로 벽을 문지르다가 손을 짚은 채로 자리에서 일어났다. 다리에 힘이 없고, 바닥이 자꾸만 잡아당기는 듯한 느낌이 아찔했지만 어떻게든지 움직일 수는 있었다.

"유정아! 어디야!"

"아빠아! 어디 있어? 내 목소리 들려?"

딸아이의 절규하는 목소리는 내가 있는 곳과 다소 떨어진 위치에서 들렸지만 기이할 정도로 크고 또렷했다. 마치 기계로 증폭된 것 같았다. 딸아이의 목소리가 들릴 때마다 어김없이 지지직거리는 백색 잡음이 사이에 끼어들었다.

"유정아! 유정아!"

나는 고래고래 소리를 질렀다.

"아! 아빠! 들린다! 어디야? 움직일 수 있어?"

"유정⋯."

"지금 거기 어디야?"

"너 괜찮아?"

"응! 괜찮아! 아빠 대체 어디 있는 거야? 지금 어떤 곳이야?"

"모르겠다! 무슨 긴 통로야!"

"여기 벽 안에서 목소리가 들려! 어떻게 들어가는 거야? 문 같은 거 있는 거면 열 수 있어?"

나는 내가 들어온 벽면을 열심히 살펴봤지만 문을 열 수 있는 장치 같은 것을 찾을 수 없었다.

"그럼 한번 통로 안쪽으로 들어가 봐!"

"알았어! 넌 괜찮아? 어떻게 된 거야?"

대답이 없었다. 나는 다시금 같은 말을 목청이 터져 나가라 외쳤다.

"넌 괜찮아?"

"일단은 괜찮아! 조금 다치긴 했는데 심한 건 아니야! 벽 때문에 아빠 목소리가 잘 안 들려! 아직 괴물들이 주변에 있는 것 같아! 큰 소리 내는 것도 지금 위험해!"

"나는 지금부터 안쪽으로 한번 들어가 볼게! 들었지? 안쪽으로 들어간다!"

나는 흐릿한 시야가 원래대로 돌아오도록 눈을 계속 깜박거리면서 멀쩡한 손으로 벽을 미친 듯이 더듬으며 통로의 가장자리를 따라 걸어갔다. 내가 어디를 통해 어디로 들어온 것인지를 알 수가 없었다. 짧은 통로였지만 90도 각도로 두 번이나 방향을 꺾어야 했다.

한 순간, 시야가 점차 정상으로 돌아옴에 따라 나는 통로 바닥에 피로 두꺼운 선이 그어져 있다는 사실을 깨달았다. 벽면 아래 쪽에도 피로 찍힌 손바닥 자국들이 점점이 나 있었다. 누군가 출혈을 일으키며 바닥을 기어가기라도 한 것 같았다. 나는 영문학과 대학생인 형욱이가 나와 함께 벽면에 난 구멍으로 떨어졌었다는 사실을 기억해 냈다. 하지만 통로에서는 형욱이의 모습을 찾아볼 수 없었다.

"형욱아! 형욱아!"

큰 소리로 불러 봐도 형욱이의 대답은 돌아오지 않았다.

"내가 지금 정확히 어디 있는 건지 모르겠다! 유정아! 다른 사람들은 어때?"

반응이 없었다. 나는 목소리를 좀 더 키워서 다시 외쳤다.

"유정아! 다른 사람들은 어때?"

"잘 모르겠어! 괴물들 때문에 다 흩어진 것 같아! 괴물들이 좁은 곳에 너무 많이 들어오니까 막 유체가 흐르는 것처럼 움직여서, 나는 그 사이에 깔려서 구르다가 정신 차리니까 혼자였어! 아빠는 어때?"

"나도 괜찮다! 이게 어떻게 된 일이냐! 꿈은 아니겠지? 난 네가 죽을 줄 알았다!"

"나도 아빠가 죽은 줄 알았어! 나 혼자만 남은 줄 알고 얼마나 무서웠는지 알아? 그 안에 아빠 말고 누구 더 있어?"

"형욱이 있을 것 같은데, 형욱아!"

"어? 앗! 아빠! 지금 바깥에서 괴물 소리 들린 것 같아!"

통로 안쪽으로 들어갈수록 딸아이의 목소리가 점점 명확하게 들려왔다. 통로를 따라 다시금 90도를 꺾으니, 어느새 또렷해진 시야에 아담한 크기의 살풍경한 방이 담겼다.

"아빠! 밖에서 괴물 소리 들려! 빨리!"

그 작은 방에는 침대 하나와 세 개의 금속 수납장들, 라디오와 책과 스탠드 등이 올려진 책상 하나와 의자 하나, 탁자 하나, 수세식 변기 하나, 거울이 달린 세면대가 하나 있었다. 그리고 방 한 면을 가득 채운 수많은 모니터들도 있었다. 모니터들은 색이 바랜 영상을 통해 눈이 어지러울 정도로 무수한 장소들을 비쳐 주고 있었다.

그리고 그 모니터 앞에 놓인 의자 아래에 형욱이가 쓰러져 있었다.

"형욱아! 형욱아!"

난 무릎을 꿇고, 왼손으로 형욱이의 상체를 일으켜 품에 안았다.

"으으…."

다행히 의식은 있었다. 그러나 오른쪽 배에 큰 상처를 입은 상태였다. 옷으로 동여매어져 있기는 했지만 출혈은 그 순간에도 조금씩 일어나고 있었다. 형욱이가 무거운 눈을 뜨고는 나를 보며 힘겹게 말했다.

"아…, 아저씨. 돌아가신 줄 알았어요."

"난 괜찮다. 넌 어떻게 된 거냐?"

"갑자기 벽에 구멍 같은 게… 뚫려서 우리 둘 다 이 안으로 떨어졌어요. 탁자 반대편에서 누르던 놈 때문에 통로로 밀려 들어오니까 입구가 저절로 닫혔고요."

"상처는?"

"여기로 들어오기 직전에… 탁자를 뚫고 나온 쇠파이프에 찔려서…."

"아빠 뭐 해!"

딸아이의 겁에 질린 목소리가 모니터가 놓인 설비로부터

들려왔다. 고개를 들어 모니터를 보자 모니터 행렬의 중간 열에서 투사되고 있는 공간들이 눈에 익었다. 방공호의 내부 모습이었다. 그러잖아도 방공호 내부에는 곳곳에 카메라들이 설치되어 있었다. 우리는 그 카메라들과 연동된 모니터가 별장 안에 배치되어 있다는 것도 확인했었다. 그러나 별장 내부뿐만 아니라 이런 숨겨진 공간에도 모니터들이 추가로 갖춰져 있었던 것이다.

왜 이러한 공간이 만들어져 있는 것인지 자세한 사정은 알 수 없었다. 그러나 기껏 만든 방공호를 정치적 목적으로 공개해야 했던 정황과 방공호 주인의 병적인 공포감을 결부시켜 보면, 사장은 외부에 전혀 노출되지 않은, 온전히 자신만이 알고 있는 방공호를 하나 보험으로 남겨 놓아야만 비로소 안심할 수 있었던 것이 아니었을까 하는 추론 정도가 가능할 것이다. 이 비밀 공간의 입구가 사람들이 오랜 시간 머물게 되는 방공호의 안쪽 공간들이 아니라 그저 빠르게 지나치는 용도로만 사용되는 입구 근처의 통로에 열려 있었다는 사실 또한 그러한 심증을 뒷받침해 주는 부분이리라.

"아빠! 빨리!"

모니터 속에 딸아이가 보였다. 내가 탁자에 눌린 채 마지막으로 분전하던 방공호의 통로 한가운데서 초조하게 서성거리고 있는 모습이었다. 한순간 강렬한 위화감이 온몸을 휘감았지만, 딸아이의 안위에 온통 신경이 쏠린 탓에 그 까닭을 깊게 생각할 여지가 없었다.

"아빠! 나 이러다 잡히겠어! 문 좀 열어 줘!"

나는 지금 있는 공간의 오른쪽 벽면에 위아래로 잡아당길 수 있는 레버가 설비되어 있다는 것을 발견했다. 나는 그 레버를 내리기 위해 형욱이를 모니터 설비에 기대 놓고 레버가 있는 곳으로 걸어가려 했다.

"아, 안 돼! 안 돼! 안 돼요!"

그 순간 형욱이가 그렇게 외치면서 내 옷을 붙잡으며 앞으로 엎어졌다.

"어윽!"

나는 다급하게 형욱이를 부축했다. 그러나 형욱이는 이미 절명한 후였다.

"아빠!"

그 순간, 나는 내가 느꼈던 위화감이 어디서 나오는 것인지 결국 깨닫고 말았다. 모니터 속에 비치는 방공호의 이곳저곳에는 아이들의 시체가 널브러져 있었다. 정확히는 아이들의 신체 파편들이었다. 아마도 괴물들이 포식한 잔해일 그 부위들은 몇 조각의 손, 팔, 다리, 그리고 두 체의 손상된 머리로 구성되어 있었다. 개중 반만 남은 아이의 머리 하나가 딸이 있는 통로에서 굴러다니는 모습이 보였다. 분명 딸아이의 시선이

곧바로 닿는 위치였다. 그것은 정말로 이상한 모습이었다.

나는 방공호에 피신해 온 뒤로 딸아이가 얼마나 희생적인 심정으로 죽은 아이들을 대했는지를 가까이서 보아 왔다. 바깥에서 도망치던 와중에 '자기 힘으로 들고 올 수 있었다'는 이유로 반쯤 부패한 연고 없는 아이의 송장을 낑낑대며 업고 와 방공호 주변에 묻어 주었던 일까지 있었다. 면식 없는 아이의 주검도 그렇게 마음 쓰며 대해주었는데, 방공호 내에서 함께 먹고 자며 정도 주고 돌보던 아이의 시신이라면 어떨까…. 내가 아는 딸아이라면 아무리 다급한 상황이라도 아이들의 머리를 저런 식으로, 마치 공터에 버려진 쓰레기처럼 무질서하게 방치하지는 않을 거라는 확신이 내게는 있었다.

애초에 딸아이는 정확히 어떻게 살아남을 수 있었던 것일까? 로커 같은 데에 숨을 수 있었을 아이들까지 저렇게 되어 버린 와중에? 게다가 방공호 내부의 모든 공간, 심지어 별장 내부나 별장 주변 어디에서도 괴물들의 흔적은 물론 다른 생존자들도 보이지 않았다. 모니터를 통해선 오직 딸아이의 모습만을 볼 수 있었다. 손목시계를 보니 입구 통로에 진을 친 이후로 겨우 10분 남짓 지나간 시점이었다. 벽을 짚고 헤맨 시간 몇 분을 빼내고 보면 도무지 이렇게 깔끔하게 변모된 방공호 내부의 광경을 설명할 수 있는 길이 없었다.

"아빠! 뭐 해! 괜찮아?"

그 순간 딸아이가 비치고 있는 모니터 왼쪽 위에 스피커를 형상화한 붉은색 픽토그램이 나타났다 사라졌다. 딸아이의 음성은 모니터 아래 놓인 콘솔의 양옆에 장착된 자그마한 스피커에서 흘러나오고 있었다. 콘솔의 스위치들은 전등용, 구조신호용 등으로 나누어져 있었는데 개중 별장 정문과 후문, 별장 1층과 2층, 방공호용 스피커로 구획되어 있는 스피커용 스위치들이 눈에 들어왔다. 방공호용 스피커 스위치를 누르자 스위치가 초록색으로 빛을 발하기 시작했다. 나는 앞에 놓인 마이크에 대고 말했다.

"유정아, 들리니?"

화면 속의 딸아이가 허공을 올려다보았다.

"어, 들려! 문부터 좀 빨리 열어 달라니까?"

"괴물들은 어디 갔어? 다른 사람들은?"

"모니터 보고 있는 거야?"

그 말에 무언가가 잘못되었다는 확신이 들었다.

"여기 모니터가 있다는 걸… 네가 어떻게 아는 거야?"

그 순간, 딸아이가 카메라를 향해 몸을 돌리고는 화면을 똑바로 바라보았다. 눈물이 가득한 눈에는 원망하는 기색이 담겨 있었다.

"아빠는 진짜 너무 정이 없어! 딸이 도와달라고 하고 있으면 냉큼 레버부터 당겨 줘야 하는 거 아냐? 엄마도 힘들 때 아빠가 달래 줄 생각은 안 하고 맨날 잘잘못만 따지고 있었다고 얼마나 한탄을 했는지 몰라."

나는 목소리를 최대한 낮추고 속삭이듯이 말했다.

"방공호 주변에 괴물이 하나도 없다는 걸 확인했어. 너는 진짜 괜찮은 거야? 상황이 어떻게 된 건지 설명해 줘. 아빠가 도와줄게."

그 순간, 스피커에서 괴물의 목소리가 들려 오기 시작했다. 별장 주변을 비추는 카메라가 방공호를 향해 달려오고 있는 괴물 무리를 포착했다. 딸아이는 겁에 질려 움츠러들더니 주먹으로 벽을 두드리며 소리를 질렀다.

"아빠! 괴물들이 이쪽으로 오는 것 같아! 빨리 문 열어!"

이렇게까지 되니 문을 열지 않을 수가 없었다. 나는 손을 뻗어 레버를 내렸다. 그때까지 막다른 통로를 비추고 있던 모니터에서 평범한 벽으로 가장하고 있던 문이 소리 없이 측면으로 열리는 모습이 보였다. 그 너머에 딸아이가 비쳤다. 그러나 딸아이는 제자리에서 울먹거리기만 할 뿐 움직이지 않았.

"빨리 들어와! 뭐 하는 거야?!"

그 사이에 괴물들은 이미 방공호 코앞까지 몰려와 있었다.

"유정아, 제발!"

그때 열렸던 문이 다시 닫히기 시작했다. 나는 당황해서 자동으로 올라가고 있는 레버를 다시 내려보려고 했지만 레버에 기계적인 힘이 걸려 있어 왼팔만 쓸 수 있는 나로서는 역부족이었다. 레버가 완전히 올라가기 직전 나는 괴물이 어디까지 도달했는지 확인하기 위해 모니터를 일별했다. 어느새 내가 있는 공간에 들어와 있는 딸아이의 모습이 보였다. 문이 딸아이의 뒤에서 완전히 닫히는 시점에 괴물들이 방금 전까지 딸아이가 서 있던 입구 통로로 들이닥쳤다.

"아무리 그래도 문 닫는 건 너무한 거 아니야? 아빠는 내가 어떻게 돼도 상관없다는 거야?"

딸아이가 우는 목소리로 힐난을 퍼부었다. 그러고는 발을 쿵쿵 구르며 내가 있는 곳까지 잰걸음으로 걸어왔다. 가까이서 보니 옷도 깨끗한 것으로 갈아입은 상태였다. 방공호 안엔 없었던, 처음 보는 초록색 셔츠였다. 가슴속에서 울컥거리는 것이 올라왔다.

"문을 그렇게 닫아 버리면 어떻게 해? 내가 죽더라도 좋아? 내 아빠 맞아?"

"문이… 문이 저절로 닫혔어."

"레버를 끝까지 내려서 고정했어야지. 안 그러면 일정 시간 후에 저절로 닫힌다고."

눈물이 주체할 수 없이 흐르기 시작했다.

"왜, 울어?"

"너 내 딸 어떻게 했어?"

"내가 아빠 딸이야! 무슨 소리하는 거야?"

난 자리를 박차고 일어섰다.

"나한테 아빠라고 하지 마! 내 딸이라고 하지도 말고! 여태까지 보여 준 게 있는데 아직도 속이려는 거야? 너 뭐야!"

딸아이는 한순간 울컥하는 기색을 내비치더니 진절머리 난다는 듯이 손을 휘저었다. 그리고 침대로 걸어가 걸터앉았다.

"나 아빠 딸 맞다고! 믿던 안 믿던 그게 사실인걸. 아이 씨."

딸아이는 손등으로 양 눈가의 눈물을 훔치고는 자기 머리를 헝클어뜨렸다.

"이렇게 구구절절 이야기하는 일 생기기 전에 끝내고 싶었는데. 막 다급한 척 계속 연기하면서 속일 자신이 없었어. 한 번에 끝냈어야 하는데. 어설프게 하면 어차피 꽝일 거 아냐. 아빠도 알잖아. 난 애초에 사람 속이는 건 잘 못한단 말이야."

"대체 무슨 소리야?"

"시간이 없어, 아빠. 전부 터놓고 얘기할게. 중요한 얘기야."

딸아이는 잠시 호흡을 깊게 쉬며 상기된 감정을 가다듬었다. 당장 울 것만 같은 상태에서는 벗어났지만, 그것을 대신해서 극도로 초조해하고 불안해하는 기색이 뚜렷하게 드러났다.

딸아이는 잠시 내 눈치를 살피더니 깨끗한 상의를 조금 말아 올렸다. 배 부분을 붕대로 감아 놓았는데, 옆구리가 파인 것처럼 움푹 들어가 있었다. 보통 사람이라면 결코 살아 있지 못할 상처였다.

"너…."

"그래. 물렸어. 감염됐어. 나도 이제 괴물이야."

나는 다리에 힘이 풀려 바닥에 주저앉았다. 딸아이가 침대에서 일어서려 하다가 내가 화난 표정으로 노려보자 다시 주저앉았다. 딸아이는 상처받은 듯한 얼굴을 하며 입술을 깨물었다.

"하지만, 너는 말하고 있잖아! 괴물들은 그런 거 못해!"

"차례대로 가자. 우리는 크리우아칸에게 속은 거야."

딸아이는 그렇게 말하며 나를 쳐다보았다.

"무슨 소리지?"

"크리우아칸은 지구의 에너지 자원이 목적이야. 놈들은 우리 같은 유기 생명체와 다른 신체 구조를 지녔고 존재하는 것 자체가 막대한 에너지를 소비하도록 되어 있어. 본질이 초고에너지를 가진 전자기파라서 놈들이 집단으로 지구 대기 속으로 들어오는 순간 인간을 포함한 대부분의 지구생물은 즉사할 거야. 다른 행성에서도 같은 방식이었지. 미쿠르로나게는 우리를 크리우아칸한테서 보호하려는 거야."

"보호라고? 보호?"

"자연보호론자라고 표현하는 것이 적합할까? 목적이 인류라는 지성체의 종 보전에 있다는 것은 명확해. 우리들의 육체와 융합함으로써 인류의 신체를 크리우아칸의 적대적인 파장으로부터 지켜 주려는 거야. 인류의 중추신경계에 각인된 기억과, 유전적 기전을 보존시키는 일이지."

딸아이는 어깨를 으쓱했다.

"폭력적인 방식이기는 해. 하지만 협의하고 있을 시간이 없어. 크리우아칸은 지금 당장이라도 들이닥칠 수 있어. 두 달이라고 말한 건 블러핑이야. 미리 메시지를 보낸 건 우리가 미쿠르로나게를 적대하게 만들기 위해서였지. 우리 인류가 미쿠르로나게와 융합해 크리우아칸의 신체에 저항력을 가진다면, 곧장 놈들에 대한 전자기적 대항책을 만들기 시작할 것이고, 그러면 놈들이 에너지 채굴을 진행하는 동안 막대한 손실이 뒤따르리라는 사실을 알 테니까."

"그런 걸 나더러 믿으라고?"

딸아이는 허탈하다는 듯이 웃으며 고개를 갸웃했다.

"그럼 크리우아칸이 우리 편이라는 증거는 있어? 미쿠르로나게와 융합했다고 해서 인간이 인간이 아닌 것으로 변하는 게 아니야. 내가 여기에 방공호가 추가로 나 있다는 걸 어떻게 알았을 거 같아? 최근에 방공호 주인이 미쿠르로나게와 융합했기 때문이야. 일이 이렇게 복잡하게 진행된 건 운이 나빴기 때문이고. 미쿠르로나게와 융합된 사람들은 미쿠르로나게의 단백질에 뉴런의 배열이 그대로 각인되지만 대부분이 그것을 기억이나 지식이라는 정보의 형태로 출력해서 활용하는 게 불가능했거든. 그런 부작용이 일어나는 원리는 알 것 같지만, 굳이 여기서 얘기할 필요는 없겠지. 그렇게 된 사람들은 그대로 놔두면 본능에 따라 손에 집을 수 있는데 있는 자원만 있는 대로 포식하다 자멸할 거야."

딸아이는 자리에서 일어났다.

"하지만 다행히도 아주 드물게 그것이 가능한 존재가 만들어져. 두뇌 역할을 할 수 있는 개체지. 두뇌 개체만이 융합된 사람들의 뉴런 배치를 전달받아 해석하고, 사고하고, 그것을 바탕으로 행동을 지시할 수 있어. 융합된 인간을 좀 더 생존에 유리한 존재로 만들어 줄 수 있는 거야. 그중에 하나가 바로 나야. 마침 내가 정말 다행히도 두뇌의 역할을 할 수 있는 존재가 되었어. 그래서 방공호 주인의 뉴런 배치를 해석해서 여기에 여분의 방공호가 있다는 기억과 지식을 읽어낸 거지. 애초에 여기 방공호에 융합된 사람들이 쳐들어온 것도, 바로 어제 시내 쪽에서 두뇌가 하나 만들어졌기 때문이야. 이제 이해가 돼? 현재의 인류에게 나와 같은 두뇌는 중요해. 두뇌 개체가 없다면 융합된 사람들은 결국 포르말린 표본으로 전락할 수밖에 없어, 아빠."

딸아이가 나에게로 다가오기 시작했다. 나는 자리에서 일어나 벽에 바짝 붙었다.

"오지 마."

딸아이는 나를 진정시키려는 듯이 손을 뻗으며 침착하게 타일렀다.

"앞으로 펼쳐질 가혹한 환경에서 인류가 다시금 번성하기 위해선 두뇌가 필요해. 두뇌는 드물게 태어나. 그렇지만 나와 친족인 아빠는 두뇌 개체가 될 수 있는 가능성이 높아. 크리우아칸을 완전히 몰아낼 수는 없겠지만, 그래도 태양과 미쿠르로나게가 준 강인한 육체가 있으니까 어떻게든 계속해서 살아나갈 수 있어. 두뇌가 많아지면, 모두가 완전히 짐승 같은 상태로 추락해 멸종하는 건 막을 수 있을 거야. 지금의 사회보다는 후퇴하겠지만, 인류를 잇는 인류로서 다시 진보하고 번성해 나갈 수 있는 거야."

"네가 정말로 내 딸이라면, 이런 걸 원하지 않았을 거야."

"내가 미쿠르로나게와 융합되었기 때문에 그들의 기억과 가치관에 영향을 받은 건 인정해. 하지만 이 의지는 융합된 인류 전체의 의지이기도 해. 종으로서 계속 생존하는 것이 절멸보다 낫다는 것 말이야. 그것은 생명이라면 누구도 부정할 수 없는 본성이야."

딸아이가 내 팔을 가볍게 잡았다.

"난 여전히 내가 인간이라고 생각하고, 인간의 입장에서 판단하고 있어. 좀 달라지는 건 있겠지만, 일종의 적응이라고 생각해. 이렇게 변천하는 우주에서는 스스로를 끝없이 변화시키지 않는다면 살아남을 수 없어, 아빠."

괴물들이 방공호로 쳐들어오는 것을 대비하려 입구 통로에 진을 치고 있었을 때, 나는 잠시 짬을 내어 딸아이와 만났었다. 그리고 생애 마지막이 될 수도 있을 대화를 나눴다.
"어차피 죽겠지?"
딸아이가 눈물을 글썽였다. 줄곧 씩씩한 척을 하고 있었지만 누구에게나 한계는 찾아오는 법이다. 나는 떨고 있는 조그만 몸을 꼭 안아 주었다. 딸아이는 훌쩍이기 시작했다.
"아이들이 불쌍해서 어떻게 해."
"다 괜찮을 거야. 우리가 막아낼 수 있어."
"왜 우리한테 이렇게 끔찍한 일이 일어나는 거지? 전도사 아저씨가 뭐 얘기해 준 거 없어?"
"걔는 우리 위해서 기도하느라 바빠."
"기도…."
딸아이가 훌쩍거리더니 내 옷에 코를 팽 풀었다.
"이제 더러워져도 괜찮으니까, 뭐."
나는 딸아이의 양어깨를 꽉 잡았다.
"유정아, 우리 안 죽어. 남자들이 입구 틀어막고 못 들어오게 버틸 거야. 그렇게 버티다 보면 그 외계에서 온다는 애들이

와서 우리를 구해 줄 거야. 아니면 군대가 와서 구해 줄 수도 있고. 우리가 해야 할 일은 버티는 거야. 끝까지 버티면 돼. 포기하지 않고. 그러면 모든 것이 해결되는 거야. 단순하게 생각해, 유정아. 버틴다. 버티자고."

"만약에 내가 먼저 물리거나 그러면…."

"유정아!"

"아, 그래. 버티는데, 버티는데 만에 하나 물릴 수도 있잖아. 만에 하나. 그러면 아빠가… 제발 나 좀 끝내 줘."

내 손으로 자기 머리를 부숴 달라는 의미였다.

"유정아…."

"나 진짜 그때 태연이 눈앞에서 죽은 게 아직도 안 잊혀져."

태연이는 우리가 아파트 단지 근처의 학원에서 구출한 초등학생들 중 하나였다. 살아 있었다면 방공호의 아이 숫자가 열셋이 되었겠지만, 도망치던 도중에 괴물에게 발각되어 무참히 살해당해 잡아먹혔다. 그때 투입된 구조대 속에 약국을 털기 위해 나간 딸아이가 섞여 있었던 것이다.

"나 이래 봬도 의사잖아. 그런데 만약 내가 감염되면 내가 내 손으로 아이들을 죽이고 잡아먹게 될 수도 있다는 거잖아. 여태까지 살려 보겠다고 그렇게 고생을 했는데."

딸아이가 나를 꼭 껴안았다.

"이런 거 부탁해서 미안해. 그렇지만 난 그렇게 되어 버릴 수도 있다는 게 너무 끔찍하고 무서워. 그렇게 변해 버린 채로 살고 싶지는 않아. 차라리 죽는다면 아빠한테 죽고 싶어. 그게 내 소원이야. 난 끝까지 사람으로 남고 싶어."

내가 무슨 말을 할 수 있었겠는가….

"딸을 죽이라니. 내가 그런 걸 어떻게 해."

그 대답에 딸아이는 내 눈을 똑바로 바라보며 한 글자씩 끊어 이야기했다.

"아냐. 그렇게 되면 그건 내가 아냐. 그걸 절대 나라고 부르지 마."

그 말에는 맹렬한 분노마저 서려 있었다. 그러겠다고 말하고 싶은 마음은 한 톨도 없었지만, 마지막이 될 수도 있는 만남을 딸아이와 다툰 채 끝낼 순 없었다.

"그래, 약속할게. 그런 일은 당연히 절대 없겠지만 만약 네가 괴물이 된다면, 누구에게 피해를 끼치기 전에 먼저… 어… 꼭 네 말대로 해 줄게."

"미안해, 아빠. 고마워…."

"아이들은? 아이들을 잡아먹는 게 적응이라는 거야?"

딸아이가 얼굴을 찌푸렸다.

"마음은 아프지만 어쩔 수 없는 일이야. 아이들은 가지고 있는 정보량도 적고, 아직 성장하는 도중이라 두뇌가 될 가능성도 극단적으로 낮거든."

딸아이가 내 눈을 바라보았다. 탁도가 높아 내 모습도 비치지 않는, 검은 밤과 같은 새까만 눈동자가 나를 향해 있었다.

"미쿠르로나게 성인의 수는 한정되어 있으니까 말이야. 그중에 하나를 아빠한테 주는 거야."

"이건 옳은 방법이 아냐."

"난 미쿠르로나게가 우주에서 무엇을 보아 왔는지 알거든, 아빠."

딸아이가 내 상의의 오른쪽 팔 부분을 말아 올렸다.

"옳고 그른 건 환상이야. 우주에서 그런 어리광은 조금도 통하지 않아."

딸아이가 내 오른팔을 손으로 쥐고는 살며시 이빨을 들이밀었다.

둘 중에 어느 것이 딸아이의 진짜 진심이었을지, 내 미약한 지식으로는 알 수 없는 일이다.

곧 그들이 올 것이다, 크리우아칸이. 어느 쪽이 거짓말을 했었는지, 그들이 알려 줄 터였다. 내가 고른 길이 옳았는지 아니었는지는 생각하지 않을 것이다. 이제 와서 그 일을 반추하는 것 자체가 딸아이의 선택을 믿지 않았다는 의미가 될 수 있을 테니 말이다.

한순간 고개를 쳐드는 의혹을 꾹꾹 눌러 내리면서 나는 거듭해 다짐한다. 딸아이가 그토록 인간으로 남기를 바랐던 만큼, 나 또한 끝까지 인간으로 남을 것이라고….

'그런데… 인간이 뭐지?'

정신을 차리기 위해 양손으로 뺨을 때렸다. 딸아이의 피 때문에 손바닥이 뺨에 쩍쩍 달라붙었다. 머리가 깨진 채 바닥에 누워 있는 딸아이가 킥킥거리며 웃는 것만 같았다.

작가의 한마디

고시원 생활의 갑갑함이 반영되었다. 생존으로 힘들 때는 종종 내 것이 아니라고 생각되는 갖가지 긍정적인 가치들이 몽땅 무의미하게 되기 쉽다.

선녀와 사슴

 정오를 지나 신시(辛時)에 접어든 때였다. 초군(樵軍)이 모일 시기가 아니었기에 집까지 땔감을 옮기는 일은 고스란히 혼자 몫이었다. 집에 돌아가 자리짜기 하던 것도 마무리하려면 이쯤에서 슬슬 일을 파해야 했다. 그래도 집까지 오가는 고생 생각에 한 그루만 지게에 더 얹자 싶어 정신 없이 도끼질을 하고 있는데, 지척에 있는 수풀이 흔들리더니 커다란 크기의 검붉은 형체가 내 앞으로 뛰쳐나왔다.
 "으아악!"
 나는 기겁을 하며 흙바닥에 자빠졌다. 숨을 몰아쉬며 정신을 차리고 보자, 내 눈앞에 떠오른 것은 수염이 덥수룩한 거친 인상의 사내였다. 사내는 털 사이로 비치는 시뻘건 얼굴에서 땀을 비 오듯 흘리고 숨을 헐떡이더니 내 손을 잡고 일으켜 주며 첫 마디를 꺼냈다.

"놀라지 마시오! 난 사냥꾼이오!"

과연, 그 말이 아니었다면 추인(貙人)이라고 오인했을 법한 행색이었다.

"산에서 이게 뭣 하는 짓이오? 놀라서 넘어질 뻔했잖소."

"지금 사슴을 한 마리 쫓고 있소. 못 봤소?"

"여기서 나무를 하던 것이 두 시진 정도 되오만, 사슴은 보지 못했소."

나는 마음이 상해 퉁명스럽게 대답했다.

"염병할! 그 간악한 놈이!"

내 말에 사냥꾼은 욕설을 내뱉으며 도끼로 주변의 수풀을 화풀이 삼아 찍어 대기 시작했다. 점점 낯빛이 화톳불처럼 붉어지고 눈알은 한 촌이나 튀어나오고 입에서는 거품을 뿜는 것이 꼭 구한(仇恨)이라도 품고 죽은 귀신 몰골과도 같았다. 산짐승에게 무슨 원한이 있는 건지는 모르겠지만, 불쌍한 사슴은 붙잡힌다면 형체조차 보존하지 못할 성싶었다.

"형씨, 잘 들으쇼! 그 사슴은 사악한 요물이오! 겉은 사슴이지만 거죽 속에 다른 걸 품고 있단 말이오! 살려 두어서는 안 될 놈이니 그놈을 본다면 꼭 내게 알려 주시오. 아시겠소? 그러면 내가 달려와 놈의 목을 치리다."

"도대체 사슴 같은 것하고 서로간에 무슨 일이 있었기에 그러오?"

사냥꾼은 버럭 소리를 질렀다.

"그건 알 필요 없소! 아무튼 약조하였소! 사슴을 보면 내가 들을 수 있게 크게 소리를 지르시오! 그리고 그놈이 무슨 말을 내뱉던 절대로 귀담아 들어서는 안 되오! 절대로!"

사냥꾼은 입가에서 침을 흘리고 눈에는 핏발을 세운 채로 도끼와 활을 흔들며 나무 사이로 사라졌다. 나는 사냥꾼이 낙엽을 밟고 초본을 헤치는 소리가 들려오지 않을 때까지 기다렸다가 사슴을 불렀다.

"사슴아, 사냥꾼이 떠났다. 나와도 된단다."

그 말에 근처의 수풀에 웅크리고 있었던 사슴이 조심스럽게 몸을 일으켰다. 사슴은 불안한 눈길로 사위를 살피며 천천히 걸어 나와서는 눈물이 그렁그렁한 눈으로 나를 바라보더니 머리를 숙이며 깊게 읍했다.

"정말로 감사드립니다. 제 목숨을 구해 주신 은혜를 어떻게 갚아야 할지."

"사정이 딱해 보여 도와준 것이니 괘념치 말거라."

애초에 대가를 바라고 도와준 것도 아니었다. 곤궁한 나무꾼인 나보다도 훨씬 질박한 삶을 사는 산짐승일진데, 괜한 욕심을 앞세운다면 미물에게 대분망천(戴盆望天)의 짐만 지워주는 격일 터였다.

나는 하던 나무나 다시 시작했다.

그러나 사슴은 내 주변을 떠나지 않았다. 근처를 서성이다가 내가 수풀에 던졌던 고수레를 입에 넣고 우물거리더니 일을 파하고 바위에 기대 쉬는 나에게 다가와 머리를 모로 기울인 채 조심스러운 말투로 말하기 시작했다.

"나무꾼님. 제 비록 미천한 미물이나 유교무류(有敎無類)를 숭앙하여 성인의 말씀을 고구하고 있습니다. 공자님께서 말씀하시길 덕 있는 사람은 반드시 이웃이 있는 법이고, 은덕은 은덕으로 갚으라고 하시지 않으셨습니까? 부디 저를 한갓 산짐승이 아닌 신의를 아는 한 명의 이웃으로 여겨 주시고 목숨을 구해 주신 혜은에 보답할 수 있도록 해 주세요."

사슴이 인용하는, 머리에서 희미해진 『유경(儒經)』의 해묵은 구절들을 듣자 가슴 한구석에 따끔거리는 데가 있었다.

"너는 문자도 다 읊을 줄 아는구나. 하지만 나는 그저 나무꾼일 뿐이라 옛날 책들에서나 말해지는 말씀이란 것은 잊은 지 오래되었다."

내 말에 사슴은 앞발을 내 무릎 위에 살며시 대고는 타이르듯이 말했다.

"나무꾼님. 알고 계실지 모르겠지만 나무꾼님은 단순한 촌부(村夫)라기에는 한눈에 봐도 범상하지 않은 기운을 품고 계십니다. 자하가 묘출(描出)했듯이 멀리서 보면 위엄이 있고,

가까이서는 온화해 보이시는 데다가 이득이 되는 일을 눈앞에 두고 의로운 일인지를 먼저 생각하시는 인품까지 갖추고 계시다니, 필경 본디는 양반이 아니십니까?"

울분이 치솟아올라 아니라고 부정하고 싶었지만 얼마 남지 않은 자존심이 그 말을 허락하지 않았다. 나는 한숨을 쉬고 대답했다.

"그것은 그렇다만…."

이른바 작서의 변이라 불리는 흉난(凶亂)이 내 인생을 무너뜨린 원흉이었다. 사지가 찢기고 불에 그을려진 쥐의 시체가 동궁 인근에서 발견된 여파로, 종6품 당하관에 불과했던 우리 아버님마저 김안로가 정적들을 논척하는 과정에 휘말려 파직되셨다. 그때가 내가 고작 일곱 살이었을 때였다. 원래도 심약하셨던 아버지는 그 과정에서 심비(心脾)를 상해 울화증이 발증한 탓에 정충(怔忡)으로 고생하시다 2년 만에 돌아가셨다. 병석에 누운 아버지는 구한(仇恨)으로 이글거리는 눈을 하고서는 매일 문안 와 자리 곁에 앉은 나에게 불탄 쥐의 배후에는 김안로가 있었다고 끊임없이 말씀하시고는 했다. 그것으로 정적들을 토포할 빌미를 삼았다는 것이었다.

김안로가 사사되고 많은 사람들이 복권되었지만, 연고도 없고 재산도 없는 작은 가문이었던 우리 집안은 돌아가신 아버님의 빈자리를 메우고 과거의 가세를 재건해 내지 못했다. 몸이 허약하셨던 어머니는 홀로 허드렛일을 하시며 내가 글공부를 놓지 않도록 하셨지만 이내 둑방에서 낙상해 쓰러지시는 바람에 어린 나까지 호구지책에 허덕여야 하는 처지가 되었다.

"위녕(爲佞)하는 자들은 저리도 호사하며 사는데, 선비님처럼 고매한 인품을 가지신 분이 슬하에 대를 이을 자제조차 없다는 것이 잘못된 일 아닙니까? 후일을 도모하시기 위해서라도 자손만큼은 반드시 보셔야죠."

"그래서 대체 무슨 말을 하고 싶으냐."

사슴이 하는 말의 요는, 나에게 짝을 찾아 주겠다는 것이었다. 해가 지고 산에 어둠이 내리는 동안, 사슴은 나에게 좋은 배필을 구해 혼인을 할 수 있다는 비밀스러운 방법을 알려 주었다.

"아니, 사람이 어찌 그런 식으로…."

"선비님의 아버님께서는 홍문관 부수찬까지 지내신 분이신데, 그 피가 남에게 가겠습니까? 한 대(代)에서 벼슬을 거르시더라도 선비님께서 적자(嫡子)만 제때 얻으신다면, 아직 희망은 있습니다."

사위는 이미 한 치 앞도 보이지 않을 만큼 깜깜해졌지만 사슴의 눈만은 검은 하늘의 별빛을 반사하는 것처럼 빛나고 있었다.

"그래도 그렇게… 강제로….”

"이건 선비님만을 위하자는 일도 아니지 않습니까. 모름지기 자식 된 도리로 어머님의 마지막 원을 풀어 드려야 하지 않겠습니까?"

사슴의 말대로 벌써 병석에 누우신 지가 3년째 되신 연로한 어머니께서 하루가 멀다 하고 말씀하시는 내용이 있었다.

"죽기 전에 네가 혼례를 올리는 것을 내 눈으로 보기만 한다면 여한이 없을 것 같다. 하나 남은 가족인 내가 죽으면 이 풍진 세상에 너 혼자 외로워 어찌 살아갈꼬…. 내가 지은 업이 많아 내 대에 집안이 몰락하고, 남편도 이른 나이에 잃었다. 자식 하나도 똑바로 건사하지 못하고 떠나는 것이 무서워 그토록 하늘에 대고 빌었건만, 하늘도 무심하시지.”

어머님의 입에서 그런 말까지 나오게 만든 것은 전부 내가 불초한 탓이었다. 김안로의 차남도 제 아비와 형의 과오로 과거길이 막혔으나 서화에 일가를 이루어 세간에 이름이 꽤나 알려져 있다 들었다. 그것이 글공부하기에 도통 여의치 못할 상황이라도 무던히 습학(習學)하는 근기가 부족해 『훈몽자회(訓蒙字會)』도 제대로 떼지 못하여 책쾌로 밥벌이할 기회마저 놓쳐버린 나를 언제나 괴롭히는 것이었다.

사슴은 내 곁으로 바짝 다가와 귓가에 속삭이기 시작했다.

"나무꾼님… 어머님을 생각하시고, 마음을 굳게 잡으셔야 합니다. 성인께서 효라는 것은 부모를 물질로 봉양하는 것에서 그치는 것이 아니라, 마음으로 공경하는 것에 있다고 말씀하시지 않으셨습니까. 뿐만 아니라 자하께서도 큰 덕이 한계를 넘지 않는다면 작은 덕 정도는 변통할 수 있는 것이라 말씀하였습니다."

"…."

나는 사슴의 눈과 몸가짐을 가만히 살펴보았다. 그 눈길과 행실에서 느껴지는 기운엔 일체의 탁박(濁駁)함이 없었다. 옛말에 이르기를 사람조차 자신의 본질을 숨기는 일은 어렵다고 하는데, 산짐승이 이 정도로 자신의 청탁수박(淸濁粹駁)함을 가장할 수 있을까?

어쩌면 읊을 수 있는 풍월이라도 머리에 가득 외고 있는 이 사슴이, 손에서 서책을 놓은 지 오래된 탓에 한량없이 우미(愚迷)해졌을 나보다 옳은 판단을 하고 있는 것일지도 모른다는 생각이 문득 들었다.

사슴은 나에게 더 가깝게 다가섰다. 내 양쪽 귀에 주둥이를 바짝 들이밀어서, 마치 내 머릿속에서 목소리가 울리는 것만 같았다.

"나무꾼님, 이미 두 번이나 깊이 생각하셨으니 충분합니다. 이젠 움직이셔야 할 시간입니다."

내가 이 산에 나무하러 들어온 지 15년을 넘겼으나, 산속에 이런 장소가 있으리라고는 생각하지 못했다. 군데군데 고여 있는 열수에서 따뜻한 기운이 올라오는 비경이었다.

젖은 수풀을 헤치고 얼마간 나아가자 수증기로 자욱한 커다란 온천이 나타났다. 때는 한밤이었고 무성하게 자란 나무들이 달빛을 가렸지만 온천으로부터 괴이한 빛이 새어 나와 눈앞을 살피는 데에는 큰 장애가 없었다.

"선녀들은 가끔 목간을 하기 위해, 사람들의 눈에 띄지 않는 한밤중에 하늘 나라에서 무리 지어 내려옵니다."

정말로 온천 안에는 사람의 것과 똑같은 그림자들이 여럿 보였다. 나는 우선 옷자란 골풀에 몸을 숨기고 호반을 따라 기어갔다.

'선녀들은 목간을 할 때면 물가에 날개 옷을 개어 놓습니다. 먼저 그 옷더미를 찾아야 합니다.'

그렇게 반 바퀴 가량을 돌자 과연, 한데 쌓인 옷더미를 찾을 수 있었다. 재질을 알 수 없는 반짝이는 은빛 옷감으로 짜여 있었고, 동그랗고 투명한 머리장식 여러 개가 그 곁에 함께 놓여 있었다.

"그런 다음 몸을 숨기고 가만히 기다리셔야 합니다. 선녀들 여럿이 함께 모여있다면 나무꾼님 혼자서는 기세를 감당하실 수 없을 것입니다."

나는 조심스럽게 근처의 버드나무 뒤로 은신했다. 반 시진 정도가 지나자 높은 음조로 재잘거리는 소리와 함께 한 무리의 선녀들이 온천에서 빠져 나왔다. 나는 증기와 어둠과 수풀에 가려 그들의 희미한 윤곽만을 식별할 수 있을 뿐이었다.

이내 느긋하게 복식을 갖춘 선녀들이 온천을 향해 알아들을 수 없는 말로 무언가를 외쳤다. 그러자 온천 안에서 누군가가 화답해 왔다. 하나같이 이해할 수 없는 어사들이었다. 곧이어 선녀 무리 가운데에서 밝고 푸른 빛이 번쩍였고, 그 아래에 한 벌의 옷만이 남았다. 모든 것이 사슴의 말 그대로였다.

"그중에 목간하는 것을 유난히 즐기는 선녀가 있을 것입니다. 그 선녀가 혼자 남을 때를 기다렸다가…."

나는 나무 뒤에서 걸어 나왔다. 온천 쪽에서는 나직한 노랫소리가 들려오고 있었다. 나는 내가 입은 상의부터 벗어 바닥에 넓게 펼친 뒤 심호흡을 하고 가만히 시기를 기다렸다.

"반드시 선녀가 물 바깥으로 나와 육지에 발을 디디고 선 다음에 날개 옷을 취하셔야 합니다."

그로부터 두 식경 정도가 흐르자 온천 안에서 들리던 첨벙거리는 소리가 점점 내 쪽으로 가까워지기 시작했다. 곧 물이 뚝뚝 듣는 인영(人影)이 호반으로 올라섰다. 나는 그것을 신호로 선녀의 옷을 바닥에서 집어 들었다. 그 즉시 옷이 귀를 찌르는 듯한 요란한 소리와 함께 괴이한 불빛을 발산하기 시작했다.

"선계의 옷에는 생령이 있어 남에게 탈취당하면 소리와 광망(光芒)을 발합니다. 침착하게 행동을 서두르셔야 합니다."

나는 내 윗옷으로 선녀의 옷을 둘둘 말아 보따리처럼 매듭 짓고는 품에 단단히 안았다. 선녀가 곧장 내 쪽으로 뛰어들었다. 눈을 들어 일별하자 가슴께는 이상하게 밋밋했지만 허리가 잘록하고 고샅이 매끈한 것이 분명 여인의 몸이었다. 그러나 어딘가 이질적인 느낌을 떨칠 수가 없었다.

"선녀는 날개 옷이 없으면 하늘로 돌아가지 못하니 무슨 짓이라도 하여 옷을 되찾으려 할 것입니다."

나에게 달려든 선녀가 보따리를 빼앗아가려고 손을 뻗었다. 나는 필사적으로 몸을 뒤틀며 옷을 사수했다. 선녀는 한참 동안 나를 손과 발로 두드리며 고래고래 악을 질렀다. 선계의 사람이 내는 소리라고 믿어지지 않을 정도로 사납고 날카로운, 마치 짐승의 것과 같은 소리였다.

"선녀가 지칠 때까지 옷을 뺏기지 않도록 지키세요."

맨손과 맨다리로는 역부족이라 생각했는지, 선녀는 주변 바닥에서 나뭇가지와 돌멩이를 주워 나를 향해 던지고 내려쳤다. 신장(訊杖)을 맞는 것보다도 견디기 버거운 고통이었지만 나는 바닥에 자빠져 한 손은 보따리에, 다른 손은 머리에 두른 채 끝까지 버텨냈다.

영원과도 같았던 시간이 지나고, 선녀의 매질이 멈추었다. 혼미한 정신을 가다듬자 시야에 들어온 것은 목을 부여잡고 숨통이 막힌 사람처럼 괴로워하고 있는 선녀였다. 나는 당황한 탓에 옷가지를 내버리고 일어나 선녀의 어깨를 부여잡았다. 하지만 그 이상 할 수 있는 일이 없었다. 사슴은 이런 상황에 대해 말해 준 바가 없었다.

그 참혹한 광경에 당황하는 사이 선녀는 검은자위만 있는 눈으로 나를 쳐다보면서 서서히 머리부터 녹아 내렸다. 그…, 도무지 사람의 것 같지 않은 눈을 통해서도 나는 선녀의 마음에 서려 있는 까마득한 증오와 절망을 읽어낼 수 있을 것만 같았다.

아연히 보고 있자니 이내 선녀의 모습은 감쪽같이 사라지고, 허벅지까지 닿는 반 아름 정도의 연봉오리 같은 물건만이 남았다. 목질 같은 가늘고 하얀 띠들로 둘러싸인 그 기물은 반투명한 붉은색이었고, 온통 끈끈한 점액으로 덮여 있었으며, 방금 도살된 소의 염통처럼 맥동하고 있었다.

"대를 잇는 것이 원이라고 하셨죠."

그때 숲의 어둠으로부터 사슴이 나타났다.

"그것에 포단을 덮어 구들목에 두고 짬이 나는 대로 신수(腎水)를 뿌려주면 곧 난피가 투명해지면서 수태가 이루어질 것입니다."

나는 입을 열었지만 할 말을 찾지 못했다. 사슴은 기물이 발하는 적광을 받아 붉게 빛나는 눈으로 나를 바라보았다.

"…혹시 필요 없으시다면 저에게 주세요. 열한 성질이 있어 온보(溫補)하는 데 좋거든요."

사슴이 입술을 뒤집으며 웃자 고르고 하얀 이가 드러났다. 그 새하얀 치아가 사람의 것과 똑같았다.

"맛도 담백하고요…."

"날 이용했어?"

사슴이 킬킬거리고 웃었다.

"싹이 나되 꽃을 피우지 못하는 것과, 꽃이 피어도 열매를 맺지 못하는 것이 세상에는 있는 법이지요. 이것이 어디서 나오는 말인지는 아십니까?"

그렇게 말한 사슴은 그 붉은 것을 게걸스럽게 먹어 치우고는 홀로 산으로 들어가 버렸다. 사슴이 먹고 남긴 선녀의 잔해는 깜부기불처럼 반짝이다 이내 완전히 빛을 잃었다.

나는 내가 무언가 단단히 잘못 생각하고 있었다는 사실을 깨달았다. 그러나 이미 때는 늦었고, 나 외엔 탓할 사람도 없었다. 이 모든 것이 결국 추악한 일을 가벼이 보고 행동했던 내 방종의 소치였기 때문이었다.

돌에 맞아 깨진 머리에서 흐른 피가 눈에 들어가자 격통이 있었다. 그와 함께 내 시야도 마치 까마득한 무(無)를 마주 본 것과 같이 검게 변했다. 여태껏 늘 통증과 어둠만이 존재해 오던 그곳에, 이제는 돌아가신 아버지의 짓무른 욕창에서 누정(漏精)처럼 흘러나오던 고름과 진물의 썩는 냄새까지 자욱하게 풍기고 있었다.

작가의 한마디

어릴 때도 '옷을 훔친다'는 행위를 주인공이 저지른다는 데 위화감을 느꼈던 기억이 있다. 개인에 한정된 경험이지만, 그때까지 읽었던 아동용 소설에서는 보통 주인공이(나중에 반성하는 전개를 위해) 나쁜 일을 저지르면 삽화 등으로 힌트를 주었는데 〈선녀와 나무꾼〉은 유난히 도둑질하는 부분을 별것 아닌 것처럼 넘겨서 늘 의문점이 남았었다. 결국 나무꾼이 아내도 자식도 잃는 내용이 메인스트림이 된 것을 생각하면 구전단계에서 비슷한 문제의식이 반영된 게 아닌가 싶다.

최초 공개는 2018년 10월 1일 브릿G를 통해서 이루어졌다. 현재까지 출간된 글 중에서는 〈요술 분무기〉 다음으로 나이를 먹은 글이다.

숙제

01

"주희야."

수업 사이의 쉬는 시간이었다. 반장이 내 이름을 부르며 내 책상으로 다가오더니 말했다.

"주희야, 수학 선생님이 교무실로 오래."

"나…를? 수학이? 무슨 일로?"

"글쎄… 나도 모르겠어. 물어볼 분위기가 아니었거든."

그렇게 말하는 반장의 표정이 어두웠다.

"무슨… 소리야?"

"그냥, 별로 좋은 일 때문인 건 아닌 것 같았어. 표정이 안 좋더라고."

그렇게까지 말하니 딱히 짚이는 일이 없어도 걱정이 앞섰다. 나는 그럴 만한 일이 있었는지를 열심히 생각했지만, 아무리 해도 떠오르는 게 없었다.

"어…."

"여하간 쉬는 시간 끝나기 전에 얼른 가 봐. 그럼, 난 말 전한 거다?"

반장은 손을 흔들고는 교실 뒤편의 사물함으로 걸어갔다. 방금 전까지 나와 대화 중이던 좋은이가 물었다.

"뭐지? 너 뭔 일 했니?"

"아니, 내가 무슨 일을… 그런 거 없어."

곧바로 좋은이와 함께 교무실에 가 보았다. 수학이 교무실 문을 들어서는 나를 발견하고 손짓했다. 반장이 말한 대로 표정이 좋지 않았.

"부르셨어요?"

수학이 비어 있는 자리에서 의자 하나를 끌어내며 말했다.

"잠깐 여기 앉아라. 다음 수업이 뭐니?"

"역사요."

"종일 쌤!"

수학은 막 교무실을 나서던 역사 선생을 급하게 불렀다.

"나 주희랑 얘기할 게 있어서, 금방 보낼게요!"

역사가 고개를 끄덕이고는 복도로 사라졌다.

"얘기가 오래 걸리나요?"

그러나 내 질문에도 수학은 대답을 하지 않았다. 심상치 않은 분위기여서, 나는 교무실 문 앞에 있던 종은이에게 먼저 교실에 가 있으라고 손짓했다. 이내 수학이 자기 책상 서랍 안에서 내 수학 숙제 노트를 집어 나에게 넘겨주었다.

"이거, 무슨 의미인지 말해 줄래?"

"어떤… 거요?"

수학이 나를 묘한 눈으로 쳐다보았다.

"펼쳐 보렴. 오늘 제출한 숙제."

나는 노트를 펼쳐 보았다.

"어?"

내가 생각한 것과는 다른 것이 나타났다.

"이게 뭐예요?"

"…내가 묻는 게 그거란다."

숙제 대신 노트를 채우고 있는 것은 기억에 없는 낙서였다. 어지럽게 그어 놓은 선들이 노트에 가득했다. 간혹 숫자들이 적혀 있기는 했지만 도저히 숙제라고 부를 수 있는 것이 아니었다.

"이거 제 노트 맞아요?"

나는 재빨리 노트 겉표지를 살펴보았다. 분명히 내 노트가 맞았다.

"아니에요! 제가 이런 게 아니에요!"

"그래?"

"네! 제가 이런 게 아니에요…. 이게 왜…."

문질러보니 선이 번졌다. 미술시간에 쓰는 4B 연필로 해놓은 짓 같았다. 무슨 상황인지 파악되었지만 정말로 무슨 상황인지는 알 수 없었다. 정말로 내 기억 속에는 없는 일이었으니까 말이다. 침묵 속에서 수업종이 울렸다. 나를 가만히 쳐다보던 수학이 나지막이 입을 열었다.

"선생님도 이거 보고 의심스럽기는 했다. 네가 이럴 아이가 아니라는 걸 알거든. 분명히 네가 한 건 아니라는 거지?"

이런 일로 추궁 받고 있다는 상황 자체가 억울했다. 왈칵 눈물이 나왔다.

"네! 진짜로 제가 한 게 아니에요!"

"너는 숙제를 제대로 해서 제출한 거고?"

"네, 어젯밤에 정말로 다 했어요. 그래서 가방에 넣고 수업 끝나고 바로 제출한 건데…."

"그럼 누가 이런 건지는 알겠니?"

"아니요, 아예 모르겠어요."

수학의 얼굴은 어느새 걱정하는 기색으로 바뀌어 있었다.

"…일단 노트를 보면 낙서밖에 없고 숙제가 없었어."

"진짜요?"

나는 덜덜 떨리는 손을 겨우겨우 가누며 노트의 페이지를 뒤쪽으로 넘겨보았다. 정말로 수학의 말처럼 숙제가 적혀 있던 페이지들이 뭉텅이로 뜯겨 나가 있었다.

"네가 정말로 이렇게 한 게 아니라고 말한다면 선생님은 너를 믿는다. 숙제는… 기한을 하루 더 줄 테니까 다시 해서 내일 아침에 등교하자마자 나한테 직접 가져다 주렴."

"네…, 감사합니다…."

나는 소매로 눈물을 닦았다. 수학이 책상 위에 놓인 티슈를 건네주고는 내게 몸을 바짝 붙이고 나지막이 말했다.

"이 일은 일단 네 담임선생님한테 말해 놓으마. 정말로 별일이 있는 건 아니지?"

아무리 궁리해도 이 상황과 연관 지어 생각해 낼 수 있는 것이 없었다. 나는 고개를 저으며 말했다.

"아니요. 누가 이런 짓을 한 건지도 정말로 모르겠어요."

수학이 내 어깨를 가볍게 두드렸다.

"나중에라도 누가 한 건지 알게 되거나 비슷한 일이 다시 생기면 꼭 선생님들한테 상담해야 한다. 나한테 말해도 좋고. 선생님은 언제나 네 편이니까, 망설이지 말고 찾아와 주렴."

"네…, 그럴게요."

"그래, 수업 늦었다. 어서 가 보렴."

역사 수업이 끝난 후는 국어 수업이었다. 국어 시간에도 제출해야 할 독후감 숙제가 있었다. 나는 문득 혹시나 하는 마음이 들어 국어 숙제가 든 노트를 꺼내 살펴보았다.

역시나 연필로 괴발개발 낙서가 되어 있었다. 개중에 엉망인 글씨로 쓰여진 읽을 수 있는 문장들이 있었다.

재갈을 물리고 배를 세로로 가르는 거야. 그럼 아프다고 비명을 지르겠지. 시끄럽다고 소리지르면 입을 주먹으로 마구 때리자. 조용해질 거야. 이제 복막을 걷어내고 누런 지방에 싸여 있는 창자를 꺼내서….

차마 읽을 수 없어 노트를 덮어 버렸다. 좋은이가 내 자리로 다가와 물었다.

"네 독후감 읽고 스스로 감동한 거야? 나도 읽어 볼래."

좋은이가 노트를 뺏어가 읽었다. 표정이 금세 일그러졌다.

"이거 뭐야?"

"본 그대로야."

나는 자초지종을 이야기해 주었다. 좋은이가 물었다.

"짐작 가는 애 없어?"

"모르겠어. 학교에 오고 나서 화장실 갈 때 빼고는 자리를 비운 적이 거의 없는데 누가 언제 이런 짓을 한 거지?"

"그러게. 그 짧은 시간에 이런 거 쓰고 있었으면 분명히 눈에 띄었을 것 같은데…. 하다 못해 누가 네 가방 뒤지고 있었으면 그랬다고 말해 줄 애들도 있잖아."

"계속 생각해보고 있는데 누가 이런 건지 모르겠어. 아니, 어떻게 했는지를 모르겠어."

"여하간 좀 심각한 것 같은데…. 이거 완전히 미친놈이 쓴 거 같잖아?"

"여자애들이 이랬을까? 아니면 남자애가?"

"그건 모르는 거지."

종은이는 잠시 생각하다 말했다.

"그런데 진짜 모르겠다. 너 딱히 척지고 사는 애도 없잖아."

"그러니까. 누구한테 뭐 한 짓도 없는데…."

"일단 가만히 지켜보고 있어 봐. 이상한 망상 같은 이유로 저지르는 일일 수도 있잖아. 계속 이런 짓을 한다면 누군지는 금방 들통이 날 거야."

종은은 손가락으로 책상을 두드렸다.

"너무 그렇게 신경 쓰는 티 내지 말고, 담담하게 있어. 이런 걸로 힘들어하는 기색 보이면 그년인지 놈인지가 바라는 대로 되는 거야."

"하아… 진짜 거지 같아…."

다행히 국어 숙제도 수학 선생을 통해 잘 얘기하여 하루의 기한을 얻을 수 있었다.

02

방과 후에 내가 걱정된다며 집까지 따라온 종은은 내 방에 들어서자마자 침대에 드러누웠다.

"아, 주희 냄새 난다!"

그러고는 베개를 껴안고 좌로 우로 굴렀다.

"굳이 안 와 줘도 되는데."

"괜찮아, 괜찮아. 너네 집에 한 번도 안 와 보기도 했고. 그냥 놀러 오고 싶었던 거야."

시계를 보니 저녁때였다.

"배고픈데 뭐 시켜 먹을까?"

그 말에 종은이 몸을 일으켰다.

"떡볶이?"

"간만에 그럴래? 너 항상 먹는 가게만 먹지?"

우리 둘은 배달 앱을 켜고 부속 메뉴를 열심히 고른 뒤 주문했다. 주문품 수령까지 40분 정도 걸린다는 메시지가 떴다.

"기다리는 동안 보드게임 할래?"

"오, 카르카손 가지고 있네? 그거 하자!"

그래서 게임을 하려고 카드와 말을 상 위에 늘어놓는데, 내 방을 둘러보던 종은이 문득 말했다.

"아까 물어보려고 하다 잊었는데, 거울을 이상한 데 뒀네?"

침대가 놓인 벽면에 전신거울을 걸어 놓은 것을 말하는 것이었다.

"거기 아니면 딱히 걸어 놓을 데가 없었어. 문 열고 들어오면 바로 왼편에 책상 있고, 그 옆에는 옷걸이 두고, 침대는 크기가 있으니까 책상 맞은편에 둬야 하고. 나머지 벽은 하나는 창문 달려 있고, 다른 하나는 옷장이랑 화장대 놓고. 그러면 남은 곳이 거기뿐이니까."

"그럼 옷 입을 때마다 침대 위에 올라가서 보는 거야?"

"그렇지 뭐."

종은은 그 말을 듣고 깔깔 웃었다.

"뭐야, 그게."

"아냐, 은근히 유용해. 치마 짧게 입을 때 침대 위에 서서 위아래로 뛰면 안에 입은 게 보이는지 검사할 수도 있고."

"진짜야?"

"아니, 농담."

그때 초인종이 울렸다.

그 사이 카르카손을 한 판 더 시작한 참이었기에 상을 내 방에 펼쳐놓고 먹기 시작했다.

둘이서 말 한마디도 없이 신나게 먹던 도중 종은이 문득 말했다.

"그럼 공부하다가 누가 뒤에서 감시하는 느낌도 드니까 공부 효과 좋겠다."

"무슨 말?"

"의자에 앉아서 공부하다 보면 뒤에 거울이 있으니까. 누가 지켜보고 있는 느낌 들지 않아?"

"딱히? 어차피 비추는 거라고는 내 뒤통수뿐 아닌가?"

"그런가?"

종은은 자리에서 일어나서 내 책상 앞의 의자에 앉았다. 내가 거울을 등진 상태였기 때문에 거울에는 종은의 얼굴과 내 뒤통수가 비치고 있을 터였다.

"흠…."

"뭐가 신경 쓰여?"

"아니, 내가 그냥 그렇게 생각해서 그런 걸 수도 있고."

"내가 익숙해서 별생각이 없는 건가? 난 진짜 괜찮은데."

종은은 다시 떡볶이가 차려진 상 앞에 앉았다.

그러나 시간이 좀 지나자 종은은 흠칫하며 양팔로 자기 어깨를 감싸더니 몸을 떨기 시작했다.

"나 왜 이러지? 갑자기 불안해."

"뭐가, 자꾸."

"계속 그런 생각해서 그러나? 꼭 누가 어디서 보고 있는 것 같은 느낌이야."

"남의 방에서 이상한 소리하지 마!"

"미안해, 나 진짜 왜 이러지? 너무 불안한데, 왜 이러지?"

종은은 어느새 식은땀을 흘리고 있었다. 얼굴도 창백해졌다.

"괜찮아?"

"어어… 우리 잠깐만 바람 좀 쐬고 올래?"

그 말을 하는 종은의 얼굴이 절박해 보였다. 우리 둘은 바깥으로 나와 큰길을 걸었다.

10분 정도 걷고 진정된 종은은 우리 집으로 돌아오는 내내 사과했다.

"미안해. 진짜 왜 뜬금없이 이러는지 모르겠어."

"요즘 공부하느라 무리한 거 아니야? 나보단 네 쪽 문제가 커 보이는데."

"아닌데…. 잘 먹고 잘 싸는데. 공부는 대충 하는데…."

방에 들어서자 종은의 시선은 먼저 거울로 향했다.

하지만 이내 고개를 세차게 흔들며 말했다.

"아니야, 신경성인가 봐."

떡볶이는 식어 버렸지만 어차피 거의 다 먹은 뒤라서 상관없었다. 종은이 거대한 떡볶이 그릇을 내려다보다 말했다.

"많이 먹어서 체했나?"

"소화제 하나 줄까?"

종은은 손을 내저었다. 그리고 나를 보며 말했다.

"카페나 갈래? 커피로 소화시켜야지. 내가 살게. 마시고 보드게임이나 하러 가자."

혹하는 제안이었지만 그럴 수 없었다.

"나도 그러고 싶은데, 내일까지 숙제 해야 해서."

"아, 그거…."

"어떤 놈인지 걸리기만 하면 가만 안 둘 거야."

내가 주방에서 아빠가 먹는 캡슐커피를 내리는 동안 좋은은 내 방에서 떡볶이 먹은 것을 정리했다. 갑자기 좋은이 나를 다급하게 불렀다.

"주희야! 주희야!"

내가 방으로 들어가 보니 좋은은 내가 책상 밑에 두는 쓰레기통을 내밀었다.

"이 안에 이거 봐."

쓰레기통 안에 종이조각들이 들어 있었다. 써 있는 것을 살펴보니 내 숙제였다.

"어! 이거 어디서 찾았어?"

"처음부터 쓰레기통에 들어 있었어. 여기 숫자 써 있는 부분이 익숙해서 보니까 오늘 낸 숙제 같길래…."

꺼내서 확인해 보니 수학 숙제뿐만 아니라 독후감 숙제도 들어 있었다. 노트에서 찢어내서 구긴 다음에 쓰레기통에 넣은 것 같았다.

나는 이 말밖에 할 수 없었다.

"그런데 누가? 대체 누가 이런 거지?"

"뭐 생각나는 게 없어?"

"당연하지. 우리 집에 있는 사람이라곤 나랑 엄마랑 아빠뿐인데."

나는 맥이 풀려 침대에 주저앉았다. 무언가 시야 뒤편에서 움직이는 것 같아 흠칫 돌아보았다. 내가 거울 안에서 나를 보고 있었다.

나는 다시 고개를 돌리며 중얼거렸다.

"에이, 설마."

곰곰이 생각하던 종은이 입을 열었다.

"혹시 몽유병 같은 거 아닐까?"

"몽유병?"

"응…. 그렇잖아. 이 집에서 손이 달려 있는 세 사람이 모두 결백하다면 반드시 하나가 더 있다는 얘긴데, 누가 바깥에서 숨어 들어온 게 아니라면…."

종은은 내 방 안을 일별했다.

"이 방엔 어디 숨을 데도 없고…."

"몽유병 같은 거 걸리면 그냥 자면서 양팔 올리고 걸어 다니는 거 아니야?"

"그런 경우도 많지만 의외로 복잡한 활동을 할 때도 있대. 그리고 깨어나면 자기가 무슨 짓을 했는지 잊어버리는 거고. 오컬트 커뮤니티 돌아다니다가 읽은 적이 있어."

내 귀엔 그럴듯한 추측으로 들렸다.

"몽유병이면 어떻게 하지? 그거 큰 병 아니야?"

"스트레스를 많이 받으면 생긴대. 스트레스를 줄이면 좋아지고. 아직 진짜인지 아닌지도 모르니까 너무 걱정하지 마."

"그렇지만 정말로 그런 거 같잖아."

나는 머리를 감싸 쥐었다.

"집에 있는 세 사람이 전부 수상한 점이 없는데, 그런데 숙제는 내 방에 버려져 있고."

"누가 들어왔을 수도 있잖아."

나는 웃었다.

"그게 더 싫어."

그래도 그 말을 완전히 무시할 수는 없었다. 우리는 집 밖으로 나와 내 엄마 아빠가 귀가할 때까지 보드게임 카페에서 시간을 보냈다. 이내 엄마 아빠에게 돌아왔다는 연락이 왔다.

나는 택시를 불러 종은을 태웠다.

"오늘 같이 있어 줘서 고마워."

"아냐. 내가 한 말 너무 신경 쓰지 말고, 스트레스 안 받는 게 중요하니까."

"너도 아까 갑자기 불안하다고 했잖아. 내 걱정 전에 너부터 챙겨."

"근데 진짜 요즘 뭐 없는데. 잘 사는데…."

택시 기사가 짜증을 냈다.

"안 가요?"

나는 급하게 인사를 했다.

"집에 가서 문자 해!"

"응. 내일 학교에서 보자!"

나는 집으로 돌아와 대강 핑계를 대고 엄마 아빠와 집 안 구석구석을 살펴보았다. 물론 몽유병이니 하는 얘기는 하지 못했고, 그냥 집에 있었는데 누구 목소리가 들린 것 같다는 식으로 이야기했다.

"무슨 소리를 들었다는 거야, 진짜."

"잘못 들은 거 아니야?"

물론 집 안에서 우리 외에 사람이 발견되는 일은 없었다.

03

숙제를 끝마치고 나는 몽유병에 대해 생각하며 잠자리에 들었다. 만약 비슷한 일이 또다시 반복된다면, 그런 설명밖에는 기댈 데가 없을 것 같았다.

'어떻게 진단을 하지?'

'치료는 어떻게 하지?'

'치료는 잘 되나?'

그런 궁금증 때문에 제대로 잠을 자지 못하고 오랫동안 스마트폰을 들여다보다 새벽이 되어서야 겨우 잠이 들었던 것 같다.

문득 눈을 떴을 때, 낯익은 광경이 보였다.

'천장… 무늬가 익숙해.'

침대에 누워 자고 있었으니 눈앞에 천장이 보이는 것은 이상한 일이 아니었다. 그러나 어두워야 할 천장에 웬 빛이 비치고 있었다.

'스탠드…. 책상에 있는 스탠드가 왜 켜져 있지?'

나는 고개를 돌려 보려 했다. 그러나 몸을 움직일 수가 없었다. 가위에 눌린 것이라는 생각이 들어 겁이 났다.

'손가락이랑 발가락을 움직여야 해.'

하지만 몸에 힘이 들어가지 않았다. 아니, 아예 몸 전체에 감각이 없었다.

'물 속에 떠 있는 느낌이야.'

이상한 것은 그뿐만이 아니었다. 천장에 비치는 빛의 형태가 기묘했다. 나는 분명 침대에 누워 있을 터이니 책상 위에 놓여 있는 스탠드가 켜졌다면 내 눈에는 그 빛의 가장자리만이 희미하게 보여야 했다. 하지만 지금 보이는 빛의 형태는 마치….

'나 책상 앞에 앉아 있는 거야?'

그렇게밖에 생각할 수 없었다. 그러나 여전히 위화감이 있었다.

'침착하자. 이게 현실이라면, 난 지금 스탠드를 켜놓고 책상 앞에 앉아 있는 것 같아. 그리고 고개를 직각으로 꺾어서 천장을 보고 있겠지. 그런데 원래대로라면 스탠드가 책상 위에 놓여 있으니까 빛이 내 턱 쪽에서 더 밝아야 해. 하지만 지금 보면 내 정수리 쪽에서 더 밝단 말이야.'

그렇다면 내놓을 수 있는 결론은 하나였다.

'나 지금 책상 앞에 거꾸로 앉아 있어?'

문제는 그뿐만이 아니었다.

'소리가, 소리가 들려!'

종이 위에서 연필이 사각거리는 소리였다. 내 뒤통수 바로 아래에서 들려오고 있었다. 내가 겁에 질려 있는 동안 그 소리는 점차 광폭해졌다. 그 순간 무언가 똑 하고 부러지는 소리가 들렸다. 연필심일 거라 생각했다.

그때 내 시야가 천장에서 서서히 벽으로 내려갔다. 정면에 거울이 보였다. 스탠드에서 나오는 빛이 내 몸에 가로막혔기에 희미한 윤곽만이 비춰졌지만 내가 처한 상황을 깨닫기에는 충분했다.

'저게 뭐야? 내가 왜 이러고 있지?'

나는 책상 앞에 놓인 의자 등받이 부분에 배를 대고, 엉덩이를 놓아야 하는 곳에 무릎을 꿇은 모습이었다. 거기에 두 팔을 만세를 부르듯이 들어 등 뒤로 넘긴 기괴한 자세였다. 방금 천장이 보였던 것은 단순히 고개만 쳐들었기 때문이 아니었다. 목은 꼿꼿하게 둔 채 허리가 있는 대로 뒤로 꺾여 있었던 것이었다.

등 뒤로 넘긴 팔이 움직였다. 등 뒤에서 내 오른손이 제멋대로 필통을 뒤지더니 연필을 하나 꺼냈다. 다시 허리가 뒤로 꺾이고 천장이 시야에 들어왔다. 종이 위에서 연필이 신경질적으로 서걱거리기 시작했다. 내 몸이 내 의지와 상관없이 움직이고 있었다.

'이런 게 몽유병이라고?'

공포심에 나도 모르게 입에서 소리가 새어 나왔다.

"으… 으어어."

그와 함께 연필이 내던 소리가 끊겼다. 나는 너무 두려워 숨을 멈췄다.

"킥킥킥."

웃음소리가 들렸다. 내 머리 바로 뒤에서. 내 뒤통수와 책상 사이의 협소한 공간에서 들려온 것일까? 아니면….

그 직후 몸에 감각이 돌아왔다. 돌발적으로 일어난 일이었기에 자세가 한순간에 무너져 버렸다. 머리가 그대로 자유 낙하하여 책상과 충돌했고, 뒤이어 허리가 접히면서 나는 그대로 책상과 의자 사이의 공간으로 떨어졌다.

"으아아아아아아아아!"

엄마가 내 방으로 뛰어들어왔다.

"무슨 일이니! 주희야!"

"엄마! 내 뒤통수에! 내 뒤통수에!"

"꺄아아아악!"

엄마가 나를 보고 비명을 질렀다. 나는 가위로 내 뒤통수에 난 머리카락을 마구잡이로 잘라댔다.

"왜 이러니! 주희야! 진정해! 주희야!"

엄마가 나에게서 가위를 뺏어가려 했다.

"무슨 일이야!"

아빠도 내 방으로 뛰어들어왔다. 나는 마구 울부짖으며 엄마가 가져간 가위를 다시 손에 넣으려 날뛰었다.

"내 뒤통수에! 내 뒤통수에 뭐가 있어!"

"아이고, 여보, 애 좀 어떻게 해 봐요!"

아빠가 내 어깨를 부여잡고 거세게 흔들었다.

"주희야! 아빠 봐! 아빠 똑바로 봐!"

"으아아아아아악!"

나는 손톱으로 뒤통수를 긁어 댔다.

"홍주희!"

아빠가 내 뺨을 후려쳤다.

사태가 진정된 후 나는 아빠 품에 안긴 채 엄마가 들고 있는 거울에 뒤통수를 비춰 보았다.

아빠가 내 머리를 들추며 말했다.

"자, 잘 봐 봐. 아무것도 없지?"

내가 이미 가위로 뭉텅뭉텅 머리를 잘라 냈기 때문에 뒤통수의 두피가 드러나 보였다. 거기에 말을 할 수 있을 만한 것은 보이지 않았다. 가위에 베이고 손톱에 할퀴어진 상처로 가득하기는 했지만 그냥 평범한 피부가 덮여 있을 뿐이었다.

노트에 쓰여 있던 것은 예의 그 기분 나쁜 글이었다.

해머로 내리쳐서 발과 손을 부서뜨리고, 정으로 발목관절과 손목관절을 바닥에 고정하는 거야. 그럼 비명을 지르면서 발버둥치겠지. 하지만 상관없어. 다음으로 펄펄 끓는 물을 가져다가….

쓰레기통에는 내가 자기 직전까지 해 놓은 숙제가 갈기갈기 찢긴 채 버려져 있었다.

"아빠…. 내 책상 위에 있는 노트 좀 태워 줄래?"

그 후로 나는 혼자 있는 것을 무서워하게 되었다. 잠은 꼬박꼬박 부모님과 함께 잤다. 내가 경험한 일을 가감 없이 이야기했지만 증거가 없으니 믿으리라 생각하지는 않는다. 병원에서도 뾰족한 해답을 내려주지 못했다.

"얘가 다 커 놓고 아직도 어리광이야, 그래."

언제까지 이렇게 살 수 없을 거라는 건 알지만 밤에 혼자 있는 것은 무섭다. 지금도 아빠와 엄마 사이에서 자다가 문득 귓가에서 들리는 숨죽인 웃음소리에 소스라치며 깨어나는 일이 있다. 언제나 아빠도 엄마도 웃음소리를 듣지 못했다고 했기에 환청일 것이다. 하지만 나에게는 엄연한 현실이었다.

가장 두려운 것은 이 공포에서 어떻게 벗어나야 할지 알 수 없다는 점이다. 괴물이나 귀신이라면 피하면 된다. 하지만 내가 마주한 공포는 어떻게 보자면 나 자신이므로 그러기는 힘들었다.

"킥킥킥."

나 자신으로부터 도망치는 길이 있을까? 아직 그런 방법은 모르겠다.

작가의 한마디

옛 글이라서 어떻게 쓰게 되었는지 잘 기억나지 않는다. 뒤통수에 인격이 있는 캐릭터는 야누스도 있고 후타쿠치노온나도 있지만 그보다는 〈사혼곡: 사이렌〉의 거미 시인을 보고 깊은 감동을 받았던 경험이 발상에 기여하지 않았나 싶다.

2021년에 뒷부분을 연장하여 결말을 다르게 구성한 판본이 동일한 제목으로 미씽아카이브 출판사의 학교괴담 앤솔러지 『야간자유괴담』의 일부로 출간된 적이 있으며, 현재도 전자책으로 판매되고 있다(작가의 말을 쓰던 도중 해당 단편이 '에픽로그' 출판사로 이관된다는 소식을 들었다. 이관 후에는 '숙제와 낙서'라는 제명으로 변경해 본 단편집 수록작과 구분이 좀더 쉽도록 만들 계획이다). 그렇다고 본 단편집 수록작이 미완성 버전인 것은 아니며, 오히려 처음 의도했던 결말은 이쪽이었다. 앤솔러지에 참여할 때는 '진상에 대한 이야기'를 부가하여 좀 더 정석적인 형태로 다듬어 보느라 새로운 결말을 만들고 새 결말이 효율적으로 기능하도록 주제와 핵심 소재 등이 원본과 차이를 가지도록 변형했었다. 바로 본 수록작이 내용에 대한 절충 없이 작가가 쓰고 싶은 대로 쓴 내용만 담긴, 수정 전의 최초 버전이다.

유폐

 내가 국민학교 들어가기 직전인 일곱 살(계획 없이 태어났던 터라 친가 쪽에서 애를 버린다 어쩐다 하다가 출생 신고를 1년 6개월 밀려 실제로는 아홉 살) 나이였던 시절에는 아빠도 없고 가난했다. 그래서 시골에 땅 조금 가지고 있는, 혈연은 없지만 지연은 있던 할아버지네가 내어 준 가건물을 집으로 삼아 살았다. 말이야 가건물이라고는 하지만 나름 조립식으로 있을 건 다 있게 지어져 있어서, 화장실이 재래식으로 집 바깥에 있다는 거랑 벽체가 얇아 비라도 내리는 날이면 우박이 떨어지는 것 같은 소리가 난다는 것 빼고는 엄마랑 나랑 쌍둥이 동생이랑 셋이 사는 데 딱히 불편함은 없었다.

 아마도 교사 연금으로 먹고 살았을 땅 주인 할아버지가 취미로 가꾸는 작은 텃밭이 우리 집 앞에 있었는데, 그 밭을 사이에 두고 서 있는 또 다른 가건물에는 할머니가 한 명 살았다. 이 할머니에 대해서는 어른들 사이에 이렇게 저렇게 말이 많았던 것으로 기억하지만, 복잡한 내용들은 너무 어린 시절이라서 지금은 제대로 떠올릴 수가 없다. 다만 젊은 시절에 유명한 무당이었을 거라고 어른들이 지나가듯 말했던 이야기 정도가 아직도 인상에 깊게 남아 있다.

또래도 없는 외진 시골이라 딱히 놀 거리도 없었고, 엄마가 어린 여자애 둘이서 멀리 나가 돌아다니는 것을 히스테리 수준으로 싫어했기에, 어느새 나랑 동생은 낮 동안에는 건너편 할머니 집에서 놀다가 해가 지면 집으로 돌아오는 게 일과처럼 되어 버렸다. 엄마는 처음에는 할머니가 자꾸 요괴니 뭐니 이상한 소리만 한다며 나랑 동생에게 할머니 집에 가서 놀지 말라고 말했었지만, 어느 날 동생이 원인불명의 고열에 시달리며 한밤 내내 고생을 했을 때 어떻게 알았는지 찾아온 할머니가 바가지에 쌀을 담고 식칼을 휘두르며 한차례 집안을 돌아다닌 직후에 거짓말처럼 열이 내리는 경험을 한 후로는 엄마도 "할머니가 하는 소리는 듣고 잊어라."라고 말만 얹을 뿐 구태여 할머니네 집에 놀러 가는 것을 막지는 않았다.

당시에 우리는 TV에서 여름 특집으로 해 준 〈전설의 고향〉을 보고는 귀신이니 괴물이니 하는 제재에 관심을 가지게 되었던 터라, 할머니와 어느 정도 친밀감을 쌓았을 때부터 할머니에게 그러한 내용의 옛날얘기를 해 달라고 졸랐었다. 할머니는 처음에는 어두운 표정으로 "그런 얘기는 산 사람이 해서 좋을 것이 없다."며 거절했지만, 나와 동생이 계속해서 매달리자 마지못해 몇 가지 흥미로운 이야기를 들려주고는 했다. 그러면 나와 동생은 그렇게 들은 이야기를 소재로 수십 가지 다른 버전의 이야기를 지어내고, 가지고 있던 인형들을 데리고 인형극을 연행하며 이야기의 여운을 즐기는 것이었다.

그 같은 할머니의 이야기 중에서 특히나 우리의 마음에 들었던 부분은, 할머니가 초자연적인 존재들을 묘사할 때 '귀신'이라는 용어를 쓰기도 했지만, 당시에는 우리에게 낯설었던 '요괴'라는 단어도 많이 섞어서 사용했다는 점이었다.

"귀신은 사람이 죽으면 모두가 그렇게 되는 거야. 하지만 요괴는 원래는 멀쩡한 생물이나 도구였던 것들이 오랜 세월을 묵으면서 나쁜 음기를 받는 바람에 변화된 존재야. 그렇게 변괴(變怪)된 것들은 요기를 발산하는데, 그 요기에 영향을 받은 또 다른 생물이나 물체가 그에 의해 새롭게 요괴가 되기도 한단다."

뭐가 되었든 이야기를 좋아하던 나와 동생이 가지고 놀 수 있는 서사적 장난감이 늘어난다는 것은 좋은 일이었다. 특히나 이처럼 '분류'와 관련되는 개념들은 단순히 그 단어를 가져다 붙이는 것만으로도 손쉽게 나와 동생이 인형극을 통해 지어내는 이야기 속의 인물들에게 캐릭터성을 부여하는 효과를 내 주었기 때문에 몹시 유용했다. 뿐만 아니라 단순히 어떤 캐릭터가 '귀신'에 속하느냐 '요괴'에 속하느냐를 토론하면서 시간을 유익하게 흘려 보내는 데도 큰 도움이 되었다.

"요괴는 정말로 존재해. 지금에야 세상이 워낙 빠르게 변하고, 건물을 세운다, 토목 공사를 한다, 뭐 한다 하면서 지기를 파헤치는 일이 다반사고 물건을 오래 가지고 있는 경우도 줄어서 자주 나타나지는 않게 되었지만, 사실 원래는 인간이었던 귀신보다 더 다루기가 까다롭고 위험한 것이 이 요괴라는 놈들이란다. 그놈들은 말이 통하지 않는 야생동물에 가까운, 호랑이보다도 더 무서운 놈들이야. 만났다 하면 평범한 사람들은 반드시 죽었다고 생각해야만 한단다."

할머니는 집에 다 낡은 옛날 책들을 몇 권 가지고 있기도 했다. 펼쳐 봤자 알아보기 힘들 정도로 흘려 쓴 한자들만 가득해서 몇 종류의 기초 한자와 한글밖에 모르는 우리는 내용을 읽을 수 없었지만, 간혹 가다 기괴하고 끔찍하게 뒤틀린 생명체의 모습이 묘사된 그림들이 섞여 있어서 우리는 심심할 때마다 그 그림들을 들춰 보며 상상을 뛰어넘을 정도로 정신이 나가 있는 괴이한 형상들을 관람하듯이 즐기곤 했다. 그러던 어느 날에 할머니가 우리가 그 책들을 읽고 있는 것을 가만히 보고 있더니, 그림이 없는 탓에 우리 관심 바깥에 있었던 또 다른 옛날 책을 꺼내 와 우리 앞에 펼치는 것이었다.

"이건 『수신기(搜神記)』라고 하는 옛날 중국 육조 시대의 책인데, 여기 보면 수광후(壽光侯)라는 이름이 있지? 이분이 한나라 때 살았던 내 조상이야. 그러니까 내가 수 씨야, 목숨 수(壽). 아마 내가 이곳 조선 땅에서는 유일할 거다. 수광후, 이분은 요괴하고 귀신을 신통하게 다뤘다고 해. 힘없이 당하고만 있는 게 아니라, 술법을 써서 그 못된 놈들이 힘도 쓰지 못하게 만들고 저 깊은 곳에 있는 지하에 가둬 두었단다."

"그럼 할머니도 요괴랑 싸울 수 있어?"

그러나 내 질문에 할머니는 눈을 질끈 감고 입만 오물거릴 뿐 무언가 이야기를 이어 주지는 않았다. 그 일그러진 표정이 어쩐지 괴로워하는 것과도 같아서 나는 더 이상 무언가를 물어볼 수가 없었다.

하지만 할머니의 이 이야기는 나와 동생의 서사적 열정에 또 다른 불씨를 지폈다. 마침내 전문적으로 요괴나 귀신을 구축한다는 설정을 가진 캐릭터가 우리의 인형극 속으로 도입된 것이었다. 그와 더불어 TV에서 특선 영화라는 이름으로 명절 날마다 재방영해 주던 〈슈퍼 홍길동〉 시리즈 등의 아동용 특촬물이나, 〈귀타귀〉나 〈강시선생〉 같은 홍콩산 괴기물들의 세례를 서서히 받게 되면서, 단순히 인형들의 놀이였던 가상극 속에 나와 동생이 이야기의 내적인 인물로서 직접적으로 개입하기 시작했다.

"야압! 요괴는 물러가라!"

"크아악!"

영웅이 악한을 무찌르는 플롯을 좋아했던 나는 수광후를, 피카레스크 식의 구성을 선호했던 동생은 요괴를 모사하면서 우리는 많은 시간을 요괴와 수광후 간의 결투를 흉내 내며 소모했다. 그리고 바로 그 시기부터 동생은 집 안에 있는 여러 물건들을 사용해 기괴한 모습을 한 요괴로 분장하는, 우리 엄마가 발견할 때마다 질색했던 놀이를 즐기기 시작했다.

그러다 어느 시점에, 내가 할머니를 우리 놀이에 배우로 끌어들이면 재미있겠다는 아이디어를 처음으로 제시했다. 그때쯤에 분장 기술이 절정에 달해 있던 내 동생은, 자기 옷이랑 색 있는 조미료, 장난감과 주방기구 등을 신기하게 활용해서 정말로 끔찍한 모습을 구현해 낼 수 있는 경지에 이르러 있었다. 물론 그래 봤자 애들이 하는 일이라 자세히 보면 꾸민 것도 어설펐고, 사실은 동생이 분장한 것이라는 사실을 금방 알 수 있었지만, 그런 게 갑자기 어둠 속에서 왁! 하고 튀어나오면 기겁을 할 수밖에 없는, 그런 정도의 수준은 되었다. 더구나 할머니의 눈은 침침한 편이었으니, 연출만 잘 한다면 동생의 능력으로도 할머니를 충분히 깜짝 놀라게 만들 수 있을 것이라는 자신감도 있었다.

딱히 할머니를 괴롭히겠다는 생각은 아니었다. 그게 할머니를 괴롭히는 일이 될 수 있을 거라는 데까지 생각이 닿지도 않았었다. 그저 나와 동생은 할머니를 우리의 놀이에 참여시키는 것을 통해, 단순히 요괴가 어떻게 생겨나고 그것들과 얽혀서는 절대로 안 된다는 뻔한 이야기가 아니라, 정확히 사람과 요괴와의 대결이 어떻게 이루어진다는 것인지 실례를 알 수 있게 되기를 기대했을 뿐이었다.

예정된 날에 내가 할머니를 바깥으로 유인했고, 그 사이에 동생은 할머니 집의 책에 그려져 있던 괴물 중 하나와 최대한 비슷한 분장을 한 채로 몰래 할머니의 집으로 스며들었다. 동생은 나와 달리 소심해서 마지막 순간에는 별로 내켜 하는 모습은 아니었지만, 수괭후 흉내를 내는 데 도움이 될 수 있는 단서를 얻어 낼 수 있다는 가능성에 눈이 돌아간 내가 열심히 동생을 재촉하고 고무시켰다. 그 사실이 아직도 나를 괴롭힌다.

정해진 시간이 흐르고, 나와 할머니가 전등불을 켜 놓지 않아 어둑한 할머니의 침실로 들어서자 방구석의 사각에 숨어 있던 동생이 빨강과 노랑 물감을 바른 얼굴로 기괴한 소리를 지르며 우리 앞으로 뛰쳐나왔다.

"갸갸갸갸아아아아아악!"

그것은 정말로 훌륭한 연기였다. 한지를 찢어 눈과 털이 달린 것처럼 장식한 엄마의 검은 치마를, 양손에 잡은 국자와 뒤집개를 이용해 머리 위로 끌어올려서 마치 몸집이 거대한 것처럼 꾸몄기에, 밝은 곳에서 어두운 곳으로 막 들어선 침침한 시야에서는 그 위압감이란 생각보다 거센 것이었다.

"으억!"

그 기세에 놀란 할머니가 숨이 넘어가려는 듯한 소리를 지르며 날랜 동작으로 품에서 무언가를 꺼내 동생에게 던지자, 동생은 그대로 시야에서 사라졌다. 동생이 있던 자리에는 푸른 부적 한 장이 팔랑거리며 떨어지고 있을 뿐이었다. 나는 그 급작스러운 광경에 그만 얼어붙고 말았다.

부적을 던진다는 단순하기 그지없는 동작을 했을 뿐이었지만, 할머니는 식은땀으로 범벅이 된 얼굴로 눈을 하얗게 까뒤집으며 바닥으로 넘어졌다. 나는 할머니의 그런 모습에도 놀랐지만, 그보다도 동생이 내가 보고 있는 앞에서 감쪽같이 사라졌다는 믿기 힘든 사실 때문에 더욱 놀랐다. 처음에는 그저 겁이 덜컥 났다가, 이내 동생이 나 몰래 장난을 치고 있는 것이라 생각하고서는 동생을 타박하며 어서 모습을 보이라고 고함쳤다.

"야! 수정아! 어디 갔어? 어디 간 거야? 할머니 힘들어하셔!

이제 그만하자!"

나는 방 안을 여기저기 돌아다니고 심지어 집 바깥으로도 나가서 집 주변을 이리저리 수색해 보았다. 그러나 어디에서도 동생의 모습을 찾아볼 수가 없었다. 잔뜩 기가 죽어서 집 안으로 돌아와 보니 드러누워 있던 할머니가 어느새 몸을 일으키고는 이마를 짚은 채 끙끙거리고 있었다. 나는 할머니 앞에 서서 참지 못하고 울음을 터뜨렸다.

"수정이 어디 간 거예요? 내 동생 어디로 보냈어요?"

내 질문을 들은 할머니가 망연한 표정으로 나를 쳐다보았다. 그러나 이내 할머니의 얼굴이 TV에서 보았던 덕대골 귀신보다도 무섭게 일그러지더니, 내 어깨를 잡고 흔들며 미친 듯이 고함치기 시작하는 것이었다.

"수정이라고 했니? 방금 그게 수정이였어? 네 동생이었냐고!"

나는 엉엉 울면서 그렇다고 대답했다. 내 말을 듣고 할머니는 뒤로 나자빠지며 양손으로 얼굴을 감싸고는 통곡하기 시작했다.

"아아, 천존님! 아아아, 이 늙은이가 무슨 짓을!"

"할머니, 수정이 어떻게 해? 수정이 데리고 와!"

서럽게 흐느끼던 할머니는 내 말을 듣고는 다급히 옷소매로 눈물을 훔쳤다. 그리고는 내 눈을 바라보며 동상처럼 굳은 얼굴로, 또박또박 힘주어 말하기 시작했다.

"앞으로는 수정이하고 만날 수는 없을 거다."

청천벽력 같은 소리에 충격을 받은 나는, 그런 끔찍한 말을 들었다는 데서 온 정신적인 부하 자체만으로 탈진해 바닥으로 쓰러져 버렸다.

"수정이 어디 간 거야?"

할머니는 큰 죄를 지은 사람마냥 머리를 바닥으로 깊숙이 떨구고 말했다.

"요괴들이 가둬지는 지하의 세계로 떨어졌을 거다."

"데리고 올 수 없어?"

"있지만 그럴 수는 없다."

"왜애! 왜애애!"

나는 주먹으로 할머니의 몸을 두드렸다. 할머니는 나를 품 안에 꼬옥 껴안았다.

"잘 들어라. 지금은 이해를 하지 못하더라도 이 이야기를 꼭 기억해 두어야 한다. 산에서 만난 신선과 바둑을 두고 내려왔더니 몇 백 년이 지나 있었다던가, 카미카쿠시를 당한 사람이 수 년 후에 사라졌었던 때의 모습으로 나타났다던가, 숲에서 요정들이 추는 춤판에 끼어 놀다 빠져나왔더니 수십 년이 흘렀다던가 하는 이야기를 세계 곳곳에서 어렵지 않게 찾아볼 수 있을 것이다. 그것은 각각의 존재들이 위치하고 있는 세계마다 시간의 흐름이 다르기 때문이야. 기운이 낮은 공간은 높은 곳보다 시간의 흐름이 빠르단다."

"무슨 소리야! 수정이가 어떻게 됐냐고!"

"요괴들이 유폐되는 지옥은 우리 인계보다 낮은 층위의 공간이다. 요력이 가득한 공간이니 네 동생은 죽지 못하고 그 암흑 속에서 그저 존재하고 있을 것이다. 벌써 우리의 세계에서 십 수 분이라는 시간이 흘렀으니, 네 동생은 그곳에서 이미 수천 년을 흘려 보낸 상태일 게야."

"그럼 더 늦기 전에 데려오면 되잖아! 어서!"

할머니는 슬픈 표정으로 고개를 저었다.

"네 여동생은 이미 네가 아는 존재와는 까마득하게 달라졌을 거다. 그토록 오랜 시간이 지났으니까, 다시 만난다고 해도 서로를 절대로 알아볼 수 없을 거야."

"아냐! 그런 건 상관없어! 내 동생은 동생이니까! 원래 있던 곳으로 데리고 와서 내 얼굴이랑, 엄마 얼굴도 보여 주고! 주인 할아버지네 집 누렁이도 보여 주고! 자기 방도 보여 주면 분명히 기억해 낼 수 있을 거야!"

"그런 차원의 문제가 아니다. 네 동생이 갇힌 곳은 그 자체의 환경 또한 극도로 가혹한 데다가, 유폐된 요괴가 득시글거려 요기로 가득한 극한의 공간이다. 요괴는 요력에 의해 무언가가 변형되어 만들어진 존재라고 하지 않았니. 네 동생도 그곳에 들어간 이상, 그곳의 끔찍한 환경에 보다 적합한 존재로 몸이 변이되어 갔을 거야. 요괴가 된 사물이 더 이상 이전의 사물이 아니듯이, 네 동생도 마찬가지일 거란 말이야. 네 동생을 다시 불러낸다고 해도, 그 아이는 결국 인간이라고 부를 수 없는 형체를 가졌을 것이다."

할머니는 그날로 모습을 감추고 말았다. "할머니가 동생을 요괴로 착각해서 사라지게 했다."는 내 설명을 곡해한 엄마를 피해서 도망친 것인지, 아니면 동생에 대한 죄책감 때문에 그랬던 것인지, 나로서는 알 수 없는 일이다.

여하간 그렇게 동생은 우리의 눈앞에서 영영 사라져, 현재까지 아무런 소식도 들을 수 없게 되었다.

그러나 그 후로, 나는 유난히 우울한 날이나 절망감으로 기분이 극도로 침잠해질 때면 꿈이나 백일몽을 통해 더없이 이상한 광경을 보곤 한다. 사라지기 직전의 할머니가 이 현상을 예언하며, "사람의 기분이 가라앉으면 낮은 차원의 존재들과 감응하기 쉬워진다."고 말했었으니, 어쩌면 정말로 그러한 현상의 일종일지도 모르겠다는 생각이 들지만 확실한 것은 모를 일이다.

여하간 그와 같은 환상 속에서 내가 보게 되는 것은, 허옇게 치켜뜬 눈과 날카로운 부리와 커다란 집게와 낫과 같은 여덟 개의 발과 참나리와 같은 얼룩무늬가 새겨진 갑각을 가지고, 기다랗고 검은 머리카락을 풀어헤친, 멍게와 참게를 동시에 연상시키는 거대한 괴물이, 뾰족한 침(針)이 가득 돋아난 산과 칼날로 이루어진 숲, 끓는 피가 범람하는 바다와 생살을 찢어 발기는 산(酸)을 머금은 날카로운 광풍이 휘몰아치는 광막하고 어두운 공간을 홀로 이리저리 헤매고 있는 광경이었다. 그 끔찍하게 생긴 괴물의 핏발 선 눈매가 도무지 인간의 것 같지 않았음에도 어딘지 동생을 연상시키는 데가 있었기 때문에, 혹여 낮이건 밤이건 그 괴물을 보게 되는 때면 나는 늘 식은땀에 푹 젖은 채 한정 없는 두려움과 함께 깨어나게 되는 것이었다.

아아, 동생은 대체 지금 어디에 있는 것일까….

지금 이 순간에도 동생이 보고 싶다는 생각이 가슴에 사무친다.

작가의 한마디

『수신기』에 등장한 청색 부적(靑符)의 이미지가 마음에 들어서 써보았다. 인터넷에서 파는 부적 종이를 보면 완전한 파란색보다는 청록색 계열인 것 같던데 『수신기』에 언급된 부적도 그럴지는 모르겠다. 본 작에서는 수광후가 언급되지만, 『수신기』에서 파란 부적을 쓴 사람은 유빙(劉憑)이었다.

자살 강자

00

이 글은 경험자의 실패수기를 바탕으로 한다.

같은 이상을 바라보고 있는 사람이나

앞으로 같은 이상을 바라보게 될지도 모르는 사람들을 위해

실제 일어난 사실들을 가감 없이 기록한 개인적인 글들 중에서

지침이 될 만한 시간대에 기록된 부분들을

기술된 순서에 따라 모아 남긴다.

다만 원문은 급하게 쓰여진 만큼

비문과 단락적인 문장으로 가득했기 때문에

뒤늦게 선후 관계가 명확해지도록 윤문하고 편집하는 과정에서

부득이하게 회고록과 같은 형식이 되었다는 점을 알린다.

그럼에도 '오늘'이라는 단어가 시제에 무관하게 뒤섞여 있는 것은

원래 쓰여져 있던 단어는 가능한 손대지 않고 정서한다는 편집 과정상의 개인적인 방침 때문이다.

01

나는 원래 오늘 자살하려고 했다. 간밤에 그 아이가 나오는 꿈을 꾸었기 때문이다. 여러 방법 중에서 고민하다가, 방독면과 연결된 고무 튜브로 질소를 공급받는 방식으로 감행하려고 했는데 결국 질소 봄베를 열까 말까 한참을 망설이다가 그만두고 말았다.

그렇게 자살에 실패했으니, 자연히 내게 자살 충동을 불어넣은 마음속의 괴로움이 가실 때까지 버텨내야 했다. 술은 오히려 나쁜 감정만 증폭시킬 뿐이어서, 나는 그냥 이불 속에 기어들어가 울다가 불안이 올라올 때마다 비닐봉투에 입을 대고 호흡해 피의 이산화탄소 분압을 높였다.

그래도 도무지 마음이 진정되지 않았다. 나는 울분을 터트리며 충동적으로 문고리에 혁대를 매고 목을 매달았다. 역시나 머리에 피가 몰려 견디기가 힘들었다. 나는 올가미에서 목을 빼고 한참 동안 마른기침을 했다. 그리고 양손으로 귓불을 마사지하며 혼잣말로 계속 나 자신을 다독였다.

"괜찮아. 아직은 괜찮아. 아직은 상황이 정말 죽을 정도로 나쁘지 않은 것뿐이야. 이제 앞으로 진짜 끔찍한 때가 찾아오더라도, 전혀 걱정할 필요 없어. 왜냐하면 나에겐 아무런 고통 없이 자유롭게 죽을 수 있는 방법이 있는걸. 여태까지 오래, 침착하게 준비해 왔어. 나에게는 힘이 있어. 나에게는 자살의 고통에서 안전하고 자유로울 수 있는 능력이 있어. 나는 내 죽음에 대해 모든 걸 통제할 수 있어. 원하는 때에 원하는 방식으로 편안하게 죽을 수 있어."

그런 다음 나는 허겁지겁 방구석에 놓인 커다란 종이 박스를 열었다. 그 안엔 내가 오랜 세월에 걸쳐 안락한 자살을 위해 모아 놓은, 갖가지 도구들이 있었다. 그것들을 바라보고 있자 마음이 조금은 편안해지고 불운한 운명이 지배하는 삶에서 괴로운 시간을 버틸 용기를 약간이지만 얻을 수 있었다. 나는 심호흡을 하며 마음을 진정시키려고 애썼다. 아무리 힘든 일이 찾아오더라도, 이 상자 안의 물건들이 언제든 나를 도와줄 것이라는 희망적인 생각으로 신경을 돌리려 했다.

잠자리에서 오래 뒤척였지만, 다음 날이 되자 기분이 나아졌다. 새벽 5시에 잠이 들었는데 과수면으로 오후 5시에 일어났다. 나는 바깥이 어두워지도록 오후 8시까지 기다렸다가 편의점에 들르려 외출했다. 원룸 바로 바깥이 4차선 차도였지만 교통량은 많지 않았다.

나는 평소 불안을 많이 느끼지만, 그 반동으로 가끔씩 마음이 이유 없이 들뜨고는 한다. 고양되었다고 해서 불안하지 않은 것은 아니고, 원래의 불안이 조급함이라는 방향으로 변질되는 것에 가까웠다. 그럴 때는 마치 무언가로부터 쫓기는 것과 비슷한 상태가 된다. 그때의 내 상태가 그랬다. 원래라면 주차된 덤프 트럭 너머, 가려진 왼편 차도에서 차가 달려오는지를 십 수 번이나 반복해서 살폈을 텐데, 그때는 그저 한적한 차도를 흘깃 일별하고는 차 소리가 들리지 않자 앞으로 곧장 달려나갔다.

그 결과로, 나는 왼쪽에서 달려오던 덤프 트럭에 치였다. 바퀴가 복부를 전도했고, 고통은 혼절할 정도로 극심했다.

눈을 뜨니 침대 위였다. 내 방의 침대였다. 암막 커튼 가장자리로 회절된 햇빛이 비쳐 들어와 방 안에 황금빛 선을 긋고 있었다. 상체를 일으켰다. 손으로 쓰다듬어 보니 배는 멀쩡했다. 악몽일까? 악몽은 여러 번 꾸어 봤지만, 잠에서 깼을 때 기분은 나빠도 언제나 꿈이라는 것만큼은 확실히 알 수 있었다. 하지만 이건 지나칠 정도로 생생했다. 나는 날숨에 집중하며 심호흡을 시작했다. 이렇게 부교감신경을 활성화시켜야 공황으로 진입하는 일을 막을 수 있었다.

그렇게 급한 불을 끄고 불안에 시달리며 스마트폰으로 날

짜부터 체크했다. 그 결과, 지금의 나는 트럭에 치였던 '바로 그 날짜의' 오전 9시 37분에 존재하고 있다는 사실을 깨달을 수 있었다. 하지만 그 단순한 사실이 가지는 의미에 대해 깨닫기 위해서는 더 깊은 고민이 필요했다.

처음에는 타임리프라는 현상에는 생각이 닿지 않았다. 제일 먼저 머리를 채운 것은 예지몽이라는 개념이었다. 나는 오늘 사고로 죽는 운명이고, 그것이 엄청나게 생생한 꿈이라는 형태로 예고된 것은 아닐까? 그런 생각에 사로잡힌 나는 반은 그 추측이 사실인지 검증하려, 반은 트럭에 치이는 고통에 대한 불안감 때문에 방 안에서 하루를 흘려보냈다. 트럭에 치여 아득한 고통 속에서 허우적거리다 죽는 것은 안락한 자살이라는 내 계획에는 없는 것이었으니까.

생각이 불길한 방향으로 흐르는 것을 피하려 유튜브와 폰 게임에 억지로 집중하다 보니 어느새 밤 8시가 지났다. 별다른 일은 일어나지 않았다. 아무것도 먹지 못해 배가 고팠지만 외출할 생각은 들지 않았다. 그렇게 자정이 지나자 나는 똑같은 날짜의 오전 9시의 침대 위에서 잠을 깼다. 허기는 있었지만 자정 직전에 느꼈던 것만큼 심하지는 않았다. 그것이 두 번째 리프였고, 나는 같은 날을 세 번째 반복하게 되었다.

세 번째 날에는 메스로 몸에 조그만 상처를 여럿 냈다. 밤

12시 이후 다시 자리에서 일어났을 때 상처는 전부 회복되어 있었다. 연속되는 것은 기억뿐이었다.

  네 번째 날은 신경과민 상태로 보냈다. 이 이해할 수 없는 사태를 만들어 낸 원인에 대해서 아무리 생각해도 아무것도 알 수 없었기 때문이다. 레퍼런스로 삼을 수 있는 것이 창작물밖에는 없었다. 내 부모의 귀신이 내가 죽는 것을 원치 않아 방해하고 있는 것일까? 하지만 내 정신이 이렇게 망가진 원인의 반은 부모였기에 그런 생각은 어색했다. 아니면 신적인 존재? 그런 낭만적인 해석보다는 시공간의 오류와 같은 건조한 해석이 맞을지도 모른다. 보니것이 '딸꾹질'이라고 표현한 그런 종류의 현상 말이다. 귀신이나 신이라는 복잡한 원인을 도입하는 것보다 물리적인 오류라고 간단하게 접근하는 게 더 올바른 방식이 아닐까 생각했다.

  다섯 번째 날에는 정신적인 위기가 닥쳤다. 이 세상에 영원한 것은 없다지만, 이 현상이 다시 정상화되는 데 최소한 '아주 오랜 시간'이 필요할지 모른다는 끔찍한 상상이 떠올랐다.
  이럴 때일수록 긍정적으로 생각해야 했다. 상황이 아무리 엉망인 것처럼 보여도 최대한 나에게 도움이 되는 기회로 활용해야 했다. 여태까지 무수한 위기 때마다 그런 마음가짐으로 버텨 왔다. 그렇지 않았으면 지금 세로토닌 부족에 더해 도파민 과잉까지 겪고 있을지 모른다. 정신병적 우울증기를 버티며 확실하게 깨달은 점이었다.

그러나 결국 여섯 번째 날에 공황이 터졌다. 삶이 의도적으로 나를 고문하려 한다는 재앙적 사고에 사로잡혀서, 나는 도망치듯이 집에서 굴러 나와 허겁지겁, 시야에 보이는 유일하게 널찍한 공간인 차도로 뛰어들었다가 덤프 트럭에 치였다. 이번에도 역과였다. 다리를 깔린 것이라서 곧바로 정신을 잃지는 않았다. 엄청난 통증 속에서 다리를 내려다볼 수 있었다. 상체가 연석에 기대어져 있어 고개를 숙이지 않아도 다리가 보였다. 다리는 두 쪽 다 완벽하게 박살이 나 있었다.

기절했다 깨어나기를 반복하면서 두려움이 커져 갔다. 이 시점에서 타임리프가 끝나면 어떻게 해야 하나 하는 생각에서 오는 아득한 공포였다. 두 다리마저 없는, 이전보다 훨씬 괴로운 삶을 살아가야 하는 것일까? 물론 양다리가 없어도, 더 심한 장애를 가지고도 행복하게 살아가는 사람들은 많다. 하지만 나는 이미 살아가는 것이 아니라 죽지 못해서 견뎌 내는 삶을 사는 데다가, 정신도 병들어 있고, 나를 사랑해 주는 가족이나 연인도 없고, 살아가는 의미도 일찌감치 잃어버린 상태인데, 내가 마주할 고통은 얼마나 끔찍할까?

일곱 번째 날에 침대에서 깨어난 나는 잠시 울다가 그쳤다. 운다고 누가 해결해 주는 것도 아니었다. 다리가 뭉개진 고통을 겪고 돌아오자 내 마음이 조금은 긍정적으로 변해 있었다.

내 인생의 첫 자살 시도는 나무에 목을 매다는 것이었다. 그때 얼굴이 터져 나갈 것 같은 엄청난 고통 때문에 죽다 살아난 이후 일시적으로 삶에 대한 용기가 샘솟는 현상을 경험했다. 이렇게 지독한 고통도 겪었는데, 아무리 삶이 괴롭다 해도 이렇게까지 괴로울 수 있을까, 하는 착각이었다.

그 후로 나는 오랜 세월에 걸쳐 안락한 자살에 대해 연구하고 그것을 달성하기 위한 여러 준비를 해 왔다. 나는 반드시 편안하게 자살할 생각이었는데, 이렇듯 아프지 않은 죽음을 갈구하는 것은 기본적으로 억울함 때문이었다. 사는 것이 무척 괴로웠으니 죽을 때만은 고통 없이 편안하고 행복하게 가고 싶었다.

이상한 행동이라고 생각할지 모르지만, 내가 지금 아무런 준비도 해놓지 못했다면, 어떤 상태일지 상상만 해도 끔찍했다. 고통스러운 자살은 확정적일 것이다. 그전까지는 절망과 우울로 바닥에 붙어 죽지도 못한 채 괴로워만 하는 시기를 아주 오래 견뎌야 할 것이다. 나는 언젠가 찾아올 그날을 두려워했기에, 대비해 온 것이다. 게다가 불안과 절망에 휘둘려 계획 없이 떠밀리듯이 자살을 시도한다면, 실패할 확률도 높았다.

나는 내 삶에서 적어도 죽음 만큼은 내 스스로의 힘으로 완벽히 통제할 수 있는 범위 내에 놓아 두고 싶었다. 그러기 위해서는 조금이라도 돌아다닐 기력이 있을 때 서둘러 준비를 해놓아야 했다. 그렇지 못한 채 바닥으로 짓누르는, 죽기 전의 마지막 절망감을 마주하게 되면, 그때는 아무것도 하지 못하고 견뎌내기만 해야 하니까.

그런 맥락에서 내 방구석의 전리품들, 자살용품들로 꾸민 공간은 나에게는 방공호 같은 것이었다. 살면서 제대로 되는 일이 거의 없었지만, 목숨만큼은 이 도구들 덕분에 고통이라는 장애물에 구애받지 않고 통제할 수 있게 되었다는 사실이 내 마음을 위로해 주는 것이다.

착각하기 쉽지만, 죽음에 대한 공포와 죽음의 고통은 죽음에 속한 것이 아니다. 그것은 삶이 마지막 순간에 휘두르는 무기이다. 삶은 공포를 통해 인간을 지배하며, 공포를 목줄로 삼아 사람과 동물들이 자신이 주는 고통을 견디지 못하고 도망치는 것을 막는다.

내가 늘 결정적인 순간에 자살을 멈추는 이유도 그 때문이었다. 아무리 안락한 자살이라도 공포와 고통이 따른다. 자살 희망자들에게는 꿈의 약이라 불리는 펜토바르비탈의 경우에는 사람에 따라 약하게는 어지러움, 간간히 짧막한 공황 정도의 괴로움으로 끝난다고 하지만, 그보다 한 단계 아래로 평가

받는 불활성 기체에 의한 자살만 해도 산소 부족에 의한 패닉을 겪기 쉬워 실패 사례가 생긴다는 보고가 있다. 그러니 그보다도 괴롭다는 경동맥 압박에 의한 질식은 물론, 여타의 조잡한 자살 방법은 말할 것도 없다.

실패에 대한 두려움도 같은 맥락이었다. 내가 자살에 실패해 다시 소생했을 때, 지금보다도 더 끔찍한 삶을 마주하게 될지도 모른다는 가능성에 대한 두려움 말이다. 치명적인 후유증만을 남긴 채 다시 삶으로 뱉어 내어진다는 데 대한 공포.

'일반인 신분으로 질소를 구하느라 고생을 했어. 운이 좋았어. 그런데 만약 자살 도중에 실패해 질소만 잔뜩 써 버렸다면 다시 질소를 구할 수도 없는 나는 그보다 고통스러운 자살 방법을 써야만 해. 그때의 고통과 절망을 내가 견딜 수 있을까?'

'베개를 경동맥에 대고 테이프로 감아 기절했는데, 죽기 전에 경련으로 테이프가 헐거워져 몸이 마비된 채로 살아나면, 나는 혼자서 그 삶을 어떻게 견딜 수 있을까?'

'아크릴 접착제로 마취하고 목을 맸는데, 죽지 못하면 어쩌지? 확실하게 마취하고 그 상태를 유지하기 위해서 고농도로 흡입할 생각인데, 살아나면 간이 망가져 있을지도 몰라. 클로로폼이 들어간 아크릴 접착제는 이제 구입할 수도 없어서 나중에 같은 방법을 다시 시도하기도 힘들어질 거야. 그때의 무력감을 내가 버틸 수 있을까?'

타임리프를 내 삶을 가꾸는 데 활용할 생각이 없었던 아니다. 만약 오늘이 로또나 연금복권 발표날이었으면 아마 복권을 샀을 것이다. 시험 공부나 외국어 공부를 하거나, 기술을 연마해 볼 수도 있을 것이다. 하지만 우선순위를 잘 따져야 했다. 나는 오랜 경험을 통해 이런 희망이 들 때가 제일 위험하다는 것을 안다. 희망이라는 이름으로 찾아오는, 삶이 주는 기만에 속을 때마다 그 너머에서 기다리고 있는 더 큰 괴로움을 견뎌 내야 했다. 이제는 바닥에 누워 있는 것조차 괴롭고 힘드니, 두 다리로 서서 걸으려 해도 버텨 낼 재간이 없다.

오늘처럼 또렷하게 자살에 대한 명확한 비전을 가진 적이 없었다. 이러한 심경 변화는 첫 자살 시도 때와 같은 양상이었지만, 나는 그때보다 오랜 삶을 살아온 상태였고, 고통 없는 자살에 대한 준비도 열심히 해 놓은 터라 결론은 달라져 있었다. 안락한 자살에서 느낄 수 있는 찰나의 고통 정도는 얼마든지 견뎌 낼 수 있을 법한 것처럼 느껴졌던 것이다. 이런 날과 기회는 쉽게 오지 않는다. 여기서 실패하면 또 진심으로 죽을 결심이 들 때까지 얼마나 많은 괴로움들을 견뎌 내며 살아가야 하는 것일까….

자살은 괴롭고, 정신적인 부하가 많이 걸리는 일이기에 정신 상태가 잘 갖춰져야 비로소 시행할 수 있다. 단순히 사는 게 괴롭다는 정도로는 되지 않는다. 죽음의 고통과 두려움을 넘어설 정도로 충분히 괴로워야 한다. 그리고 고통이 없는 자살방법을 가진다는 것, 여러 차례 자살 미수를 반복해 왔다는 것은 그런 정신 상태에 보다 쉽게 진입할 수 있다는 의미이다.

그래서 나는 이 쉽게 가질 수 없는 마음이 흩어지기 전에, 이 원인 불명의 타임리프를 내가 구축해 온 자살 방법의 확실성과 안정성, 신뢰성을 검증하기 위한 도구로 삼기로 했다. 안락한 자살에 대한 확신을 실증적으로 더욱더 공고하게 만드는 일, 그것은 이 세상에서 오로지 타임리프를 겪는 자만이 해낼 수 있는 일이었다.

02

나는 내가 평생 동안 엄선한 자살 도구들이 든 상자를 뒤적거렸다. 처음으로 손에 잡힌 것은 나이트-나이트 장비였다. 경동맥 위에 압박용 물건을 대고 접착력이 강한 테이프 등으로 조여 자살하는 방법이다. 자살 커뮤니티에서 추천하는 테이프도 구입했지만, 나는 여러 궁리 끝에 빈백과 웨빙끈을 사용하는 방법을 선택했다. 이 경우 웨빙끈을 고정시킬 파츠가 필요해서, 나는 리니어 액추에이터를 구입하고 기초적인 아두이노를 익혀 장비를 제작했다. 이때 손기술에 자신감이 붙어 단두대를 만들어 볼까 하는 생각도 했는데, 경추를 끊을 정도로 무거운 칼날을 가공하는 문제를 해결할 수 없어 포기했다. 나는 장비들을 꺼내 바닥에 늘어놓았다. 위로받는 느낌이었다. 지금 바로 시도해서 잘 기능할지 확인해 보고 싶었다. 위치만 잘 맞추고 기절할 때까지 몇 초만 참으면 된다고 했다. 하지만 그 몇 초에 대한 두려움 때문에 결국 손이 가질 않아 일단은 미루기로 했다.

다음은 아질산나트륨 세트였다. 화공상 수십 군데를 돌다가 한 곳에서 구입할 수 있었다. 나는 아질산나트륨에 의한 자살이 정말로 고통이 없을지 궁금했다. 메토헤모글로빈혈증에 의해 내질식으로 사망하는 것이라 역시 내질식을 유발하는 청산화합물과 비슷한 경로를 거칠 텐데, 고통이 상당하다고 알려진 시안화합물과 달리 미수자들의 증언에 의하면 어지럼증이 좀 심할 뿐 고통이 거의 없다는 것이 정론처럼 받아들여지고 있었다. 이쪽은 이 기회에 한번 시험해 볼 가치가 있을 것 같았다. 하지만 역시 고통을 겪게 될 가능성이 완벽하게 제로가 아니었기에 무서웠다. 나는 혹시나 고통을 겪더라도 그 시간을 최소화하려 밤 11시 30분이 될 때까지 기다렸다가 미리 물에 타 놓은 아질산나트륨을 목으로 넘겼다. '내가 진짜로 아질산나트륨을 마시고 있다!' 공포인지, 기쁨인지 알 수 없는 불쾌한 기분이 심장을 두근거리게 했다. 내가 내 죽음을 통제하고 있다는 확신에서 삶으로부터 해방된 기분이 느껴졌다.

하지만 치사량을 훨씬 넘기는 양을 먹으려 200밀리리터짜리 포화수용액으로 만들었기에, 전부 삼키기가 힘들었다. 듣던 대로 엄청나게 짰다. 겨우겨우 다 마시고 보니 어느새 15분이 지나 있었다. 벌써부터 어지러웠는데, 심인성인 것 같았다. 그리고 3분 정도 지나자, 나는 위에 있는 것을 모두 게워 냈다. 정신 없이 토하고 나서 절망 때문에 울었다. 항구토제가 필요했다. 전문 의약품이라 결국 구입하지 못했다. 그냥 마셔도 토하지 않는 사람이 있다지만, 나는 그런 체질이 아니었던 것이다. 기껏 용기를 냈는데, 아쉽게도 아질산나트륨도 미뤄 둬야 할 것 같다.

자정까지 5분 남았다. 청산가리 세트가 눈에 띄었다. 약염기성이라 물에 녹여 마시면 점막을 녹이면서 고통을 준다. 그래서 배터리에서 뽑은 황산과 섞어 튜브를 통해 시안화수소를 들이마시는 장치를 만들었는데, 황산 자체의 발연으로 자극성이 심해 포기했었다. 그냥 마시면 얼마나 아픈 걸까? 의식을 잃을 때까지 아질산나트륨보다는 신속하다고 했다. 만약 내가 견딜 수 있는 정도의 고통이라면… 나는 청산가리를 물에 녹여 자정까지 30초를 남겨 두고 삼켰다. 맛은….

청산가리는 영영 버리기로 했다. 아팠다. 엄청나게 아팠다. 또 시험해 볼 것이 있을까 뒤져 보니 펜타닐 패치가 뭉텅이로 나왔다. 잔뜩 붙이고 전기장판 위에 눕기로 했다. 패치의 포장을 뜯는데 문득 걱정이 들었다. 설령 죽는 데 성공해도 리프가 작동하면 다시 아침으로 돌아올 텐데, 그때 펜타닐에 심리적인 의존성이 생겨 있으면 어떻게 하지? 리프를 통해 육체는 회복되지만 정신은 유지된다. 그렇다면 정신적인 의존성도 유지되지 않을까?

힘이 쭉 빠졌다. 기껏 타임리프라는 현상을 겪고 있어서, 가능한 모든 것을 시도해 볼 수 있겠다고 생각했는데 그런 상황에서도 마음대로 할 수 없는 일이 있었다. 무력감으로 침울해졌다. 나는 그 기분을 떨쳐 내려 다시 보물상자를 뒤적거렸다.

아크릴 접착제 세트가 나왔다. 목을 맨 뒤 클로로포름이 들어 있는 아크릴 접착제로 마취를 한다는 간단한 방법이었다. 하지만 아크릴 접착제에 클로로포름이 들어있다고 해도, 이것으로 실제 마취가 될지는 확신이 없었다. 그 부분을 확인하면 기분이 나아질 것 같았다. 세트를 설치했다. 가운데가 뚫린 분진 마스크 위에 거즈를 몇 장 겹쳐 대고 그 위에 다시 마스크를 덧씌웠다. 이후 주사기로 아크릴 접착제를 빨아들인 뒤 거즈에 조금씩 적시면서 들이마셨다. 자극성이 심했지만 아무리 거즈를 적셔도 어지럽기만 할 뿐 의식을 잃지는 않았다. 조급함에 내용물을 전부 거즈에 부었다. 거즈를 통과한 액체 방울이 입가에 떨어졌다. 입술이 타는 듯이 아팠다. 하지만 숨을 아무리 열심히 들이쉬어도 마취가 될 기미가 보이지 않았다.

"으아아아아악!"

나는 두려움에 질려 자리에서 일어났다. 마취제는 질소와 함께 내 안락사 계획의 핵심 중의 핵심이었다. 질소가 아닌 어떤 방법을 쓰던지, 고통을 완전히 없애려면 마취제로 의식을 잃게 만드는 과정이 필요했다. 접착제로는 원래 마취가 되지 않는 것일까? 아니면 가능한데 사둔 지 너무 오래되어 변질된 것일까? 클로로포름은 공기 중에서 염화수소와 포스겐으로 분해된다고 했다. 그것을 막으려 질소를 채우고 최대한 밀봉할 수 있는 만큼 밀봉했는데! 나는 마스크를 뜯어 집어 던지고 절망과 공포로 발광했다. 내 오랜 안락사 계획의 한 축이 이렇게 무너졌다는 사실이 참담했다. 심장이 빠르게 뛰었다. 호흡을 고르게 하려 노력했다.

그리고 잠시 뒤, 나는 어떤 생각을 떠올리고 웃었다. 쇼핑이 기분전환에 제격이라는 생각이었다.

가능한 거리로 범위를 잡았을 때 주변에 동물병원이 세 곳, 정신과가 네 곳, 종합병원이 두 곳, 화공상이 한 곳, 약국이 아홉 곳이 있었다. 리프만 계속 유지된다면, 계획할 시간은 충분했다. 실제로 감행할 때는 결국 한 곳만 공략할 수 있을 것이기에, 종합적으로 판단해서 우선순위가 높은 쪽부터 방법을 찾아 나가기로 했다.

그러기 위해서는 내가 원하는 약품들이 어느 곳에 있는지를 먼저 확인해야 했다. 그렇지 않으면 엉뚱한 곳에서 시간만 낭비할 수 있었다. 알아보는 방법은 단순하게 가기로 했다.

"꼼짝 마!"

"꺄악!"

"꼼짝 마!"

"으악!"

"꼼짝 마!"

"멍멍!"

그토록 가지고 싶던 약품들을 마음껏 손에 쥐자 자유롭다는 생각이 들었다. 화공상에서는 클로로포름과 아질산나트륨을 만났다. 동물병원에는 졸라제팜-틸레타민 복합제와 케타민이 있었고, 한 곳에서 의외로 프로포폴을 찾았지만 모두 개가 짖어 잠입은 어려웠다. 도중에 인근 대학 생공과에서 동물실험을 한다는 사실을 알아내 침입했는데, 이소플루란이 있었다. 지속 시간이 짧다지만 클로로포름보다는 안전할 것이라 후보에 올려놓았다. 염화칼륨도 있었는데, 이것으로 자살하는 것은 어리석은 짓이었다. 약국에는 항구토제가 있었다. 운이 좋아서 펜토바르비탈을 구했을 때도 유용할 것이다.

꿈을 꾸는 것 같았다. 타임리프가 아니었다면 나 같은 사람이 접근조차 할 수 없을 약물들이었다. 자살을 원하는 사람들에게 던져 주면 하나같이 좋아할 것이겠지만, 이보다 더 구하기 어려운 약물에도 접촉할 수 있는 지금의 나에게는 모두 결정적이지는 않았다. 결국 확실하게 하기 위해서는 마약류가 필요했다. 간호사가 금고 열쇠를 가지고 있던 정신과 의원은 간호사와 의사의 동선을 조사해 오래 걸리지 않아 이중 잠금된 금고를 개방할 수 있었지만 신경안정제 정도만 눈에 띌 뿐이었다. 질소자살 시의 패닉을 막아 주는 데 쓸 수 있겠지만 이 정도로도 부족했다.

접근할 수 있는 두 개의 종합병원 또한 마약류를 잠금 장치가 된 금고 안에 보관했다. 한 곳은 전자식 비밀번호 방식이라 난이도가 높았다. 다행히도 나머지 한 병원은 마그네틱 키 방식이었고, 운 좋게도 두 마약 관리자 중 한 명이 예비 카드키를 서랍에 보관하고 있었다.

잠을 자지 않더라도 리프가 발동했을 경우 피로는 사라졌다. 나는 한 번도 자리에 눕지 않은 채 모든 시간 동안 해당 마그네틱 키에 접근하는 방법을 강구하고 시험했다. 실패는 반복되었지만 지금의 나는 얼마든지 만회할 수 있었다. 실패가 파멸이 아닌 온전히 성공을 위한 발판으로 기능한다는 것이 행복했다.

나는 결국 변장을 통해 목표를 달성했다. 원내에서 모두 마스크를 착용해 변장의 난이도가 낮아진 덕분이었다. 병원 내 병원 약사 열두 명 중 한 명이 내가 흉내가 가능한 체형이었다. 다만 백의는 구해도 명찰은 못 구했는데, 머리스타일을 비슷하게 만들고 동일한 안경테를 착용한 채 바쁘게 움직이는 척을 해서 다른 약사들이 있는 곳에서 마그네틱 키를 슬쩍 빼내 올 수 있었다. 그 후로는 같은 작업을 반복하면서 변수들을 체크했는데, 도중에 변장한 대상자와 마주해서 보안요원에게 제압당한 적도 있었다. 그 후로는 마약류 관리자들을 중심으로 주변 직원들의 신변을 철저하게 조사했다. 한 리프 때 알아낸 정보는 다음 리프 때 접촉하는 사람들의 심리적인 저항감을 줄여 주는 데 활용되었다. 나는 변장할 대상자가 무엇을 두려워하는지, 어떤 상황에 취약한지를 파악해 냈다. 그 결과 마음만 먹으면 변장할 대상자를 병원 바깥으로 끄집어내 몇 십 분 정도 시간을 벌 수도 있게 되었다. 물론 그것으로 만족할 수는 없었다. 나는 들켰을 경우 어디 숨을지, 어느 곳으로 도주할지를 낱낱이 확인했다. 카드키를 확보한 후 최대한 빨리 변장을 풀기 위해 어떤 동선을 통해 이동해야 하는지도 여러 선택지를 확보했다. 마약류 관리자가 카드키가 사라졌다는 사실을 인식하고 보관실이 봉쇄될 경우를 대비해 스키머로 마그네틱 키를 복제하는 방안도 구축해 두었다. 동네 배달기사를 하나씩 찔러서 스키머를 사용하는 기사를 찾아낸 다음 구입처까지 도달했는데, 부르는 값이 조금 세고 업장이 멀리 있어 기기를 가지고 돌아오면 오후 3시라 빠듯하게 움직여야 했다. 이처럼 한 병원의 마그네틱 키에 도달하기 위해 만들어 놓은 루트들이 너무나 많아서 암기하기가 힘들 정도였다. 여력이 있으면 나머지 병원에 대해서도 경로를 찾아낼 생각이었지만, 한 병원에서 기억해야 할 것이 너무 많았다. 어디에 메모를 해도 리프가 작동하면 사라져 있으니 기억에만 의존해야 했다. 현재의 계획은 내가 생각할 수 있는 거의 모든 변수에 대한 대응을 담고 있을 정도로 방대했다. 거기에 결정적으로, 이 계획은 리프를 통해 반복하고 있는 바로 그날이 아니라 최소한 그다음 날에 대해서도 충분한 효용성을 가지고 있어야 했다. 사실상 리프가 끝난 후, 바로 다음 날이 이 계획의 실질적인 결행일일 테니 말이다.

가끔씩 마음이 불안할 때는 병원 금고를 열고 그 안에 들어 있는 약품들을 집에 가져오기도 했다. 처음 금고를 열었을 때는 들킬까 싶어 불안하기도 했지만, 보물창고에 들어온 듯이 기뻤다. 손발이 묶인 것처럼 어쩔 줄 모르던 기분에 시달리던 것이 엊그제인데, 갑자기 편하게 죽을 수 있는 선택지가 엄청나게 늘어나 버린 것이었다. 이전까지의 모든 계획이 부질없어지고, 무엇이든지 할 수 있는 힘을 손에 넣은 기분이었다. 프로포폴만 해도 몹시 가지고 싶던 약이지만, 몇 병씩 손에 드니 단점이 더 많이 들어왔다. 근육으로 주사하면 괴사가 일어나기에 정확히 정맥에 주사해야 하는 물질이었다. 정맥주사는 할 수 있지만, 위험요소가 조금이라도 있다는 것이 부담스러웠다. 게다가 프로포폴은 고통을 겪었다는 기억을 삭제해 주는 것이지 고통을 겪는 것 자체는 막지 못해 애초에 잠든 후 깨어날 것을 상정하지 않는 나에게는 더욱 쓸모가 없었다. 미다졸람도, 레미마졸람도 비슷하게 시큰둥한 반응을 불러일으켰다. 심지어 나는 자살 희망자들에게는 성배와 같은 물질인 펜토바르비탈 나트륨을 들고도 단점을 따져 보고 있었다. 이른바 꿈의 약. 구토를 유발할 가능성이 있고, 죽기 직전에 약간의 공황을 겪을 수 있지만, 실제로 인간 안락사에 사용되는 약이기에 마시고 죽기에는 이만한 것이 없다고들 한다. 사실 멕시코에서 항공편으로 사 놓은 것이 하나 있었지만, 순도를 확인할 수 없었기에 묵혀 두고 있었다. 지금은 고순도 주사제가 손에 들어왔다. 다만 밀리그램 단위라 치사량인 수 그램 단위로 복용하려면 꽤 많은 부피를 들이켤 필요가 있었다. 항구토제와 병행하지 않으면 실패할 가능성이 높았다. 마취제도, 안락사약도 희망의 약이라고 하지만, 직접 손에 쥐고 굴려 보니 그렇게까지 완벽한 약들은 아니었다. 타임리프라는 현상까지 등에 업고 여기까지 도달했음에도 편하고 고통 없이 죽는 것은 이렇게 어렵구나 싶었다. 약을 처음 만졌을 때는 삶과 죽음으로부터 벗어나 뭐든지 할 수 있다는 자신감이 충만했다가, 이제는 질척거리며 감겨 오는 삶의 무게감만 새삼 자각되자 무력해졌다.

그래도 그 기분을 떨쳐 내려 애썼다. 나는 삶을 살아갈 가치가 있고, 행복하게 느낀다는 사람들을 잘 이해하지 못했다. 내게 삶은 언제나 버텨 내야 하는 것이었고, 부과된 과업처럼 꾸역꾸역 해치워야만 하는 것이었다. 다시 삶이 행복하던 환상으로부터 나를 떠밀어 괴로운 감정으로 가득 찬 구덩이로 떨어뜨리려 하고 있었다. 나는 그 괴로운 감정으로부터 도망쳐야 했다. 언제나 그래왔으니까.

더군다나 이제는 슬슬 이 타임리프가 끝나지 않는 데 대한 두려움이 마음을 잠식했다. 그 길다란 삶에 대한 불안감을 지우기 위해 나는 또 다른 자살 방법을 강구하는 일에 매달렸다. 그러나 이미 머리가 꽉 차 있으니, 고작 산으로 올라간 다음 목매달기 좋은 나무를 찾고 하루 종일 그곳에 앉아 누군가 사람이 오는지 안 오는지 확인하는 것이 전부였다. 그럼에도 그처럼 확실하게 자살할 수 있는 장소를 여러 군데 찾아 놓는 것이 마음을 위로해 주었다. 확실한 가능성들을 최대한 많이 확보하기 위해 노력하는 것, 그것들이 나를 자유롭다고 생각할 수 있게 해 주었다.

그러다 어느 날 그 짓도 한계에 달해서, 나는 더 신경을 쏟을 만한 것이 없을까 싶어 옥상으로 올라가 보았다.

03

건물의 옥상은 익숙했다. 한때 투신하는 것을 계획하면서 잠깐 조사했던 적이 있었으니 말이다. 투신은 깊게 생각한 것은 아니고, 처음엔 올라갔다 까마득한 높이를 잠시 감상하고 내려오는 일만 반복하다가, 나중에는 아예 난간 너머 두 뼘 정도 되는 가장자리 위에 아슬아슬하게 자리잡는 것까지는 성공했었다. 거기서 시간이 지나면 저절로 끊기도록 장치해 놓은 줄로 난간과 내 몸을 이어 놓고 마취하면 고통과 공포 없이 죽을 수 있지 않을까 하는 아이디어 정도만 생각하다가 결국 완전히 포기했다. 아무래도 예측되는 실패 가능성과 고통에 더해, 높은 높이가 주는 공포까지 극복해야 한다는 것이 너무 어려웠기 때문이다.

내 두 번째 상자는 내가 숨겨 놓은 물탱크 뒤쪽의 사각에 그대로 있었다. 이제는 사라져도 상관이 없는 물건들이라 사실상 방치해 놓은 것인데 아직 남의 눈에 띄지 않은 것 같았다. 열어 보니 내용물들도 그대로 있었다.

상자를 들고 다시 옥상문으로 다가가는데 난간에 누군가가 앉아 있는 것이 보였다. 인근 중학교 교복을 입은 남학생이었다. 측면으로 보이는 얼굴이 금방이라도 죽을 것같이 울상이었다. 걷는 걸음을 조심하려 해도 옥상에 깔린 자갈 때문에 발소리가 났다. 남학생이 흠칫 놀라 나를 향해 고개를 돌렸다. 슬픈 눈이 나를 바라보고 있었다. 나는 저 아이가 '오늘' 자살하지 않는다는 사실을 안다. 저 자리에 오래 있지도 않을 것이다. 만약 그랬다면 누군가 발견해서 소란이 일어났을 텐데, 무수한 리프 동안 그런 일은 일어난 적이 없었다. 아직은 잠시 동안 난간 너머로 넘어갔다가 다시 돌아오는 일을 반복하는 초기 단계인 것으로 보였다.

나는 무시하기로 했다. 내게는 도울 여유가 없었다. 그렇게 아무 대꾸 없이 다시 옥상문으로 다가가자 남학생은 고개를 푹 숙였다. 흘긋 보니 이를 깨물고 얼굴은 일그러뜨린 채 울고 있었다. 나는 한숨을 쉬었다. 동정심이 고개를 들었다. 훔쳐 온 약을 좀 나눠 줘서 마음이라도 달래 줄까? 하지만 이내 고개를 저었다. 언제 리프가 끝날지도 모르는데, 처음 보는 사람을 구하는 것은 위험성이 너무 컸다. 약을 주었는데 내가 일러 준 지침을 제대로 따르지 않아 살아난다면? 마음이 바뀌어 제3자에게 내가 약을 주었다는 사실을 실토한다면? 그런 일이 일어난 후에 리프가 끝날 경우, 나만의 안락한 자살이 방해를 받을 가능성이 생긴다.

"크흡! 욱! 읍!"

나는 울고 있는 남학생을 뒤로 하고 다시 방으로 돌아왔다.

옥상에 숨겨 놓았던 것들은 지금은 내 계획에서 배제된 도구들이었다. 자살 계획의 초기에, 온갖 말도 안 되는 방식으로 안락사 계획을 세울 시절에 모아 놓은 잡동사니들. 내 오래된 절망의 그림자들이었다. 내 가장 어두웠던 시절의 흔적들….

고순도 에탄올은 자살 계획을 본격적으로 세우려던 초기, 항문에 주사기로 집어넣으면 빠르게 기절할 수 있지 않을까 하는 유치한 생각으로 구해 놓은 것이었다.

리튬도 있었다. 내가 자퇴했던 중학교 과학실에서 훔쳤다. 엄지만 한 조각이 오일에 담겨 있는 것에 불과하지만, 그때는 편하게 죽을 수 있는 방법을 찾고 싶어 절망적인 마음이었기 때문에 이런 것에 매달렸다. 그러니까, 정말 유치해서 생각하기도 부끄러운 방식인데 리튬의 폭발력을 이용해서 일종의 수류탄을 만들어 보자는 시도였다. 쇠구슬을 채우고 머리에 댄 채 터트리면 쉽고 편하게 죽을 수 있지 않을까 하는 생각이었다. 하지만 리튬의 양이 너무 적었다.

리도카인이 포함된 사정지연제도 있었다. 손목에 도포하고 메스로 그으면 동맥까지 아프지 않게 도달할 수 있을 거라는 아이디어였다. 역시 이중에 안락한 자살에 활용할 것들은 없었다. 나는 방구석에 굴러다니고 있는 펜토바르비탈 주사제

병들을 손에 들었다. 오늘 세 시간 만에 병원에서 집으로 가져온 것이다. 주사제와 두 번째 상자 안의 물건들이 가지고 있는 실용성의 격차를 느끼니 마음이 벅찼다. 나는 이제 여기까지 도달했다. 비록 타임리프라는 편법에 의존하기는 했지만, 내 손안에는 편안한 자살을 꿈꾸는 평범한 사람들이 도달할 수 있는 사실상 마지막 안식처가 있었다. 사실상 마지막이라는 표현은 이 펜토바르비탈이 그램 단위의 가루약이 아니기 때문에 붙인 것이다. 지금의 나는 안락한 자살을 위한 계획을 거의 완성했다. 이 주사제를 대량으로 삼키는 것으로 실제로 고통 없이 의식을 잃는 것도 확인했다. 정말로 죽는지, 아니면 기절한 것인지는 알 수 없어도 분명히 치사량 이상을 복용했으니 죽을 것이라고 믿는다. 그런 확신이 있기에 이제 살아 있는 것도 두렵지 않았다. 이제 타임리프에서 어떻게 벗어날지만 고민하면 됐다….

그 아이를 만난 곳은 인터넷이었다. 아무 곳이나 자살 상담 게시판이라고 되어 있는 곳을 들어가 보면 안락한 자살 방법을 찾고 싶어 아우성치는 사람들을 많이 볼 수 있다. 나도 한때는 그런 무리 중의 하나였다. 지금은 그런 사람들보다는 나은 상황이라는 자각으로 안도감을 얻는다.

대한민국은 자살 강국이다. 한 시간에 1.5명씩 자살한다. 자살에 대해 오래 숙고해 온 사람으로서 말하건대, 이런 상황 속에서 사람들은 언제든지 자살이 자기 일이 될지 모른다는 경각심을 가지고 미리미리 존엄하고 안락한 자살을 향유하기 위한 대비를 해야 한다. 국가는 이를 방해하지만, 이는 위선이다. 어차피 시간당 1.5명씩 죽는 것, 조금 편하게 죽게 해 주면 좋지 않을까? 안락한 자살 방법을 보급하는 것으로 한 시간에 1.5명씩 죽는 게 한 시간에 다섯 명씩 죽을 수도 있지만 그건 개인이 신경 쓸 일이 아니다.

죽기 직전의 삶이 가장 불공평하다. 그것을 평등하게 만들고자 하는 모든 시도는 언제나 혐오에 가까운 반발만을 불러일으킨다. 어차피 내버려두면 더 고통스러운 방법으로 죽을지도 모르는 사람들의 고통을 언제까지 외면할 것인가?

나는 이러한 논조로 온라인에서 동조자들을 모아 보려 했다. 고순도 에탄올과 리튬 따위를 구하러 다니기도 전, 말 그대로 지푸라기라도 잡고 싶던 때였다. 하지만 사람들의 반응은 저조했다. 나는 그 점을 이해할 수 없었다. 다들 저렇게 죽고 싶어 하면서, 왜 자신에게 유리한 내 논리에 힘을 실어 주지 않는 거지? 그 즈음 다른 사람이 자살 약 무상 공급에 대해 청와대 청원을 올린 적이 있었다. 물론 받아들여질 가능성이 없다는 사실을 알았지만, 그래도 이런 움직임이 있다는 사실을 알려서 목소리를 모으면 내 안락사 계획에 조금은 도움이 될 가능성이 생길 것이라 생각했다. 하지만 올라간 청원은 고작 서른두 명의 동의를 얻은 것이 전부였다.

그 아이는 메일을 통해, 안락한 죽음에 대한 내 이야기에 관심이 있다고 말했었다. 협동을 통해 도움을 받을 수 있을지 모른다는 기대감에, 그 아이와 접촉했다. 하지만 결과는 실망스러웠다. 그 아이는 그저 고통 없이 죽고 싶어할 뿐, 그것을 위한 계획은 세우지 않고 있었다. 손목에는 상처가 가득했고, 매 수요일마다 상담 치료를 받는다고 했다. SSRI는 먹다가 끊었다고 했다.

그 아이에게 정서적인 지지를 얻지는 못했다. 그 아이는 오로지 자기 문제에만 매몰되어 있어서, 죽고 싶다고 말하는 다른 사람들을 보면 화를 내고 비웃었다. 고작 그런 것으로 죽고 싶어 하느냐, 하면서 말이다. 나도 그 아이의 짜증과 한탄을 듣기만 해야 했다.

대신 그 아이는 내게 다른 방향으로 도움을 주었다. 당시의 나는 불가피하게 이어진 오랜 칩거 생활로 신경과민과 불안에 시달렸고, 그 때문에 자살 계획을 수립하는 데에 단발적이고 충동적인 양상을 보였다. 그러나 그 아이는 나와는 달리 바깥을 잘 돌아다녔기 때문에, 나도 덩달아 햇볕을 쬐고 사람과 대화도 할 수 있었다. 그 내용이 어두운 인생에 대한 한탄과 죽고 싶다는 얘기로 점철되어 있었기에 내 결심을 가다듬기에도 좋았다. 나는 그 아이 덕에 적극성을 가지게 되어서, 고순도 에탄올도 구할 수 있었고, 리튬도 구할 수 있었고, 리도카인도 구할 수 있었다. 결국 쓸모 없는 물건들이었지만 그때의 경험이 지금의 나에게 발판이 되었다는 것은 자명했다.

어느 날 나는 그 아이를 내 집에 초대했다. 멕시코에서 순도가 불분명한 펜토바르비탈을 공수받고 며칠이 지난 뒤였다. 그리고 여태까지 모아 놓은 자살 도구들을 뽐내듯이 늘어놓고는 자랑스럽게 말했다. 내가 지금 이런 물건들을 모으고 있으며, 앞으로도 계속해서 컬렉션을 더 늘려갈 것이라고 말했다. 현재 절차들의 단점을 개선하고, 완벽하게 고통 없이 자살하기 위해서. 솔직히, 나는 아무것도 하지 않은 채 괴로워만 하는 그 아이를 내심 경멸했었다. 그래서 그때의 내 태도에 그런 내심이 묻어 나왔을 것이다.

그 아이는 내 이야기를 듣고는 혼란스러운 것처럼 보이더니, 이내 눈물이 한 가득 고인 눈을 하고 내 뺨을 후려쳤다. 원래부터 정서적으로 불안정했지만, 그것을 감안해도 그 아이가 화내는 맥락을 알 수 없어 몹시 혼란스러웠다. 그 아이는 당황하는 나에게 이렇게 소리쳤다.

"이 개새끼야! 미친 씨발 새끼야! 웃기지 마! 배부른 소리 하지 말라고! 사람 놀려? 놀리냐고! 내가 자살하고 싶다는 게 장난인 줄 알아? 너도 나 조롱하는 거야?"

"아니, 무슨… 무슨 말인지 모르겠어."

"그렇게 위에서 내려다보듯이 보니까 좋아? 난 진심이란 말이야! 난 정말로 힘들고 죽고 싶단 말이야! 편하게 죽으려고 이것들을 모으고 있다고? 이게 뭐하는 짓인데, 미친 새끼야! 너는 이런 좋은 방법을 잔뜩 가지고 있으면서도 태평한 소리나 하면서 자살하지 않고 있잖아! 나한텐 자살이 놀이가 아니라고!"

"놀이라니? 말이 너무 심한 거 아니야?"

그 아이는 양손으로 자기 머리를 때리며 소리를 질렀다.

"너같이 흉내나 내는 놈이 진짜로 자살하려는 내가 어떤 심정인지 알아? 나한테 이런 것들이 하나라도 있었다면 난 벌써 죽었을 거야! 네가 아픈 걸 억지로 참으면서까지 자살을 해야만 하는 내 심정을 알아? 네가 그렇게 태평하게 오늘 편하게 죽을지 말지 고르는 동안 나는 지금 당장 죽지 않으면 미칠 것 같아서 손목을 긋거나 옥상에서 뛰어내리거나 목을 매달거나 물에 빠지거나 해야 한다고!"

"이건 장난이 아냐! 나도 정말로 자살하고 싶어서 이러는 거야! 나도 너만큼 힘들다고!"

"그렇게 잘난 척 내려다보지 마! 나는! 나는!"

나는 그 아이를 달래 보려 했지만 그 아이는 내 손을 뿌리쳤다.

"결국은 그랬던 거야. 너 같은 패션 우울증 놈이 이걸로 편하게 죽을까, 저걸로 편하게 죽을까 하면서 행복한 고민이나 하고 있을 적에, 나는 하루 종일 손목을 그어야 덜 아플까, 수면제를 잔뜩 먹어야 덜 아플까, 옥상에서 뛰어내려야 덜 아플까, 그딴 생각이나 하고 있었어. 씨발, 개새끼가! 너도 내 부모 놈년들이랑 똑같아! 사람 힘들다는 거 보고 비웃지 말라고! 난 그저 자살 흉내나 내면서 관심 끌고 장난치려는 게 아니란 말이야!"

그 아이는 그 말만 남기고 내 집을 떠났다. 그리고 며칠 뒤 다리 위에서 장마로 불어나 소용돌이치는 강물을 자신의 두 발과 함께 부감으로 찍은 동영상을 내 카톡으로 보내 왔다. 동영상 속에서 그 아이는 "힘들어.", "무서워.", "외로워."와 같은 말들을 반복하고 있었다. 그런 말 사이에 "아무도 나를 이해해 주지 않아.", "고통을 뇌에서 뇌로 전달할 수 있으면 얼마나 좋을까?", "다 죽어 버렸으면 좋겠어." 운운하는 긴 문장들도 섞여 있었다. 나는 해당 동영상을 보고 단순히 그 아이가 이전에 수차례 보여 준 적이 있었던 현시성 자살의 일종이라고 판단해 대수롭지 않게 생각했었다. 그래서 그 아이가 정말로 그 현장에서 강물에 뛰어들어 자살했다는 사실을 알게 되었을 때 무척이나 당혹스러운 느낌을 받았다.

장례식에도 가지 못하고, 나는 계속해서 고민했다. 그 아이를 경멸했던 것은 사실이지만, 나는 그 아이를 도와주고 싶었다. 내 자살 도구들을 보여 주면서 내 행동의 유용성과 의미를 이해받고 싶었고, 언젠가는 함께 고통 없이 자살하고 싶었다.

하지만 그 아이는 내 그런 행동을 장난하는 것으로 받아들였다. 그리고 내 고통을 조롱했다. 내가 충분히 고통스럽지 않기 때문에 이런 태평한 일이나 벌이며 여유를 부리는 거라면서… 물론 아니다. 나도 고통스럽다. 평생 고통스러웠다. 하지만 결국 실제로 자살한 것은 내가 아닌 그 아이였다. 익사라니! 대체 사람이 얼마나 고통스러우면 그런 방식으로 자살하는 것일까? 내가 좀 더 편한 길을 보여 줬는데도?

나는 언제나 그 아이에게 항변하고 싶었다. 나는 분명히 자살을 할 것이라고. 나의 원래 계획대로 완벽하게 고통이 없는 방식을 통해서. 자살이라는 것은 하는 것으로 완성된다. 그 이전까지는 남에게 조롱당하는 대상에 불과할 뿐이다. 나는 기필코 자살할 것이다. 그럼으로써 내가 겪어 왔고 겪고 있는 고통의 진정성과, 내가 선택한 방식의 유의미함을 결국 증명할 것이다.

지금은 그 아이가 나에게서 느꼈을 감정을 상상할 수 있다. 이 대한민국에서 호화롭고 쾌적한 자살을 누릴 수 있는 자살 강자는 얼마 없다. 나는 그런 사람들이, 자살 희망자들이 그토록 손에 넣기 원하는 약을 즐기는 목적으로 사용하다가 중독되어 잡혀 갔다는 뉴스를 보면 화가 난다. 그 애가 나를 보는 시선도 그랬을 것이다. 나는 언제나 나를 약자의 입장에 위치시켜 왔지만, 자살이라는 영역에서도 약자와 강자는 나뉘는 것이다. 필요할 경우 안락한 자살을 선택할 수 있는 자살 강자와, 그렇지 못하고 자살의 고통을 당연한 것으로 상정한 채 어쩔 줄 모르며 괴로워하는 자살 약자.

나는 놀이를 하고 있었던 것이 아니다. 자살 강자가 되기 위해 노력하고 있었을 뿐이다. 자살이 놀이냐고? 나는 아주 어린 시절부터 언제나 슬프고 괴로웠기에 안락한 자살을 향해 열심히 노력해 많은 지식들과 도구들을 모아 온 것이다. 하지만 평소에는 하하호호 행복하게 살다가 막상 자살이 급해지니까 그제서야 허겁지겁 고통이 없는 방법을 찾아보려는 그 아이와 같은 놈들을, 나는 경멸한다. 나는 편하게 이 길을 걸어온 것이 아니다. 나 또한 자살을 원하면서도 죽음의 고통에 떨고 있던 자살 약자의 입장에서 시작해 내 노력으로 여기까지 올라온, 똑같은 인간인 것이다.

내 자살 계획은 철저하고 완벽해야 했다. 그리고 나 혼자만이 아니라, 다른 사람에게도 충분히 유용해야만 했다.

학생은 어느새 옥상 난간 안쪽으로 넘어와 노을을 멍하니 바라보고 있었다. 나는 그 이미지에서 숭고함을 느꼈다. 일전에 심리 부검에 관한 문헌을 읽은 적이 있다. 거기서 내가 주로 생각하는, 목을 매고 발을 땅에서 떨어뜨린 채 자살하는 방식은 이상을 그리는 사고방식에 치중된 사람이 주로 선택하는 방식이라고 했다. 높은 이상과 처참한 현실 간의 괴리를 견디지 못하고 자살에 이르게 된다는 것이다. 반대로 높은 충동성을 특징으로 하는 투신의 경우, 세상에 대한 적대감을 명시적으로 표현하고자 할 때 주로 채택하는 방식이라는 것 같았다. 자신의 존엄성을 땅바닥에 부숴서, 그 참혹한 모습을 통해 항변하려는 심리가 투영되었다는 설명이었다. 앞서 말했듯이, 나는 처음에는 목 매달기로 시작했지만, 자살 계획 초기에 잠시 투신으로 방향을 선회했던 적이 있었다. 그 설명이 통계적인 근거가 얼마나 있는지는 알 수 없지만, 둘 다 경험해 본 나로서는 어느 정도 맞는 구석이 있다고 생각한다.

그런 점에서 투신을 하려는 이 중학생의 마음은 내 마음을 움직이는 데가 있었다. 고통스럽고, 실패할 확률도 높다는 공포를 떨치고, 어쨌든 목을 매는 대신 추락을 시도해 보고자 이곳에 올라온 심정을 공감할 수 있기 때문이었다. 얼마나 화나고 괴로울지 알았다. 나도 한때는 옥상을 서성이며 서서히 미쳐 가는 저 아이와 같았다. 자신에게 감정이라는 게 있다는 것까지 원망하고 싶을 것이다. 자살 약자. 그 감각이 얼마나 끔찍한지 알기 때문에 나는 자살 강자가 되기 위해 지금까지 발버둥쳐 왔다.

저 아이는 앞으로 무언가 도움을 받아 자살 충동으로부터 벗어날 수 있을까? 아니면 잠깐의 유예 기간을 가진 후 결국 자살에 이르게 될까…. 후자일 가능성이 높다고 생각되었다. 비명도 예쁘게 질러야 주변이 관심을 가지는 법이니까. 그런 저 아이에게 죽음의 고통에서 오는 두려움을 줄여 주고 자신의 죽음에 대한 통제권을 손에 쥐어 주는 것이 나쁜 일은 아닐 것이다. 어차피 저 아이도 그것을 간절히 바랄 테니까. 자신의 고통을 더는 것처럼 남의 고통도 덜어 주는 것. 그것이 바로 올바른 사회로 나아가는 방향이 아닐까?

나는 들고 온 펜토바르비탈 주사제 병들을 들고 남학생에게 다가갔다. 그리고 언젠가 그 아이에게 해 주고 싶었던 일을 했다.

"괴로워할 필요 없어. 이걸로 편하게 죽어. 뚜껑 따서 한번에 모은 다음에 마시면 돼. 만약 구토를 하더라도 다시 마셔야만 해."

나는 스마트폰으로 자료까지 띄워 가며 최대한 자세하고 친절하게 설명해 주었다. 미리 약물을 한데 모으지 않고 앰플 그대로 가지고 온 것은 앰플병에 붙은 라벨로 이 약물이 수상한 약이 아니라는 것을 보증해 주려는 심산이었다.

나는 충분히 설명해 준 뒤 내 방으로 돌아왔다. 이제 상황은 내 손을 떠났다. 남학생이 진심으로 괴로워하는 거라면 마시겠지. 하지만 그렇다 하더라도 남학생은 결국 타임리프 때문에 같은 고통을 겪게 될 것이다. 마치 자살 희망자들이 오랜 시간에 걸쳐 그러는 것처럼. 그래도 저 아이는 사정이 나았다. 리프를 통해 반복되는 모든 날들을 따로따로 경험하는 나와는 달리, 저 학생은 결국 하루의 고통만을 반복하는 것이니까. 그러나 리프가 끝난 뒤에는, 죽을 때까지 주기적으로 반복되는 마음의 고통에 시달릴 것이다.

그러니 찰나의 행복이라도 즐겼으면 했다. 지금 그 학생은 어떤 심정일까? 이제 삶의 고통과 죽음의 고통 사이에서 이도 저도 못한 채 무력하게 괴롭힘당할 필요가 없다는 사실을 깨닫고 기뻐하고 있을까? 옥상을 서성이던 그때의 나였다면 그랬을 것이다.

나는 그 아이도 그럴 것이라고 생각했던 것뿐이다.

잠에서 깨니 타는 냄새가 났다. 나는 깜짝 놀라 침대에서 일어나 방 안을 둘러보았다. 방은 연기로 자욱했다. 수없이 반복하던 똑같은 아침에 균열이 느닷없이 찾아들었다.

방구석, 자살 도구들이 있는 위치에서 화염이 보였다. 불길 사이에 커다란 상자 두 개가 있었다. 하나는 원래 내 방에 있던 것이고, 하나는 옥상에 놔뒀다가 내 방으로 가져왔던 것이다. 상자가 두 개라는 것을 보자 상황이 분명해졌다. 무슨 이유인지는 모르겠지만 리프가 끝났다.

'그 학생 때문이구나!'

불안이 거세지자 곧바로 감정적 추론이 치고 올라왔다. 그 학생에게 약을 준 것 말고는 이전 리프에서 달라진 것이 없으니 바로 그것이 리프를 끝낸 트리거라는, 일말의 근거조차 없이 스스로가 믿고 싶은 방향으로만 짜맞춰진 생각들이었다. 하지만 생각은 생각일 뿐 현실이 아니라는 사실을 잊어서는 안 되었다. 나는 뺨을 연신 후려쳐 무너지던 정신을 되돌렸다.

침착해야 했다. 무력하게 삶에 놀아나서는 안 되었다. 불이 난 원인은 아마 리튬일 것이다. 어제 상자를 내려놓으면서 조금 세게 놓았다는 생각이 들기는 했다. 하지만 무슨 문제가 일어나더라도 리프 때문에 상관없다고 넘겼었는데, 나쁜 일만큼은 반드시 일어나는 게 내 인생이었었다. 조심했어야 했다.

불이 난 지 얼마 지나지 않은 것 같았지만 가연물이 많았던 것도 화근이었다. 번개탄도 있었고, 탈지면이나 마스크, 실리콘 튜브처럼 불에 잘 타는 것들이 한가득이었다. 게다가 방 청소를 하지 않아 가득 깔린 쓰레기들도 문제였다. 그때 폭발하는 소리와 함께 불길이 더욱 기세를 더했다. 에탄올 병이나 클로로포름 병이 폭발했을 것이다.

신속하게 움직여야 했다. 리튬은 소량이었으니 지금이라면 물을 뿌리는 대응이 가능할 것이다. 나는 부피가 어느 정도 있는 용기를 전부 끄집어내 물을 채우기 시작했다. 그리고 물이 모이는 동안 덜덜 떨리는 손으로 휴대폰을 꺼내 학생의 전화번호로 전화를 걸고 스피커폰으로 전환한 채 침대 위에 놓아두었다. 어제 그러던 와중에도 혹시나 하는 마음에 내 전화번호는 알려 주지 않고 학생의 전화번호만 받아 두었었다. 경찰에게 추궁당하게 되었을 때 빠져나갈 구멍을 조금이라도 넓혀 놓기 위해선 공중전화를 쓰는 게 좋겠지만 지금은 내 휴대폰을 사용할 수밖에 없었다. 학생이 죽은 것이 아니라면 빠르게 펜토바르비탈을 돌려받아야 했다. 지금으로서는 그것이 사실상 나의 자살 강자로서의 삶을 지탱할 수 있는 마지막 희망이었으니까.

　통화 연결음이 이어지는 동안 대야로 물을 여러 차례 끼얹었는데도 도무지 화염이 잡히지 않았다. 그래서 다급히 문을 열고 복도에 있던 소화기를 가져와 분사했다. 분말식 소화기였다. 작은 방이 한순간에 분말로 뒤덮였다. 숨을 참아 보려 했지만 흥분한 상태인 데다 소화기를 가져오느라 질주했던 탓에 호흡을 오래 멈출 수가 없었다. 소화기 가루가 호흡기로 들어오자 엄청나게 고통스러웠다. 희뿌연 분말로 시야가 막히고 연신 기침까지 하느라 노즐을 제대로 조준할 수조차 없었다. 나는 결국 견디지 못하고 소화기를 떨어뜨린 뒤 바닥에 엎어져 토할 기세로 기침했다. 그때, 끝없이 이어지던 통화 연결음이 끊기고 누군가 전화를 받았다.

"여보세요?"

학생의 목소리는 아니었다. 나이가 있는 여성의 목소리였다. 어투가 어두웠고, 희미하게 물기가 묻어 있었다. 나는 침대로 기어가 매트리스 위에 엎어져서는 발작적으로 나오는 기침 사이로 울먹이며 대답했다. 처음에는 친구라고 할까 하다가 "친구 누구?"라고 물으면 곤란해질 것 같아 전략을 급하게 수정할 수밖에 없었다.

"안녕하세요, XX이랑 인터넷에서 알고 지내던 사람입니다. XX이랑은 같은 게임을 하면서 친해졌는데, 저에게 집에서 있었던 일이랑 학교에서 있었던 일들도 이야기하면서 친하게 지냈었어요. 그런데 어제 그 친구가 다니던 인터넷 게시판에 유서처럼 보이는 글을 올려놔서, 걱정이 되어서 그 친구 번호로 전화한 건데, XX이는 괜찮나요?"

잠시간의 침묵 후 상대방은 참고 있던 울음을 터뜨렸다. 그 울먹임을 듣고 아차 싶었지만, 원하는 답을 재촉하려 거듭 물어보았다. 상대방은 흐느꼈지만, 나는 울부짖었다.

"제발, 말씀해 주세요! XX이는 괜찮나요? XX이는? 괜찮은 건가요?"

내 고함에 상대방은 감정을 겨우 가다듬고는 훌쩍이며 말했다.

"XX이는 오늘 아침에… 하늘로… 떠났….

그 말을 듣자마자 나도 모르게 눈물이 터져 나왔다. 승리감, 절망감, 동경심이 종작 없이 뒤섞인 복잡한 감정이 턱 끝까지 치솟아왔기 때문이었다. 나는 울음을 억누르고 코를 훌쩍이며 물었다.

"고통 없이 편하게 죽었나요? 네?"

내 갑작스러운 질문에 당혹스러워하는 기색이 수화기 너머로도 느껴질 정도였다. 나는 침묵이 오래 이어지지 않도록 다급히 덧붙였다.

"저랑 그 정도로 친했거든요. 저한테 많이 힘들다고 했었는데. 그래서 그렇게 떠난 거면, 아프지 않게 떠났는지를 꼭 알고 싶어서…."

그 말에 상대방은 내가 가장한 의도를 납득한 것 같았다.

"네…. 편하게 떠났습니다."

"부러워."

나도 모르게 입에서 그런 말이 튀어나왔다. 그와 함께 울음도 점차 거세져 호흡이 힘들 정도가 되었다. 그 울음 사이로 나오는 말들을 스스로 멈출 수가 없었다.

"네?"

"너무 부러워서 죽을 것 같아. 그때의 내가 그 학생이었더라면… 얼마나 좋았을까. 만약 그게 나였었다면…. 정말로 그게 나였다면…. 누군가 나에게 그렇게 도움을 주었다면… 너무 부러워…."

"당신 누구세요?"

상대방의 호흡이 빠르게 거칠어지더니 이내 무언가를 깨달았다는 듯 나를 향해 괴성을 지르기 시작했다.

"그 약! 그 약!"

나는 통화를 끊었다. 성취감과 동경심이라는 감정이 빠르게 휘발되자, 남은 건 모든 것이 무너져 내렸다는 데서 오는 끝없는 절망감이었다. 오랜 기간 경험을 통해 끊임없이 사실임이 증명되어 온 부정적인 사고들이 무너지는 하늘처럼 엄습해 와 나를 질식시켰다. 언제나 나에게 세상은 이랬다. 고통은 나의 것이었지만, 행복은 나의 것이 아닌 타인의 것이었으며, 나는 끝없이 좌절하는 의미 없는 살덩이로서만 존재해 왔다. 탄생이 나를 위한 것이 아니었고, 삶이 나를 위한 것이 아니었던 것처럼, 그 타임리프 또한 결국은 나를 위한 것이 아니었던 것이다. 내가 완벽한 자살 방법에 이르렀던 시점이 아니라, 그 학생에게 안락하고 편안한 죽음을 가져다 준 시점에서 리프가 끝났다는 것이 그 증거였다. 모든 것을 깨닫자 그곳엔 절망밖에 없었다. 나는 울부짖으며 바닥에 엎어졌다. 불의 열기가 내 뺨을 달궜다.

  나는 마지막으로 질식 소화라도 시도해 보기 위해 질소 용기를 열려고 했지만 주변이 너무 뜨거워 뚜껑을 열지도 못하고 봄베를 쓰러뜨렸다. 보존 기한을 한참 넘겨 노후화된 봄베의 목이 잘리면서 뚫린 구멍을 통해 압축된 질소가 강력한 압력으로 뿜어져 나왔다. 봄베는 벽을 뚫으며 옆방으로 날아갔다. 소리를 들어 보면 최소한 옆의 옆방까지는 뚫고 들어간 것 같았다. 옆방을 통해 뚫린 구멍으로 신선한 산소가 들어오자 불은 산소를 잡아먹으며 구멍 바깥으로 뻗어 나갔다.

"어, 씨발 뭐야?"

  옆방 사람도 잠에서 깨 상황을 보았는지 놀라 소리쳤다.

  나는 다리가 풀려 침대에 주저앉았다. 단 한 번의 사고로, 나는 다시 자살 약자가 되어 버렸다. 포기하지 않으려고 했는데, 상황을 나에게 유리한 쪽으로 이끌어가려고 했는데, 상황이 너무나 절망적이었다. 집이 타고 있었다. 나는 물어줄 돈이 없었다. 지금 여기서 빨리 죽어야 하는데, 안락사 용품들은 이미 재로 변했다. 타임리프 동안 열심히 만들어 놓았던, 펜토바르비탈을 손에 쥐기 위한 경로도 이제 쓸모가 없어지고 말았다. 눈물이 흘렀다. 하지만 눈물로 불을 끌 수는 없었다.

  불길이 다리에 열기를 전했다. 이인감으로 멍하니 앉아 있다가 불길의 고통에 소스라치며 자리에서 일어났다. 불에 타서 자살하는 것은 미친 짓이며, 내가 평생 피하려고 발버둥쳐 왔던 상황이라는 사실을 새삼 깨달았다. 살이 타는 것은 무척 고통스러웠다.

이미 눈이 맵고 한치 앞도 보이지 않았다. 계곡에 뛰어들었을 때가 기억났다. 물이 코로 들어와 폐를 채우는 아픔이 너무나 괴로웠다. 하지만 불보다는 고통스럽지 않았다. 나는 불과 연기의 고통이 두려워 바깥으로 뛰쳐나갔다. 도중에 계단에서 굴러 정수리를 벽에 찧었다. 절망감과 고통에 시달리며, 나는 눈물이 가득한 눈으로 거리를 헤매다 트럭에 치여 다리가 으스러졌다.

상황이 더욱 나빠졌지만 좌절감에 잡아먹혀 움직이지 않는 것은 예정된 절망의 크기만 키울 뿐이다. 이 새로운 고통과 불안 끝에 결국 다다르게 될 파국에 대비하기 위해, 나는 다시금 안락한 자살에 도달할 수 있는 길을 어떻게든 찾아야만 할 것이다. 나 같은 처지의 사람이 자살 강자로서 편하게 죽는 것은 참으로 어렵다. 남의 도움을 기대하기도 힘든 일이다. 하지만 적어도 내가 이 잔혹한 삶과의 싸움에서 끝끝내 승리하기를, 누군가 간절히 염원하고 따뜻하게 응원해 주었으면….

제발… 이제 나 혼자서는 버거운 일이 되어 버리고 말았다. 자살 강자는 너무 늦기 전에 되어야만 하는 것이다. 뒤가 없는 내가 여기서 조금이라도 발을 헛디딘다면, 그때야말로 영원히 자살 강자의 자리에는 닿을 수 없는 곳까지 떨어져 참혹한 삶의 횡포에 휩쓸려 버릴 것은 확실하다. 그리고 앞으로 자살 강자가 될 수 있으리라는 모든 희망을 잃은 채 무참한 삶의 고통과 죽음의 공포 사이에서 떠는 자살 약자로서의 처지가 당연한 것이라는 현실을 무력하게 받아들여야 할 것이다. 나는 그것이 가장 두렵다. 나는 언젠가 잠든 뒤 눈을 떴을 때 눈앞에 그러한 현실이 펼쳐져 있을 것이라는 사실이 제일로 무서운 것이다.

혹시나 당신은 그렇지 않은가? 앞일을 누가 알겠는가…. 당신도 나처럼 너무 늦기 전에 자살 강자가 될 수 있도록 준비하는 게 좋을지도 모른다고, 조심스럽게 제언해 본다. 이해가 되지 않고 받아들이는 데 거부감을 느끼는 지금이 가장 적기라는 사실을 알아야 한다.

그러면 우리가 당신의 뒤에 서 있을 것이다.

'우리'가.

그러하면 어쩌면 당신은 가장 힘든 순간에, 우리를 생각하게 될지도 모른다. 그리고 진정으로 당신을 아끼고 걱정했던 사람들이 누구였는지 비로소 올바르게 깨닫게 될 것이다. 아마 그때는 이 모든 생각들이 보여 주는 풍경이 지금과는 완전히 달라져 있을 것임이 틀림없다. 그것은 분명 삶의 거짓된 형상들을 모조리 걷어낸 뒤편에 있는, 지금까지 한 번도 보지 못했던 진실로 가득 찬 풍경일 것이다….

작가의 한마디

자살이 다급해진 사람은 대부분 고통 없이 자살하는 방법에 관심을 기울이게 되지만, 대다수의 방법이 국가(정확히는 다른 사람들)에 의해 금지되어 있다는 사실을 깨닫고 절망과 공포를 느끼게 되기 쉽다. 본 이야기의 화자는 한때 그런 상황에 몰렸다가 운 좋게 가지고 있던 자원을 소모해 자살 위기에서 벗어났으나, 언젠가 동일한 공포가 재현될 가능성이 높은 삶을 사는 이유로 과거의 공포에서 벗어나지 못하는 사람이다. 본 이야기는 이러한 심리 상태에 놓인 화자의 입장을 통해, 자살이 급박한 사람에게 고유한 공포를 소재로 삼는 공포 소설로서 만들어졌다. 여타의 공포 소설들이 전쟁이나 재난, 인간이나 초자연적 존재 등에 의한 죽음, 손상, 상실, 고립, 배척, 절망 등에서 야기되는 공포를 다루는 것과 동일하게, 본 이야기는 특히 대한민국에서 겪을 가능성이 높은 공포인 '자살 약자'의 공포를 다루고 있는 것이다.

작중에 기술된 자살 방법들은 화자가 언급했듯이 전통 방식들에 비해 부작용만 크고 효과는 좋지 않다는 점을 밝힌다. 주인공과 같은 심리상태에 몰린 사람들이 하루이틀 검색하면 모아지는 정보들로, 보통 이런 자료들을 찾다가 상태만 점점 더 나빠지므로 그냥 여기에 기술해 둔 것을 읽고 혹시나 자살을 하고 싶게 되었을 때는 좀 더 건

실한 방향(정신과 치료나 상담 치료 등)으로 마음을 돌려 보자! 불법 키트나 불법 약물의 경우도, 판매자 입장에선 한 사람에게 한 번만 판매할 수 있고 소비자들이 대부분 변사체가 되어 경찰에게 추적당하기 때문에 사기가 아니라면 수지가 잘 안 맞는 장사임을 추측해 볼 수 있는데, 언론에서 성공한 사례들을 보도하기는 하지만 쓸데없이 위험성이 높은 방법이라는 점은 알아 두는 것이 좋지 않을까 싶다.

점례아기본풀이

01. 서언

 '점례아기본풀이'는 흔히 구송창(口誦唱)의 형태로 구연되는 서사무가의 일종으로, 그 서사적, 제의적 특이성에도 불구하고 지금껏 연구자나 대중들로부터 별다른 주목을 끌어오지 못했던 것으로 보인다. 이는 해당 서사무가가 실제로 굿판에서 구연되기보다는 오로지 무당 본인의 치심(治心)만을 위해 밀실에서 지극히 개인적으로 연행(演行)되는 종류라는 무가 자체의 특성에 기인한 것으로 생각된다. 실제로 김은수(2003)에 따르면 무당들이 해당 서사무가를 다른 사람 앞에서 구술하는 것을 다소 거리끼는 일로 생각한다는 것을 알 수 있는데, 이는 앞서 추론한 점과 동일한 맥락에서 해당 서사무가가 무당 본인이 가지고 있는 직업인으로서의 심중소회와 내밀하게 연관되어 있기 때문인 것으로 볼 수 있을 것이다.

이 글은 교육과학기술부의 『한국구비문학대계』 개정증보 사업의 일환으로, 김은수(2003)와 송경욱(1989)의 연구를 참조하여, 서사무가 '점례아기본풀이'의 채록본 사이에 존재하는 유사성에 근거해 그 개략적인 줄거리를 소개하고, 간략한 풀이를 덧댄 것이다. 얼마 되지 않는 숫자의 채록본 사이에서도 구체적인 서사적 사항에 있어서 상당한 차이가 존재했는데, 이 역시 해당 서사무가의 은비(隱秘)적 특징으로 인해 구연자의 주관성이나 개인적 경험 등이 강하게 반영되었기 때문인 것으로 보인다.

02. '점례아기본풀이'의 내용 설명

해당 서사무가의 시대적 배경은 고려 시대인 것으로 추정되며, 주인공인 점례는 성인이 되지 못한 상태에서 기연에 의해 신을 받아 무당이 된 소녀이다. 점례아기가 세상에 태어나 무당이 되기까지의 서사적 흐름은 다음과 같다.

오랫동안 아기를 가지지 못한 부부가 산신에게 기자치성(祈子致誠)하여 점례를 얻게 되었다. 그러나 점례의 부모는 점례가 태어난 후 딸을 데리고 산신이 깃든 성석(聖石)에 보은치성(報恩致誠)하러 가던 중 문간을 나서자마자 호환을 당해 죽게 된다. 이에 금줄 아래에 홀로 방치되었던 점례는 굶어 죽기 직전에 탁발승에게 구조되지만, 그 탁발승마저 점례를 산의 사찰로 데려가려던 도중에 급살을 맞아 죽게 된다.

점례는 혈혈단신으로 산중에 버려지지만, 기이한 힘의 도움을 받아 감로로 목을 축이고 초근목피로 배를 채우며 살아남게 된다. 그렇게 짐승처럼 자라가던 점례였으나, 일곱 살 되던 해에 산의 골짜기에서 지금까지 자신을 살펴 주었던 존재를 마주친다. 그것은 온몸이 검은 신으로, 마치 비어 있는 것 같은 존재였는데, 세상의 모든 것이 그것으로부터 나오고 그것으로 들어가 서로 이어져 있는 것 같았다. 점례는 그 신을 몸에 받아들이고, 무당이 되어 속세로 나오게 된다(현대어 번역).

'검은 신'은 골짜기에서 만났다는 기술과 이어지는 수식의 내용을 보면 천지근(天地根)의 상징으로 흔히 인용되는, 노자의 『도덕경』에 등장하는 현빈(玄牝)을 말하는 것으로 생각된다. 『도덕경』은 일반적으로 그 해석이 난해한 것으로 알려져 있으며, 왕필(王弼)의 주를 위시해 수많은 독자적 해석들이 존재한다. 이는 『도덕경』 내에서 현빈이 언급되는 구절(谷神不死 是謂玄牝 곡신불사 시위현빈 玄牝之門 是謂天地根 현빈지문 시위천지근 綿綿若存 用之不勤 면면약존 용지불근)도 마찬가지인데, 해당 서사무가에서는 현빈을 골짜기의 신인 곡신(谷神)으로 해석하고, 그것이 천지의 뿌리라는 설명을 해당 신격의 속성으로 상정하고 있는 것으로 보인다.

이렇게 현빈을 받아들여 무당이 된 점례는 세상으로 나와 어리지만 신통한 무당으로서 이름을 알리게 된다. 그러나 그 앞길이 과연 순탄치만은 않았다.

곡신(谷神)인 현빈(玄牝)을 몸에 받아 무당이 된 점례는 산을 떠나 세상으로 내려왔고, 천문으로 예언하는 능력과 자연의 움직임을 살펴 측후(測候)하는 능력, 회전하는 지남석과 각종의 금속으로 이루어진 독특한 무구를 통해 허공에 나타나게 한 귀린(鬼燐)으로부터 형상령(形像靈)을 불러내는 창혼(唱魂)을 펼치며 사람들 사이에 이름을 알리게 된다. 그런데 그 능력이 워낙 신이하였기 때문에 다른 무당들이 점례를 크게 시기하였고, 정식으로 무당으로서의 업을 배운 것이 아니기에 등에 업을 뒷배가 없던 점례는 무당들의 괴롭힘 끝에 유민(流民)으로 전락하여 군현을 넘어다니며 한 많은 삶을 이어간다(현대어 번역).

고려 시대에, 민간에 섞여 살던 무당들은 치병(治病)이나 점복(占卜) 등의 활동을 통해 적지 않은 재물을 쌓을 수 있었던 것으로 보인다. 이에 관해 고려중기의 문신인 이규보(李奎報)는 『동국이상국전집(東國李相國全集)』에 실린 글을 통해 이러한 세태를 비판적으로 바라보고 있다.

(무당들이) "사방에서 남녀들의 먹을거리를 죄다 긁어 모으고, 온 천하에 있는 부부들의 옷까지 전부 빼앗는다."

이와 같은 시대적 상황 속에서 다른 무당들보다 월등한 신적 능력을 발휘하는 나이 어린 점례가 무당들의 사회에서 배척의 대상으로 지목된 것은 일견 자연스러운 일로 보인다. 다만 이처럼 무당들 사이에 경제적 측면에서의 알력이 존재했다는 점을 직접적으로 증명해 주는 사료의 확보는 현재 미비한 상태이다. 그러나 충혜왕(忠惠王) 시절에 숭교사(崇敎寺)의 존폐를 두고 발생한 무속계와 불교계의 갈등처럼 종교인들이 이권을 두고 서로 다투는 일이 아예 없지만은 않았던 것으로 보인다.

다른 무당들의 시기심에 의해 유민이 된 점례는 전국 5도 양계와 경기를 떠돌면서 끊이지 않는 만난(萬難)과 마주하게 되고, 자신의 마음 속에서 서서히 자라나는 한(恨)과 증오의 존재를 느끼게 된다. 바로 이 대목이 채록본들 사이에 가장 큰 차이가 존재하는 부분이었는데, 그 지엽적이고 개인적이며 난삽한 서사적 구조가 해당 서사무가의 핵심적인 줄거리를 다룬다는 본 글의 의도와는 상충되므로 모두 생략하도록 하겠다. 점례의 고생담이 방대한 분량을 통해 제시된 후, 이야기는 다음과 같이 이어진다.

유민으로 전국을 떠돌던 점례는 나라에 큰 가뭄이 들자 왕명으로 무당을 모은다는 소문을 듣고 개경으로 들어가게 된다. 상서도성(尙書都省)의 큰 뜰에 무당 수백 명이 모여 앉아 기우제를 지내는데, 그것은 맨눈으로 태양빛을 보아 그 근기(根氣)로 한발을 일으킨 사악한 하늘님을 감복(感服)시켜 선한 마음과 궁휼(矜恤)하는 마음을 내게 하여 비를 뿌리게 만드는 방법이었다(현대어 번역).

고려 시대, 왕궁에 무당들을 불러모아 기우제를 지냈다는 기록은 현종 12년(1021)부터 등장하기 시작한다. 한발은 농경으로 지탱되는 고대사회에선 국난(國難)으로까지 받아들여지는 심각한 사태일 수밖에 없었으며, 이를 해결하기 위해 무당들을 동원하는 기우제를 포함해 모든 가용한 신화적, 상징적 장치들이 적극적으로 활용되었다.

개중 '폭무(曝巫)'라는 방식은 무당들을 여러 가지 방법으로 괴롭힘으로써 하늘이 그 정성에 탄복하고 무당들을 가엾게 여겨 비를 내리도록 하는 무속적 방책이었다. 이러한 원리를 바탕으로 무당들을 괴롭히기 위해 겨울 옷을 껴입게 하고 한낮의 뙤약볕 아래 앉아 있게 한다거나, 맨눈으로 뜨거운 햇볕을 계속해서 노려보게 하는 등의 가학적인 방식이 사용되었다. 서사무가의 기술을 보면, 점례아기가 참석한 기우제에서는 개중 햇볕을 바라보게 하는 방법이 차용되었던 것으로 보인다.

기우제에 처음 참례(參禮)하는 점례는 자신이 정확히 어떤 일을 해야 하는지 알지 못했다. 그래서 주변의 무당들에게 물어보았지만, 무당들은 점례가 누구인지 알아보고서는 일부러 잘못된 방법을 알려 주었다. 이윽고 기우제가 시작되자 다른 무당들은 햇볕을 바라보았지만, 오직 점례만이 맨눈으로 태양을 똑바로 바라보았다.

태양을 맨눈으로 쳐다보는 것은 매우 고통스러운 일이었다. 그러나 점례는 기우제에서 능력을 발휘하여 나라님의 인정을 받아 안정된 삶을 얻어 내고 싶다는 마지막 희망으로 끔찍한 고통을 참아 낸다. 그러나 비는 도무지 올 기미가 없었다. 아니, 점례는 측후(測候)의 술법을 통해 한동안 비가 오지 않을 것이라는 사실을 이미 알고 있었다. 그럼에도, 자신의 괴로움으로 사악한 하늘님을 감복시킨다면 천리(天理)를 뛰어넘어 비를 불러올 수 있을 것이라 믿었다. 그러나 아무리 간절히 기원한다 한들 그런 일이 일어나리란 계시는 끝끝내 나타나지 않았다.

그 순간 점례의 마음속에 도사리고 있던 검은 한(恨)이 폭발했다. 점례는 그 마음을 억누를 수 없었다. 한은 검은 곡신(谷神)의 웃음소리를 타고 점례의 머릿속에 이 세상의 것이 아닌 소음을 발생시켰다. 이내 한은 극한의 증오로 발전했다. 점례는 모든 것이 증오스러웠다. 불인(不仁)한 세상에 대해, 자신을 끊임없는 고통으로 몰아넣는 만상(萬象)에 대해, 점례는 단장(斷腸)의 고통에 몸을 맡기고 절망과 분노를 토해 냈다.

점례는 마침내 한계에 다다른 극고(極苦)를 이기고자 자신이 태양보다 더 강한 빛을 내어 태양이 먼저 눈을 감도록 만들기로 결심한다. 태양보다 더 밝은 빛을 내는 것은 자신이 태양보다 더 강력한 존재가 됨으로써 가능한 일이었으며, 태양보다 더 강력한 존재가 되는 것은 자신의 혼백(魂魄) 안에 삼라만상의 원리를 담은 태극(太極) 그 자체를 소환함으로써 이룰 수 있는 것이었다.

점례는 이내 무교와 불교, 도교를 넘어서 지표 위의 모든 신앙체계를 망라하는 만신(萬神)들을 자신의 안에 불러내려 하면서 일종의 트랜스 상태에 진입하게 된다. 점례는 그러한 무아(無我)의 상태 속에서 자신의 눈을 통해 우주의 신비를 읽어 내기 시작하며, 이내 태양이 발하는 백색의 빛이 서로 다른 파장(波長)을 가지는 여러 개의 빛이 모아져 만들어진 것이라는 사실과, 그 빛이 입자(粒子)와 파동(波動)의 이중성을 가지고 있다는 사실을 알게 된다. 또한 빛의 군속도(群速度)와 위상속도(位相速度)가 서로 다르다는 사실을 알게 되고, 그 빛 또한 강력한 중력(重力)이 야기하는 시공간(時空間)의 만곡(彎曲)에 의해 휘어질 수 있다는 사실을 알게 된다. 그리고 그 빛의 원천인 태양은 우주(宇宙)에서 가장 가벼운 원자(原子) 간의 핵융합(核融合)에 의해 열과 빛을 발생시킨다는 사실과, 밤하늘의 별들이 모두 그러한 항성(恒星)들의 과거(過去) 모습이라는 사실을 알게 된다. 아울러 그럼에도 밤하늘이 무한히 밝지 않은 것은 우주가 무한히 팽창(膨脹)하기 때문이며, 그 공허한 간극 사이에 암흑물질(暗黑

物質)이 가득하다는 사실을 알게 된다. 그리고 그 한계 모를 관측 가능한 우주의 끝자락에 일반적인 인간이 결코 접근할 수 없는 공간이 존재한다는 사실과, 외우주(外宇宙)의 만신(萬神)들이 그 공간 안에서 공구(孔丘)가 들었다면 소무(韶舞)의 대극(大極)이라고 말하고 스스로 목숨을 끊었을 끔찍한 피리 소리를 연주하고 있다는 사실을 알게 된다.

그리고, 그 상제(上帝)가 기거하는 천계(天界)보다 높은 곳에, 법신(法身)이 존재하는 우주의 심부(深部)보다 깊은 곳에, 바로 그 까마득한 암흑의 옥좌(玉座) 위에, 눈이 먼 채 끊임없이 울부짖으며 창세(創世)부터 존재해 온, 태고의 태극(太極)이 있었다는 사실을 알게 된다.

점례아기는 공황(恐惶)에 빠져 비명을 질렀다. 점례는 자신의 시야를 가득 채우고 있는 암흑에서 빠져 나오기 위해 눈을 뜨려 했지만 불가능했다. 태양을 너무 오래 바라본 점례의 눈은 이미 돌이킬 수 없이 멀어 있었기 때문이다. 그 순간 하늘에서 비가 쏟아지기 시작했다. 점례는 정신을 잃어가는 와중에 빗줄기에서 풍겨 나오는 짐승의 구취를 맡았다. 그것은 그 비가 슬퍼서 흘리는 하늘님의 눈물이 아니라, 인간의 슬픔과 절망에 허기를 자극받은 공허한 우주가 흘리는 군침이었기 때문이었다.

점례는 목숨은 건졌지만, 기우제 이후로 정신이 완전히 나간 채 개경을 헤매 다니며 태세(太歲) 너머에 존재하는 또 다른 별 위에서 인간들을 바라보고 있는 갑각(甲殼)을 가진 거대한 벌레들과, 남쪽의 한지(寒地)에 파묻혀 있는 부정형(不定形)의 집채만 한 짐승들에 대해 알아들을 수 없는 소리를 내뱉다가 결국 장터바닥에서 보이지 않는 존재에 의해 몸이 한 부위씩 들려 하늘로 올라갔다고 한다(현대어 번역).

여기까지, 서사무가 '점례아기본풀이'의 개략적인 내용이었다.

03. 결어

이상의 줄거리에서 알 수 있듯이 '점례아기본풀이'를 지배하고 있는 중심적인 정서는 한(恨)의 정서이다. 그리고 이러한 한의 정서는 일반적인 서사무가가 일반 대중이나 신을 향해 구송(口誦)되는 것과는 달리, 무당 자신을 청자로 의식한다는 특유의 내향적인 방향성과 접목되어 무업(巫業)의 짐을 지고 세사(世事)의 질곡에 시달리는 무당들 자신의 한을 해원(解冤)한다는 해당 서사무가만의 고유한 특징을 구성하게 된 것으로 보인다.

무교(巫敎)의 성직자라고 할 수 있는 무당들은 고려 시대에는 서운관(書雲觀), 남장대(男粧隊), 전의시(典醫寺)와 같은 정부기관에 소속되거나, 점복(占卜), 무의(巫醫), 별기은(別祈恩)과 같은 술법을 통해 제한적이나마 정치적 영향력을 행사하기도 했지만, 국가 지도자의 정책 방향이 성리학자들의 영향을 받아 음사(淫祀)를 통제하는 금무론(禁巫論)으로 향한다면 언제든지 축출될 수 있는 불안정한 존재들이었다. 더욱이 주자학 이외의 종교를 괴력난신으로 규정하고 적극적으로 배척하던 조선조에 이르러서는 무당과 정치가 병치되는 경우란 숙종대의 처경(處瓊) 사건이나 여환(呂還) 사건, 차충걸(車忠傑) 사건과, 그 이후 정조대에 이르기까지 꾸준히 기록된 일련의 이망정흥(李亡鄭興) 관련 사건처럼 역모나 반란과 관련된 일에 제한되었을 뿐이었다. 이러한 역사적 맥락상에서 '점례아기본풀이'는 언제나 우리 역사의 이면에 존재해 왔지만 한 종교의 성직자로서 정당한 위상을 차지하지 못한 채 그저 낡은 미신의 추종자로서만 낙인 찍혀 온 무격(巫覡)들의 직업적 한을 풀어 주는 주요한 역할을 해 왔던 것이다.

'점례아기본풀이'는 여타의 서사무가와 차별화되는 고유의 특징들을 가지고 있으며, 이와 관련된 활발한 연구가 우리 구비문학의 저변을 보다 풍성하게 만들어 줄 것을 의심치 않는다. 해당 서사무가의 문예적 구조에 관련해서는 특히나 그 결말이 독특하게 이질적인 느낌으로 연구자들의 관심을 불러일으키는 것으로 보이는데, 이와 관련한 차은주(2004)의 연구는 그레마스의 구조주의 분석틀을 원용하여 점례아기의 최후를 시해선(尸解仙) 개념이 반영된 우화등선의 모티브라고 분석했고, 최경욱(2005)은 라캉의 이론을 접목하여 언표주체가 욕망적 주체화를 통해 상징계에 포섭되기 이전, 파편화된 신체로서 존재하던 원시의 시기로 회귀하고 싶다는 갈망이, 파편화되어 소실되는 점례아기라는 이미지를 통해 비유적으로 표현된 것이라고 설명하기도 했다.

이와 같은 서사적 수준에서의 연구 외에도, '점례아기본풀이'가 '본풀이'라는 장르임에도 구체적인 신체(神體)의 존재를 상정하지 않는다는 점이나, 제주도의 '지장본풀이'와 함께 현재까지 채록된 서사무가 중 유이(有二)하게 악의 존재(한발을 일으킨 하늘님)를 드러냄으로써 무당이 행하는 제의에 당위성을 부여하고 있다는 점과 같은 교의적 차원의 문제들 또한 민속학계에서 반드시 논구해야만 할 주제라 생각하며, 이와 관련된 후속 연구가 우리 학계 내에서 지속적으로 이어질 것을 기대한다.

* 본 글은 한국민속학회 가을학술대회(2019)에서 우경식 교수(서강대학교 비교민속학과)가 프로시딩한 논문을 포스팅 용으로 편집한 것입니다.
* 본 연구는 르'뤼에-아시아태평양 재단의 지원을 받아 이루어졌음을 밝힙니다.

작가의 한마디

크툴루 신화를 의식하며 쓰인 글이다. 점례아기의 죽음은 압둘 알하즈레드를 참조했고, 곡신은 니알라토텝, 태극은 아자토스를 반영했다. 하지만 크툴루 신화에 완전히 종속된 이야기를 쓰기보다는 되도록 독립적인 세계관이 될 수 있도록 노력했다.

작중에 언급된 서강대학교에는 민속학과가 없지만 한국의 대학 중 학부에 종교학과를 둔 두 개 대학 중 하나이고, 오컬트 이야기에 출현해도 위화감이 적을 것 같은 가톨릭 계열 학교이기도 해서, 『네크로노미콘의 역사』에서 하버드와 부에노스아이레스 대학교가 언급된 사례에 영향을 받아 현실성을 높이려는 목적으로 등장시켜 보았다.

우주에서 온…

01

느닷없이 같이 사는 엄마가 울먹이며 호소해 왔다. 대학 졸업 후에, 돌아가신 시골 외할아버지 집에서 판타지 소설가니 9급 공무원이니를 준비한다며 틀어박힌 동생이 요즘 부쩍 우울해하고 이상한 말을 한다는 것이었다.

"걔 원래 헛소리 많이 하잖아. 이번엔 유튜버라도 하겠대?"

"아이고, 그런 게 아니야. 그런 게 아니라, 그 쾌활하던 애가 얼마나 풀이 죽었는지…. 이러다 무슨 일 날까 겁날 정도야. 유민이가 가서 한번 봐 봐라. 웬만하면 내가 직접 갈 텐데…."

작년에 아빠가 사고로 갑자기 돌아가시고 충격을 받은 엄마는 건강이 부쩍 나빠졌다. 도시에 있는 내 집으로 모신 것도 엄마가 몸이 그렇게 되어서도 동생 시중드는 꼴을 보기 싫어서였는데….

"그럴 시간 있으면 제발 병원이나 좀 가요. 알았어…. 갔다 올게. 그 대신에, 다음 주말에 종합검진 받는 거다!"

고등학교 졸업하고 곧장 직업 전선에 뛰어든 나와 형제라는 게 믿기지 않을 정도로 대책이 없는 인간인 동생은, 그나마 천성이 쾌활해서 엄마 말상대에는 나보다 훨씬 재주가 있었다. 그것 말고는 자기 손으로 가사도 제대로 못하는 놈이라서 문제였지만 말이다.

평생 안 그러던 놈이 그런다니까 걱정되면서도, 이번에 하는 꼴을 보고 안 되겠다 싶으면 두들겨 패서 알바라도 하게 만들어야 했다. 아무리 일머리가 없다는 놈이지만 먹고살게는 만들어야지 어쩌겠는가?

02

동생네 집으로 들어가는 길은 차를 돌려서 나오기가 최악인 지형이라 가기가 싫었는데, 엄마가 반협박조로 나오니 나로서는 방도가 없었다.

나는 엄마가 싸 준 반찬을 싣고 토요일 점심때쯤 동생네 집으로 향했다. 출발 전에 통화를 해 봤는데, 한참을 받지 않다가 연결되자 기운 없는 목소리로 알아듣기 힘든 말만 중얼거리는 것이었다.

산중을 관통하는 좁은 도로를 지나 동네의 초입에 들어서자 길가에 무리 지어 걸어가고 있는, 안면이 있는 할머니들이 눈에 들어왔다.

"안녕하세요!"

"어이구! 김영감네 손주 아녀? 워쩐 일로?"

김복순 할머니가 나를 알아보고 대답했다. 사실 성함만 알고 그 이상의 교분은 없었던 분이었지만, 워낙 마실 다니는 것을 좋아해 할아버지 계실 때 시골에 놀러 오면 거의 항상 뵈었다.

"지 동생 뵈러 왔지. 이런 깡촌에 놀러왔겠는감? 어허허허."

김복순 할머니 곁에 있던, 역시 얼굴은 익지만 성함은 모르는 다른 할머니가 농을 쳤다.

"네. 동생 좀 보러 왔어요. 어디 가세요? 태워다 드릴까요?"

"아녀. 우리 저짝까지만 가면 돼. 바쁘면 얼른 가 봐."

"괜찮아요. 타세요."

김복순 할머니가 웃으며 손사래를 쳤다.

"아녀. 우리 아직 정정혀."

"이렇게라도 운동혀야지. 어허허허허."

"하하하, 네. 그럼 먼저 갈게요."

"그려!"

김복순 할머니가 손을 흔들며 인사를 해 주었다. 이제 거의 구십을 바라보고 계실 텐데도 엄청나게 정정해 보이셔서, 아픈 부모를 모시는 입장에선 그 건강함이 부럽기만 했다.

동생네 집으로 올라가는 경사로에서는 근처 초등학교 분교에 근무하는 김영미 선생을 마주쳤다.

"오랜만에 뵙네요!"

일전에 동생을 찾아왔을 때, 김영미 선생 쪽에서 자기가 담당하고 있는 학생의 삼촌이라는 사람으로 착각해서 말을 텄는데, 집이 동생네 근처라 그 후로도 여러 번 대화했다.

"아, 오셨어요? 동생분 보러 오셨나 보다."

"네. 이놈이 잘 지내나 보러 왔습니다."

"요새 바깥 공기 쐬러 잘 안 나오시는 것 같던데, 무슨 일 있으신가요?"

"뭐… 자기 깐에는 심적으로 뭐가 있는 것 같은데, 저도 알아보려고 가는 중입니다. 뭐 아시는 거 있을까요?"

"글쎄요…. 이전에는 마주치면 가끔 대화도 했지만, 원체 말수가 없으셔서요…."

그 떠버리가 말수가 없다니. 숫기 없는 놈이 분명 김영미 선생이 제 또래에 예쁘다 보니 말도 못하고 얼어 있던 것일 게 분명했다.

"그럼 제가 직접 가서 봐야겠네요."

"네, 별일이 아니시면 좋겠네요."

김영미 선생은 그렇게 말하며 미소를 띠고선 고개를 끄덕 거렸다.

"그럼, 조심히 가세요!"

"네, 안녕히 가세요!"

03

커튼을 치고 불도 켜지 않아 새까만 방 안에 틀어박힌 동생의 상태는 심각해 보였다. 몸을 바짝 움츠린 채 온몸을 바들바들 떨고 있었는데, 방에 들어선 나와 눈을 마주치지도 않고, 내가 곁에 앉자 인사 한 마디 없이 내 팔을 양팔로 꽉 붙잡고는 아무것도 없는 허공에 떨리는 시선을 고정한 채 자기 할 말만 다급히 꺼내 놓는 것이었다.

"밭에 그 운석이 떨어졌어…. 한낮에 말이야…. 거의 사람만 한 크기였고… 그런데도 지면에는 얕은 구멍만 조금 파였고… 운석에는 조그만… 작은… 일종의… 반투명하고 탁한 틈… 구멍 같은 게… 있었어…. 이장 아들이 다가가서 그 안을 들여다봤어…. 그리고 그 자리에서 발광하다가… 죽었어…. 자기가 자기 눈을 막 파고… 가슴을 긁어서…. 곧 운석이 녹아내렸고…. 나는 그 안에 있는 걸…! 으아악!"

눈물이 가득 고인 눈을 번들거리며 알 수 없는 소리를 늘어놓던 동생은, 갑자기 벽에 머리를 쿵쿵 찧어 댔다. 흥분해서 힘이 세진 건지, 제압이 어려워서 한참 후에야 동생을 방바닥에 눕혀 진정시킬 수 있었다. 동생은 팔로 눈을 가리고 흐느끼기 시작했다.

"흐으엉! 흐엉!"

그 꼴을 보니 울컥해져서, 나는 방바닥을 주먹으로 두드리며 한탄했다.

"야, 이 미친놈아! 여기서 혼자서 뭔 짓을 한 거야, 대체! 너 그 나이 먹고 본드 같은 거라도 불었니? 솔직히 말해! 무슨 약 같은 거 한 거지?"

그러나 동생은 계속 쉰 소리로 울기만 할 뿐이었다. 몸에서는 하수구 냄새가 풍겨 왔고, 오줌을 담아 둔 페트병에서는 지린내가 진동했고, 밥통엔 쉰 밥밖에 없고, 냉장고는 텅 비어 있었다. 라면 봉지와 생라면 부스러기가 먼지가 수북이 쌓인 노란 장판 위에 널려 있었다.

이거, 정신 질환인 걸까? 정신 질환, 정신병, 말만 들었지 내 얘기는 아니라고 생각했었는데…. 참담한 마음에 고개를 떨구자 머리에 피가 쏠리며 눈앞이 깜깜해졌다. 앞으로 아픈 엄마한테 얼마나 돈이 들어갈지도 알 수 없고, 나도 요즘 들어 몸이 무너지는 게 조짐이 심상찮았다. 그런데 동생까지 이런 꼴이 되어서는….

동생이 진정될 때까지 기다려 보기로 했다. 아무래도 오늘 밤은 여기서 새워야 할 것 같았다.

04

"형, 나 무서워. 너무너무 무서워."

울다가 지친 동생은 잠시 잠에 빠졌다가 해가 넘어가서야 일어나더니 나에게 달라붙어 칭얼거리기 시작했다. 나는 까마득한 절망감을 삭히며 동생을 꼭 안아 주었다.

"그래, 그래. 우리 형준이. 뭐가 무서워?"

"무서워… 무서워…. 그게… 살아 있었어…."

"아까 그 운석 얘기야?"

동생은 거세게 고개를 저었다. 어쩌면 미친 것이 아니지 않을까? 사람이 눈 바로 앞에서 운석에 맞아 죽는 모습을 본 거라면 이렇게 흥분돼 있는 것도 이해는 갔다. 나는 잠시 고민해보다가, 우선 동생이 이야기하는 운석이 뭔지 들어 보기로 결정했다.

"그… 좀 얘기해 볼래? 어떤 운석인데? 운석이면 막 팔 수 있고, 좋은 거 아니야?"

"아니야…. 그건 사실… 별 사이를… 돌아다니는 우주선…

아니, 배양기 같은… 거였을 거야…. 운석처럼 생겼지만… 안에 외계인을… 담고 있는….”

이놈은 진짜로 미친 것 같았다. 말도 안 되는 얘기라고 윽박지르고 싶었지만, 화를 내면 일만 엉클어진다. 나는 동생의 등을 쓰다듬어 주었다.

"그래…. 니가 무슨 잘못이냐. 허허. 외계인은 어떻게 생겼디?"

"사람이랑 똑같이 생겼어…. 겉모습만 봐서는 우리랑 완전히 같게 생겼다고! 하지만… 아니었어…. 그건 절대로 사람이 아니었어…."

"그걸 어찌 알았니?"

"그건… 죽어 가고 있었어…. 추락… 사고였어. 그것이 그렇게 말했어…. 아니, 말한 건 아니고…. 그러니까… 입으로 말하지는 않았지만…."

"텔레파시?"

"아니…. 그보다는 좀 더 물리적인 거였어…. 마치 자기 머릿속을… 그대로 내 머릿속으로 주입하면서… 자기 정신을… 통째로 내 뇌에 덮어씌우려는 것 같았어…. 내 뇌를… 물건처럼 이용하려는 것 같았어…. 나 너무 무서워, 형!"

동생은 다시 내 품에 파고들어 흐느끼기 시작했다.

"그건… 죽어 가고 있어서… 그래서… 자신을 남기고… 싶어했어…. 생식이라는 걸… 하고 싶어했어…. 우리가 자식을 낳는 것처럼… 남기고… 싶어했어…. 그래서 자기 자신을… 전이했어…. 가까이 있던 이장 아들의 마누라… 그 마누라 뱃속에 있던 아기한테…. 그리고 제일 처음 가까이 간 이장 아들은… 그놈 때문에 죽었어…. 이장 아들은… 아마도 온전하게 그것의 눈으로 세계를 봤을 거야…. 사람이… 맨 정신으로 견뎌 내기에는 너무 엄청난! 아아악! 나, 무서워! 무서워! 지금 죽을 것 같아!"

"으아악! 씨발!"

나는 결국 폭발해서 동생의 뺨을 후려갈겼다. 동생은 바닥에 힘없이 나뒹굴며 울부짖었다.

"흐어엉! 흐어어어엉!"

나도 눈물을 쏟으며 동생을 껴안고 방바닥을 굴렀다.

"너 진짜 왜 그래! 진짜 나한테 왜 그러냐고! 외계인이 시발 어디 있어! 정신 좀 차려! 너 돈 안 벌 거야? 이제 취업해서 돈 벌고 사람 구실 해야 할 거 아니야! 대체 이게 다 무슨 미친 소리야!"

그 순간 동생이 나를 밀치고는 괴성을 지르며 자리에서 일어났다. 수명이 다해 흐릿해진 형광등의 빛을 역광으로 맞으면서, 동생이 나를 내려다보며 외쳤다.

"난 미친 게 아니야!"

그리고 무릎을 꿇고는 오열하기 시작했다.

"형은 왜 그래! 왜 내가 하는 말을 믿어 주지 않는 거야! 내가 이렇게 절박하게 말하고 있잖아! 난 미친 게 아니란 말이야! 거짓말을 한 게 아니라고! 제발… 나 이거 말하지 않으면 진짜 미쳐 버릴 것 같단 말이야…. 제발 날 좀 믿어 줘…. 거짓말이 아니라고! 제발!"

나는 한숨을 쉬며 필사적으로 마음을 가다듬으려 했다. 그럼에도 갑자기 혈당이 곤두박질치고 허기가 치솟아 올라서, 바닥에 떨어진 생라면 부스러기라도 충동적으로 집어먹었다. 동생이 기성을 지르며 부스러기를 발로 찼다. 나는 자리에서 일어나 동생을 껴안았다.

"미안하다, 형준아. 형이 힘들어서 그랬다. 너도 이해하지? 솔직히 네가 생각해도 믿기 힘든 소리잖아. 안 그래? 내가 정말 잘못했다. 나도 지금 후회하고 있다. 다른 사람도 아니고 동생인데 그러면 안 됐어. 일단 말해 보렴. 다 듣고 같이 이야기해 보자."

내가 울먹거리며 사과하자, 동생은 자리에 주저앉았다. 나는 동생과 마주 앉아서 동생이 꺼내 놓는 이야기를 가만히 들어주었다. 동생의 발작적인 비명과 섬망에 가로막히면서, 나눈 대화의 내용은 이러했다.

05

"그건, 틀림없이 외계에서 온 우주선이었어. 믿지, 않을, 믿지 않을 거라는 거 알아."

"믿어."

"미친 소리처럼 들리는 것도 알아. 하지만, 지금 얘기해야만 해. 그건, 운석을 타고, 타고 오려다가, 사고가 났고, 죽기 직전에 무언가를, 그것을, 그 자신을, 남기고, 번식하고 싶어했어. 그때, 밭에 있던 것은, 나한테, 마을발전기금이라면서 삥 뜯으러 왔던 이장 아들이랑, 그 임신한, 말 험하게 하는, 임신한 미친년이랑, 나랑, 그렇게, 우리가, 다투고 있는데, 갑자기 운석이, 커다란 것이, 밭에 떨어졌고, 운석이 상상 이상으로 커다래서, 이장 아들이, 마누라가 말리는데도, 허세를 부리면서, 그 멍청한 놈이, 이제 돈 좀 만지는 거 아니냐고 환호성을 지르면서, 운석으로 다가갔는데, 운석이, 운석이, 운석이, 갑자기, 운석이 녹았고, 그, 그, 그, 안에, 안에 있는, 안에 있는…."

"응. 그래, 그래."

"운석 안에서, 미끄러운 물이 잔뜩 쏟아지더니, 웅크리고 있는 게, 드러났어. 처음엔 사람 같았어. 사람이랑 전혀, 전혀 다르게 생기지 않았었어. 그때까지는 나도 사람이라고 믿었는데, 무슨 비밀, 비밀 실험하고 있는 군인 같은 거라고 생각했는데, 그게, 그게, 죽어 가는 순간에, 아기를, 그 차가운 눈으로,

엄청 차가운 눈으로, 배 안의 아기를 보았고, 정신을, 머릿속에 있는 것을, 죽기 직전에, 쏘아서, 아니, 마치, 순간적으로, 공간을 이동하는 것처럼, 전이해서… 그래서, 그래서, 그게 아기를 노리고, 나는 멀리 있어서 겨우, 겨우 그걸 견뎌 낼 수 있었지만, 이장 아들은, 그 자리에서, 너무 가까이 있어서, 자기 머릿속에 들어온, 들어온 그걸, 아마도 버티지 못해서, 그 자리에서, 스스로 눈을 찌르고, 가슴을, 여기, 심장이랑, 명치 왼쪽을 파내더니, 죽어 버렸어…. 그 임신한 아내는, 밭에서 기절한 것만 봤고, 그 배가, 누운 배 안에 자갈이 가득 든 것처럼, 꿈틀거렸는데, 나는, 나는, 나는, 내 머리에, 머리에는! 흐윽!"

"응. 괜찮아. 천천히 얘기해. 힘들면은 좀 쉬고."

"내 머리에 그게, 나한테도 그게 들어와서, 견디기가 힘들어서, 미칠 것 같아서, 도망쳐서 막 바닥에서 굴러도 보고, 그것도 그 순간 이장 며느리랑 그나마 멀리 떨어져 있었기 때문에, 그나마, 겨우 견뎌 낼 수 있었던 걸 거야. 내가 온갖 이상한 사람들이 써 놓은 글들을 찾아 읽으면서, 여러 이상한 생각들에… 시각들에… 별 희한한 사람들의 머릿속에, 익숙해져 있었지만, 그건 너무, 너무, 진짜로 너무 끔찍해서, 버텨 낼 수가 없어서, 도망쳐서, 그 후로는 계속 여기서 숨어서…."

"그렇구나."

"…"

"다… 말한 거니?"

그 순간 동생은 방바닥에 구토를 했다. 먹은 것이 없어서 끈적한 위액만 흘러나왔다.

"너무… 너무… 끔찍했어."

"정확히 어떤 게 끔찍한 건데? 이장 아들이랑 그 임신했다는 아내랑 그렇게… 되어 버린 거를 말하는 거야?"

"그건… 너무, 괴상해서, 믿기 힘들 정도로, 이질적이고… 징그러…워서, 사람 모양을 한 커다란 벌레처럼… 신체적으로, 몸이, 거부감을, 먼저 거부감부터 느껴지는, 그런, 엄청 기분 나쁜, 색채…."

"색채?"

"아니… 그보다는 눈…? 다른 생물의 눈… 곤충의 눈이나… 가재의… 아냐… 그것보단 셀로판지…? 형도 문방구에서 파는… 셀로판지 알지? 색깔 칠해져 있는… 형이 국민학교 때… 그걸로 제기 만들어서 줬었잖아…. 막… 그건 눈에 대면 세상이 전부… 그 색채로 보이는… 그런 거잖아… 그런…."

동생은 주변을 두리번거리다가 책 더미에서 책을 집어 들었다. 어렸을 때 부모님에게 선물 받은 낡은 동화책이었다.

"이게 뭘까?"

"동화책?"

"이것들이 사실은 지배층이 원하는 이데올로기를 아이들에게 주입하기 위해, 전략적으로 선별된 선전물이라고 내가 말하면 어떤 생각이 들어?"

무슨 소리인지 모르겠다.

"좀… 이상하지만, 어디서 그런 말을 들어본 적은 있는 것 같아. 그 외계인 놈들이 동화책을 그렇게 생각한다는 거야?"

"아냐, 이건 그냥 예를, 예를 든 거고, 사실은, 사실은 이것보다, 좀 더…."

동생은 양 손바닥으로 머리를 세게 두드리다가 내가 뜯어말리자 다시 말을 이었다.

"그건, 마지막에 아기를, 뱃속의 아기를 원했어. 아기… 그래, 놈은 죽기 직전에, 아기, 아기에 대한 생각을, 가장 강하게, 했었어…. 형은… 아기가… 그래, 이렇게 하면, 이거면, 이해가 쉬울 것 같아. 테스트 하자…. 형은… 아기가… 부모에 의해서… 강제로… 힘든 세상에… 배출된 피해자라는… 관점이 어때? 이걸 완전히, 무조건 동의하면 10, 전혀, 조금도 동의하지… 않으면 0으로… 점수! 점수를… 매겨 줘."

이 상황에 거짓말을 하면 안 될 것 같아 솔직하게 대답하기로 했다.

"1점 정도? 공장에서 그런 비슷한 얘기하는 새끼들 몇 명 봤었는데, 헛소리라고 생각해."

"헛소리라면서… 0점은 아니네?"

"지들이 낳은 아기 막 학대해서 죽이는 새끼들도 있잖아. 그런 아기들은 진짜 피해자지."

"그래…? 그럼… 아기는 무슨 일이 있어도 성인보다 최우선적으로 보호받아야 하는, 그런, 보호받아야 하는 존재라는 관점은 어떻게… 생각해? 0점? 10점?"

"10점. 그건 당연하다고 생각해."

"있는 그대로… 의심 없이, 받아들일 수 있어?"

"그렇지."

"아기가, 일종의, 일종의 기생충이라는, 관점은 어때? 0점? 10점?"

"그건… 관련된 얘기를 들어본 적은 있어. 0점. 동의하지는 않아."

"있는 그대로, 받아들일 수는 없다는, 그런, 그런 얘기야?"

"받아들일 수 없을 것 같아. 나도 그 얘기 인터넷에서 봤는데, 많은 사람들이 동의하지 않는 것 같았어."

"많은 사람…. 그럼, 아기를, 고, 공동체에, 그러니까, 같이 사는 사람들의 무리에 큰, 나쁜 큰일이 벌어졌을 때마다, 금속을 불로 달구고, 그 위에, 아기를 산 채로, 산 채로 아기를, 아기를 올려놓고, 아기가, 고통 때문에 몸부림치다가… 불타는 아궁이로 굴러, 떨어져서… 산 채로, 새까맣게, 검게 불타야 나쁜 일이 없어진다는, 그런 관점을, 의심 없이, 완전하게, 받아들일 수 있어?"

"0점이지. 그게 그 외계인 놈들이 한다는 생각이야?"

"아니, 이건, 그걸… 먼저 그걸 알아야 돼. 이건 사실, 사람이, 지구에 사는, 이 지구에 살았던 사람들이, 최소한 수천만 명의 사람들이, 하고 있었던 생각이야…. 페니키아인들이라고, 페니키아인들이, 고대 로마 시대에… 한 나라 사람들 전체가, 전부, 전부, 다 함께, 아기를 이런 시선으로, 봤었어. 그 나라 사람들은 아마도 이 관점을… 평균 최소한 6점 이상으로는… 받아들였을 거야."

"…."

"그럼, 이건 어때? 아기를, 아기를 인공적으로 배양해서, 사람들이, 부상을 당했을 때, 망가진 조직을, 교체하는 부품으로 사용한다는, 생물학적인, 생화학적인 부품으로 아기를 보는, 그런 관점은 어때?"

"0점. 그런 일이 제발 없었으면 좋겠네."

"받아들일 수, 없어? 이해할 수…."

"없어."

"그럼… 이건 어때? 갓 태어난 아기를, 그러니까… 성적인 대상으로….."

"0점, 0점! 그래서 그 외계인 놈들이 아기를 뭐 이상하게 보고 있다는 거야? 내가 0점을 준 것들에 외계인들은 10점을 주면서? 확실히… 끔찍하네. 솔직히 말해서, 네 말이 무슨 말인지, 어떤 느낌인지 대충 이해할 수 있을 것 같아."

내 말에 동생의 눈에 다시금 눈물이 고였다.

"아니야…. 그게… 아니야…. 나는… 사실 나는… 지금까지 전부가… 지구의… 이 지구의 인간들이… 누구도 소수라고 묵살할 수 없을 정도로… 수많은 사람들이… 누군가는 10점을 주면서 공유했을 생각들을… 하나씩 말한 거야. 형… 이해하겠어…? 이건 모두 지구에 사는 우리랑 같은 사람들의 머리에서 나온 생각들이라고! 이해하겠어? 바로 옆에 같은 시점을 사는 사람들이 있지만, 그래도 그 사람이 나랑 얼마나 다른 생각을 하고 있을지는 모르는 거야…. 0점인 사람이랑 10점인 사람이랑… 서로를 진심으로 이해할 수 있을 것 같아? 같은 나라에서도 그렇게… 그렇게 다른 생각들이 있는데… 심지어 지역이 다르고 나라가 다르고 사는 시간이 다른 사람들은 어떻겠어? 그런데 그것들은… 그놈들은 우리보다, 우리들보다 훨씬 더, 훨씬 더 먼 곳에서 온 거야…. 우리랑 똑같이 생겼어도… 우리가 절대로 상상도 못할 곳에서… 우리보다 훨씬 많은 끔찍한 걸… 훨씬 많은 시간 동안 보아 왔던 거야. 형… 이해하겠어? 그것들의, 그것들의 눈으로… 세상을 본다는 게 어떤 건지?"

동생은 그렇게 말하고 갑자기 두 주먹으로 방바닥을 쿵쿵 내려치며 고함쳤다.

"같은 인간들이 했던! 이런 생각들도 그대로 못 받아들이겠다면서! 그걸! 그걸 어떻게 이해하겠어! 그 괴물이! 이 지구에! 누구도 보지 못한 색채를 가져왔어! 그 관점! 그 색채! 아아악!"

동생이 손톱을 세워 얼굴을 할퀴기 시작했다. 나는 자리에서 튕겨 일어났다.

"너 나랑 같이 당장 병원에 가자! 제발!"

"지금 내 눈에 세상이 어떻게 보이는지 알아? 아냐고!"

동생은 바닥에 머리를 찧으며 울부짖었다.

"인간과 똑같이 생겼어! 하지만 달라! 상상하기 힘들 정도로 달라! 우리가! 이런 것들과 언젠가는 융화해야 한다고? 공존해야 한다고? 하지만, 이 관점은! 세상에! 너무 끔찍해!"

06

긴 사투 끝에 진정한 동생은 내 무릎을 베고 누워 웅그린 채 중얼거렸다.

"그게… 내 머리로 들어왔어…. 대부분은 아기한테 가고, 아주 작은 파편이… 아주 작은… 작은 생각이 딸려왔는데… 그것도 도무지… 받아들일 수도 없고, 머리로도 이해할 수가 없어서….”

"그래. 그래. 이제 좀 자 둬라."

"아기가… 그 애는 이제 더 이상 인간이 아닐 거야. 그것이 가진 생각을… 그대로 전부 받아들였다면….”

동생은 이내 잠들었고, 나도 잔뜩 지쳐 곯아떨어졌다.

07

갑자기 무언가가 몸을 밀치기에 화들짝 깨어났다. 눈을 뜨자마자 '쾅' 하고 부딪치는 소리가 들렸다.

"으아아아아아아악!"

동생의 목소리였다. 흐린 눈을 감았다 떴다 하며 시야를 깨끗하게 만드니 새벽의 푸르스름한 박명이 방 안을 채우고 있었다. 눈앞의 방문이 열린 채 앞뒤로 힘없이 움직이고 있었다.

동생이 비명을 지르며 집 밖으로 뛰쳐나갔다! 사태를 깨닫고 서둘러 쫓아가겠다고 일어서려 했지만 동생이 밤새 베고 누워 있던 다리가 저린 탓에 다시 방바닥으로 자빠졌다.

"형준아!"

겨우겨우 기듯이 해서 바깥으로 나와 보니, 경사로 아래에서 밭으로 이어지는 소로로 달려들어가는 동생의 모습이 보였다. 슬슬 저린 다리도 회복되어서 나는 필사적으로 동생의 뒤를 쫓았다.

한참을 달려가자 동생이 시야에 나타났다. 밭 사이에 난 좁은 흙길 위에 서서, 동생은 고농도의 먼지로 흐릿해진 대기 속에서 떠오르는 태양을 그저 멍하니 맨눈으로 바라보고만 있었다.

"형준아! 괜찮아?"

나는 동생에게 뛰어가 허튼짓을 하지 못하도록 양팔을 구속했다. 그러나 동생은 태양만 가만히 쳐다볼 뿐이었다. 새벽녘의 희뿌연 태양 앞에서, 관목에 걸려 버린 하얀 비닐이 강한 바람에 펄럭이고 있었다.

"눈 상한다! 어서 집으로 들어가자!"

"그래!"

동생이 느닷없이 소리를 꽥 질렀다.

"그랬구나! 그런 거였구나! 아아악!"

동생은 나를 뿌리쳤다. 그러더니 그대로 밭 위에 엎어져 몸을 마구 뒤틀며 관절이 꺾일 정도로 꿈틀거리는 것이었다. 나는 뿌리쳐진 관성으로 수로에 떨어져 허리가 빠져 버렸다.

"나 이해하고 말았어! 그 생각을 이해하고 말았어! 끝까지 이해할 수 없을 줄 알았는데! 지금 알아 버렸어! 저 비닐! 저 비닐이 움직이는 모습을 봐! 이제 알겠어! 그것들은 대체! 어떻게! 어떻게 이런 눈으로 세상을 보고 있는 것일까!"

동생은 사지를 쫙 뻗은 채 바들거리더니 밭 위에 놓여 있던 돌을 집어 들었다. 그리고 그 돌로 자기 머리를 세게 찧기 시작했다.

"차라리 모르는 게 나았어! 이런 걸로 이해할 수 있을지 몰랐어! 이건 내 생각이 아냐! 내 생각이 아니라고! 이건 내가 아냐! 내 머리에서 나가! 나가! 으아아아아악!"

"형준아! 형준아! 야! 이 미친놈아!"

나는 어떻게든 말려 보려 했지만 빠진 허리로 동생에게 기어갔을 때, 우그러진 두개골 틈으로 녹색 뇌 조각이 튀어나온 모습이 내 눈을 파고들었다. 나는 울면서 동생의 상태를 살폈지만 내가 어떻게 할 수 있는 상황이 아니었다. 소리를 질러봐도 외진 곳에 바람까지 심해서인지 대답이 없었다. 119를 불러야 했다! 호주머니를 뒤졌지만 휴대폰이 없었다. 필경 집에 두고 나온 것이리라.

그때 내 시야에 사람 하나가 스쳐갔다. 밭 너머 멀리, 산 아래 와지선에 있는 농기구 창고로 보이는 허름한 일체형 조립식 건물에 사람이 한 명 들어가는 것이 눈에 들어왔던 것이다. 나는 소리를 지르며, 허리를 펴지 못해 손과 무릎으로 기면서, 밭을 가로질러 창고로 다가갔다.

"도와주세요! 여기요!"

밭을 반쯤 가로질렀을 때 인기척이 느껴져 오른편을 살피니 이랑 위를 빠르게 기어가는 갓난 아기가 보였다. 배에서 길게 이어진 탯줄이 허리를 칭칭 감으며 등에 진 태반을 고정했다. 그 기이하게 성숙한 표정을 한 아기가 나에게 시선을 주더니, 얼굴을 잔뜩 일그러뜨리며 원한이 가득한 표정으로 나를 노려보았다.

나는 사람 얼굴에서 그런 표정이 만들어지는 것을 처음 보았다. 마치 얼굴에 있는 모든 근육을 증오를 전달한다는 목적 하나에 동원한 것 같은 표정이었다. 도대체 어떻게 탯줄도 탈락하지 않은 아기에게서 저런 눈빛과 표정이 나올까…. 아기는 다시 앞을 쳐다보고는 계속해서, 이해가 힘든 동작으로 빠르게 기어갈 뿐이었다. 향하는 곳은 같았다. 창고였다.

아기를 뒤따라 들어선 창고 안에는 사람들이 여럿 있었다.

"도… 도와주세요! 사람이 다쳤어요!"

김복순 할머니와 김영미 선생의 얼굴이 보였다.

"전화! 전화! 제발! 119에 신고 좀 해 주세요! 동생이 많이 다쳤어요!"

사람들 사이로 아기가 기어가자 헤진 잠바를 입은 중년 남성이 아기를 안아 올려 김영미 선생과 함께 창고 뒤편으로 데려갔다. 그제서야 나는 창고 깊숙한 곳에 사람만 한 크기의, 운석처럼 보이는 정체불명의 기물(奇物)이 놓여 있는 것을 보았다. 사람들은 아기가 그 운석 안으로 기어들어가는 모습을 흥미로운 눈으로 바라보았다. 나는 김복순 할머니에게 다가가 애원했다.

"할머니. 제발 전화기 좀 빌려주세요. 제 동생이 다쳤어요."

그 말에 할머니는 나를 내려보더니 안타깝다는 얼굴로 말없이 고개만 저었다.

할머니 대신 내게 대답한 것은 중학생 정도로 보이는 남자아이였다. 무슨 이유에서인지, 나에 대해 참을 수 없이 억울하다는 태도를 비쳤다. 그리고 그런 감정을 정말 조금도 숨기지 않았다. 말투와 표정 모두, 보통 사람은 심리적 제한 때문에 통상적으로 넘지 못할 한계를 까마득히 넘어 일그러졌다고 표현해야 할 수준에 도달해 있었다.

"도와드리고 싶지만, 현실적으로 상황이 어려워서 힘들어요. 선생님이 생각 제대로 가지시고 저희를 위해 제발 그만둬 주셨으면 좋겠어요."

"저 119만 부를게요. 절대 여기서 본 거 말 안 할게요. 제발 제 동생 좀 살려 주세요."

"이미 동생분 돌아가셔서 119도 소용 없어요. 선생님만 마음 접으면 여러 사람 편해지는데 굳이 그렇게까지 하셔야 하나요?"

"네?"

"이게, 위쪽에서 재생장치 가져오려면 허가 절차도 복잡하고 인력도 많이 필요해요. 선생님 하나 때문에 꼭 여러 명이 피해를 봐야 해요?"

"동상이 죽은 걸 어떻게 하겠어. 빨리 받아들여야 혀."

김복순 할머니가 내 등을 토닥거리며 말했다. 난 그 손길을 뿌리치고 일어서려 했지만, 빠진 허리 탓에 그대로 바닥에 주저앉았다.

"전화기 달라고! 이 개새끼들아! 다 너희들 때문인 거잖아!"

"그건 사고였어요. 누구 잘못이 아니라고요. 저희도 이 일 때문에 얼마나 피해를 봤는지 알아요?"

남자아이가 발끈하며 고함쳤다. 그때 아기를 태운 운석이 소리 없이 떠오르더니 시야에서 사라졌다. 나는 남자아이에게로 기어가서 바지 주머니에 손을 집어넣어 휘저었다. 남자아이는 있는 힘껏 비웃으며 가만히 서 있을 뿐이었다. 주머니에 휴대폰은 없었다.

"아, 진짜! 정 그러시겠다면, 제가 전화 걸어드릴게요. 판단할 머리가 있는 인간이면 아무 짝에도 쓸모없는 고집 부려서 다른 사람 난처하게 할 일도 없을 텐데, 참…."

김영미 선생이 있는 대로 신경질을 내며 말했다. 그 태도에 반사적으로 위축되어 버리는 나 자신에게 화가 났다. 여기 녀석들은 김복순 할머니를 제외하면 모두 내게 잘못이 있거나 부당한 요구를 하는 것처럼 행동했다. 그 모든 표현이 진심처럼 보였기에 분명히 부적절한 감정임에도 당위성이 있는 것처럼 착각하게 만들었다.

"119죠? 여기 사람이 머리를 크게 다쳐서요. 아뇨, 이미 돌아가신 것 같기는 한데…."

"흐어어어어엉! 아냐! 아니라고!"

그러나… 아마도 저들이 맞을 것이다. 뇌가 뭉개져 두개골 바깥으로 튀어나온 사람을 어떻게 살려 낼 수 있겠는가?

"너희들 지금 뭘 꾸미고 있는 거야?"

내 말에 그때까지 말없이 서 있던 개량 한복 입은 중년 남자가 활짝 웃으며 입을 열었다. 그러한 감정도 표정과 어조 양쪽으로 극단으로 과장되어 있었다.

"걱정 마세요! 저희가 바라는 것은 평화로운 공존입니다. 뭘 꾸미고 있지 않습니다. 단지 아직까지는, 서로를 이해하기에 충분한 때가 되지 않았기에 몸을 숨기고 있는 것뿐입니다. 선생님께서는 무서워하실 필요가 없습니다!"

"구급차 온대요! 갈 거면 진짜 조용히 갈 것이지, 왜 남은 사람들한테 이런 짐까지 얹어 주는 건지 이해가 안 되네요! 그 머리에 조금 들어간 거 하나, 자기는 뭐 그리 특별해서 소화하기 싫다고 다른 사람들만 힘들게 만들고…!"

"좋아! 다 잘 끝났으니, 해산합니다."

개량 한복 입은 남자가 쾌활하게 선언하자 사람들이 뿔뿔이 흩어졌다. 김복순 할머니가 창고를 나서며 내 어깨를 두드려주었다.

"우리가 어떻게 할 수 있는 게 아냐."

마지막까지 남은 건 김영미 선생이었다. 입이 귀에 걸린 미소를 띠고 나를 바라보던 개량 한복 입은 남자에게 귓말을 들은 선생은 한숨을 푹푹 내쉬며 내게 다가와 자기 얼굴을 내 얼굴에 바싹 들이밀고는 흘겨보다 못해 눈을 까뒤집으며 짜증 섞인 조롱조로 말했다.

"시간이 없으니 한 번만 말할 거예요! 분명히 본인 의지로 여기 오신 거 맞죠? 저희가 억지로 끌고 온 게 아니라 직접 기어서 오셨잖아요? 맞죠? 사실관계가 분명한데 동의 안 하시면 안 되죠? 저희에게 손해를 끼친 만큼 저희들도 얻는 게 있어야겠죠? '외반사구 심부탐사 및 무형표구형 준지성체 생태연구에 관한 법규명령집 부속 집행명령 478-8343호'에 따라 종단연구 참여자는 연구 중 보고 들은 모든 것에 비밀 유지 의무가 부과된다는 거 지금 분명히 들었죠? 인지했죠? 규제를 어기면 반드시 책임을 물을 거고, 그때 가서 항변해도 누구도 책임 못 집니다? 준지성체들은 의무적으로 다 따라야 도의적으로 공평하니까 꼭 지켜 주실 거죠? 계속 이기적으로 굴면, 잘못 없는 사람까지 피해 보는 거니까, 알았죠? 무슨 말인지 이해하시겠죠?"

"선생, 아무리 짐승이지만 그런 태도론 저항감만 일으킬 게야. 어제 모체(母體)와 접촉했다고 연습한 걸 또 잊어버리면 어떻게 해."

김복순 할머니가 김영미 선생을 타박하며 말했다.

"내가 가만히 안 둘 거야! 너희들 지구를 침략하려는 거지! 그래서 사람 가죽을 뒤집어쓰고 있는 거지!"

"아니, 아까 못 들으셨나요? 내가 당신 때문에 내 얼마 없는 여가 시간 소비해 가면서 또 입 아프게 설명해야 해요? 도대체 형제가 쌍으로 얼마나 멍청하면 다른 사람한테 이렇게까지 이기적으로 굴 수 있는 건가요? 지능 낮은 부모가 멍청한 걸 낳고 어떻게 훈육했길래 이런 식으로 온 사방에 피해만 끼치고 다닐 수 있는 건가요? 남들을 배려하는 마음은 조금도 없는 건가요? 그 정도 판단도 도무지 안 되세요? 본인들이 딱 깜냥이 안 되는 거 알면 알아서 눈에 안 보이는데 처박혀서 얌전히 들어앉아 있으면 될 일이지, 뭐 그리 잘났다고 얼굴 쳐 들고 나와서 여기저기 해만 끼치고 다니나요? 저희랑 동등하게 대우해 주면 고맙게 생각하지는 못할 망정 좀 묶어 놓고 가르침을 줘야 정신을 차릴 건가요? 대체 언제까지 그런 유아적이고 멍청하고 짐승 같은 사고나 하고 살고 있을 건가요? 너희들은 그래서 안 되는 거라고요!"

"선생."

김복순 할머니의 핀잔에 김영미 선생은 한숨을 쉬고는 원망스럽다는 눈길로 나를 노려보면서 말을 계속했다.

"아뇨. 이게 진짜 우리 모습이에요. 믿으실지는 모르겠고 안 믿더라도 내가 뭐, 고칠 수는 없겠지만, 일부 호흡계통 약간을 제외하면 지구인이랑 저희랑 분! 자! 해! 부! 학! 적! 수준까지 차이는 없어요. 침략하려는 것도 아니에요. 우리는 정말로 지구인들이 저희랑 우호적으로 공존하기를 원해요. 동생분 일은 정신이 직접적으로 전이된 것에 불과해요. 지금 저희가 당신들하고 같은 눈높이에서 접촉하려고 얼마나 사려 깊게 준비하는지 모르시겠나요? 만약 저희가 인간이랑 곧바로 교류를 하면 일어날 일이 이런, 멍청한 일, 비슷한 거예요. 그래서 현재 단계에서 저희는 지구 사람들을 관찰하면서, 때를 기다리는 거죠. 여기 있던 사람들 모두, 저를 포함해서, 당신네들 식으로 말하자면, 동물… 무슨 말인지 알죠? 심리학자들이에요. 하지만, 연구란 것을 좀 해보려고는 해도 녹록한 일이 아니네요. 지구에 내려온 후로 수도 없이 많은 텍스트를 읽고, 계속해서 접촉해 대화를 나눠 봤지만, 분명히 서로 언어는 통하고 있는 것 같은데도! 당신이란 것들은… 너무, 너무나 사고가 열등해서 도무지 이해를 못하겠어요."

"너희들 다 가만두지 않을 거야!"

"혹시나 해서 다시 말하는데. 믿을 사람도 없겠지만, 만약

이 일을 누설해서 저희 일을 복잡하게 만들면 당신과 당신 어머니를 당장 처분할 수밖에 없어요."

"방금 전에 우호적으로 공존하기를 원한다고 하지 않았어?"

"자, 봐요. 이게 문제라고요! 그런 당연한 것 하나도 이성적이고 태연하게 못 받아들이고 뇌 망가진 인간처럼 적의를 내보이시는데, 어떻게 저희를 있는 그대로 드러내 보일 수 있겠어요? 자, 이 얘기는 그만해요. 이 모든 게 그저 불가항력적인 사고였다는 걸 제발 좀 이해하시고, 제가 당신을 존중해 드리는 만큼 저한테도 존중하는 태도를 좀 보여 주시죠! 이 건에 대해서는 여기까지만 말할게요. 통계적으로 보면, 당신네들은 보통 부모에게 정서적으로 강하게 집착하고 있죠? 그러니 당신 잘못으로 당신 어머니가 고통스럽게 찢겨 죽는 게 싫으시면 좀 포용적으로 생각하고 판단하시라는 조언 정도는 내가 베풀어 드리니 부디 감사함을 느끼셨으면 좋겠네요!"

선생은 그렇게 말하고 씩씩거리며 창고를 나가 버렸다.

그 순간 직감했다. 동생의 죽음에 책임지는 사람은 영영 찾아낼 수 없을 것이다.

08

나는 그런 외계인들의 태도에서 기분 나쁜 친숙함을 느꼈다. 작년 10월에, 아빠가 일요일에 지인의 장례식장에 들르고 늦은 밤 귀가하다 횡단보도에서 과속하던 승용차와 추돌해 목숨을 잃었다. 현장에서 체포된 운전자는 혈중알콜농도 0.21퍼센트의 만취 상태였고, 아빠를 칠 때의 속도는 시속 127킬로미터에 달했다고 했다.

이후 사과 한 번 없이 통보해 온 형사합의를 거절하고 푼돈으로 기습해 온 공탁금을 회수 동의했음에도 전관으로 1심에서 3년을 받아내더니, 무슨 소리를 하려는지 궁금해서 나간 면담에서 항소 대응으로 권유한 합의가 좌절되자 자기측 변호사의 만류에도 반성한다던 태도를 완전히 뒤집었다.

"그쪽 아빠는 가로등으로 환한 도로에서 400미터나 떨어진 곳에서부터 직선으로 달려오던 차에 치였다, 차를 인지하고 보도에 머물거나 반대편 보도로 달리면 충분히 피할 것을 주위를 제대로 살피지 않아 대응 못한 책임이 있다, 판례상 비신호 횡단보도였거나 녹색불로 바뀐 직후에 똑같이 부주의하게 건너갔다면 검은 옷을 입고 만취 상태라 과실이 잡힌다, 운이 좋아 과실을 피한 주제에 혼자만 선하고 고결한 피해자처럼 굴지 말라."는 것이 상대편 주장의 골자였다. 그리고 자기네들은 우리 아빠 때문에 앞날이 창창한 가해자가 졸지에 범죄자가 되게 생겼고, 막 갓난 아기가 태어난 가족이 가장을 잃어 생이별을 하게 되었다며 과한 처벌이 억울하다는 것이었다.

열이 오른 나는 23미터짜리 횡단보도를 절반 이상 건너가서 사고가 일어났고, 혈중알콜농도가 0.05퍼센트여서 만취 상태가 아니었고, 차를 못 피한 게 왜 보행자 책임이냐고 항변했지만, 어디서 못 배워 먹은 게 어른에게 삿대질하고 소리를 지르냐며 가해자의 60대 노모가 진심을 담아 고함치는, 내 기준에선 상식을 벗어난 반응에 머리가 새하얘졌다. 내가 화를 참느라 이를 악물고 눈물을 흘리자 가해자의 동생은 그렇게 반성을 찾는 인간이 자기는 반성하는 기색이 없다는 말로, 내게 도덕적 우위라도 잡았다는 듯이 조롱했다. 우리 변호사가 떠나자고 재촉했지만, 잘못이 없는 내가 도망치기는 싫어 미련하게 반박하겠다고 자리를 지켰다.

그러나 내 고졸 학력, 아버지의 직장 내력, 우리 집 주거 형태, 동생의 구직 실패, 쓰러진 어머니의 건강 상태 등등 우리 가족에 대한 온갖 정보들을 거론하며 상대 측이 떠벌리는 말들을 들으며 나는 그들이 죄책감도, 사실관계에 대한 관심도 없다는 것을 알 수 있었다. 내가 항소해도 합의 여부만이 쟁점이라 형량이 늘어나지 않는다는 확신 아래, 반성도 없이 가치판단을 왜곡하는 상대방이 본질적으로 대화 불가능한 존재라는 사실을 깨닫고, 나는 갑자기 크나큰 무력감에 사로잡혔다.

하지만 언제나 상대방의 행동 자체는 문제가 아니었다. 그런 행동을 필연으로 도출하는, 상대방 머릿속의 거대하고 이해 불가능한 구조체에 대한 직면이 무력감을 야기하는 것이었다.

권력과 돈이 정의를 결정한다는 태도를 노골적으로 드러내고, 돈보다는 진심 어린 사과와 처벌을 요구하던 나를 유아적인 망상에 시달리는 어린아이 취급하며, 가난한 우리 집 형편을 두고 "그런 생각으로 사니까 그 꼴로 사는 거 아니냐"고 폭언하면서 우리 가족보다 우월한 인간인 양 성숙하고 이성적인 판단을 하는 것처럼 굴던 그들이—같은 인간임을 알고 있었지만—인간이 아닌 인간을 닮은 원숭이나, 일종의 거대한 곤충과 같아 보였었다.

내가 그들에게 받은 충격은 상당해서, 어머니가 쓰러지고 동생이 그 옆에 붙어 있느라 나 혼자 상주로 지키던 장례식장에 찾아와 회사가 바쁜데 사흘이나 쉬고 지랄이냐며 신경질을 부렸던 회사 전무가 그나마 정상으로 느껴질 정도였다.

하지만 적어도 그 시점에서는 상대방에 대한 적대적인 시선과, 상대방이 잘못한 것이 분명하다는 확신이 뚜렷하게 살아 있었다. 그렇기에 그들의 규범과 사고방식을 수용하거나 그들에게 인정받고자 하는 심리적 압력 같은 것도 감지되지 않았다. 그러나 더 큰 고통이 그 이후에 찾아왔다.

결국 승리한 사람들은 내 아버지를 죽인 사람들이었다. 가계에 여유가 있고 집안 사업에 종사하던 가해자에게 처벌은 선택의 문제였고, 가장이 사라진 상태에서 쓰러진 어머니와 생계 문제에 허덕이는 우리로서는 공탁금 공제라는 위험을 안은 채 재판을 끌고 가는 것 자체가 부담이었다. 결국 2심에선 변호사의 설득에 따라 채권양도통지 이행 명시로 합의할 수밖에 없었다. 내가 마지막으로 사과라도 받겠다고 요청한 자리에, 가해자를 대리해 참석해서 결국 너희도 그럴 줄 알았다고 우쭐대던 가해자 측 사람에게 욕을 퍼붓는 수준에서 항의를 멈춘 것은 지금도 후회된다.

도덕이니 뭐니, 아무리 말해 봤자 우리는 힘이 없었다. 상대방은 자신들의 윤리가 더 큰 힘을 가졌다는 것을 알았고, 우리들을 세상 물정 모르는 어린애 취급하며 비웃었다. 매일 밤 울화로 밤을 새우다 생활이 무너지고, 내성 걱정으로 참고 참다가 항불안제를 한 알씩 삼키면 문득 상대방이 진실로 옳은 것이고 정말로 내가 못나서, 잘못해서, 당할 만해서 벌을 받고 있는 것은 아닐까, 하며 혼란할 때가 있었다. 결국 실제로 이 세상에서 환영받고 번성하는 것은 저들일 테니까.

그런 절망감 속에 저들의 단언적인 말이 자책으로 취약해진 내 마음에 똬리를 틀고 내 정신을 저들과 동조하도록 이끌고 있다는 것을 자각하면 강제로 오물이라도 먹은 것 같은 역겨운 기분이 든다. 그런 자각에서 오는 불쾌감은 여러 방향으로 일어났다. 내가 혐오하는 상대방과 동일시하려는 욕구를 가진 나 자신이 혐오스러웠고, 이미 상대방의 규범과 사고방식이 내면화되어 만들어진 내 마음의 일부가 혐오스러웠고, 그렇게 내면화된 시선으로 나 자신을 바라보면 나 자신도 혐오스럽게 느껴지는 것이다.

이 일로 난생처음 찾아간 심리 상담사는, 내가 자꾸만 가해자들의 정신을 내면화해 그들의 시점에서 스스로를 자책하고, 가해자들의 관점을 수용하려고 하고, 심지어 가해자로부터 인정받고자 하는 욕구를 만들어 내는 것은 내 마음이 동조압력을 받고 있기 때문이라고 설명해 주었다. 사람은 사회적 동물이기에 다른 사람의 영향을 받아서 사고방식이나 행동패턴이 변화할 수 있는데, 이때 그 변화가 다른 사람의 사고방식이나 행동패턴에 일치되는 방향인 것이 동조인 것이다.

상대방이 자신보다 권위가 높다고 느낄수록, 상대방의 무리가 응결성이 높다고 느낄수록, 동조를 유발하는 실제 혹은 상상의 압력인 동조압력은 강해진다고 했다. 쉽게 이해하지 못하는 나를 위해, 상담사는 가정 폭력이 비합리적 동조가 일어나는 전형적인 조건 중 하나라는 예시를 들어주었다. 폭력적인 상황, 무력감, 고립감, 생존의 위기로 해석되는 환경 등이 병적 동조를 조장할 수 있다는 것이었다.

상담의 중기 단계에서 상담사는 내 증상이 사회가 나보다 가해자를 더 용인해 주고, 그들의 규범을 거스른 대가로 내가 벌을 받고 있다는 잘못된 인지도식 때문에 일어난다고 말했다. 그리고 애쉬 효과에 대해 설명해 준 뒤 사람들은 불이익을 받는 것을 두려워하기 때문에 집단규범에 동조하는 것은 자연스러운 일이며, 그것으로 자신을 탓해서는 안 된다고 조언해 주고는 그 과정에서 불쾌감을 느끼는 것이 오히려 건강한 일이니 불쾌감보다는 진짜 근본적인 문제인 인지도식을 바꾸는 훈련을 해 보자고 제안했다.

하지만 아무리 상담사가 가해자들의 행동이 잘못된 것이고, 이 사회를 구성하는 대부분의 사람들은 그런 행동을 결코 용인하지 않으며, 적어도 상담사 자신만큼은 내가 옳다는 것을 확신한다고 말하면서 공감과 지지를 보내주어도, 가정 형편 때문에 어쩔 수 없이 합의해 준 가해자가 집행유예를 받고 거리를 활보한다는 현실은 달라지지 않았다. 그렇기 때문에 그런 현실을 자각할 때마다 쉽게 무력해지고 촉발된 동조압력도 쉽게 가시지가 않았다. 그러면 마음이 가라앉을 때까지 내적인 동조압력에서 오는 불쾌감을 견뎌야 하는데, 결국 상대방의 마음을 수용해 버려 불쾌감이 가라앉는 것 또한 불쾌하니 불쾌한 마음을 느끼면서도 지금 느끼는 불쾌감이 수용에 의해 사라지지 않고 지속되기를 동시에 바래야 했다.

상담사와의 짧은 회기 동안 동조라는 개념을 다루면서 나는 내 죽은 직장 후배와 관련된 사건도 직면할 수밖에 없었다.

지금은 퇴사한 공장에서, 친했던 후배가 크게 다친 것을 발견했을 때 선(先) 보고 없이 119를 불렀다고 나를 욕했던 이사와 사측 임원들이 있었다. 사회 초년생이던 그때는 그런 인간들에 대한 내성이 없어 그 자리에서 눈물을 쏟고 당황했었다. 두려움 때문에 이사와 안전 관리자가 119 신고를 취소할 때도 눈치만 봤고, 회사 차로 지정 병원에 옮겨진 후배가 수차례 수술만 받다 사망했다는 이야기를 들을 때까지 내 업무에만 집중했었다.

그렇게 응종(應從)한 끝에 자기합리화를 통해 동조에 이르렀지만, 다행히 아버지의 격려로 정신을 차리고 경찰에게 올바르게 진술할 수 있었다. 하지만 동조가 너무 오래 진행된 탓에 경찰에 증언하는 나를 살벌한 얼굴로 죽일 듯이 노려보던 이사와 선배들, 사장을 마주했을 때 그들의 시선을 통해 보는 양 나 자신이 '사회생활에 실패하고 직장 적응에도 실패한 무능력자'로 생각되며 갑자기 참을 수 없이 혐오스럽게 느껴졌다. 끔찍한 기분이었다.

사회 초년생 시절에, 자취하던 원룸을 뺄 때 원래부터 없던 가전을 내가 빼돌려 팔았다면서 악다구니를 쓰며 보증금을 뜯어내려던 미치광이 같은 집주인을 만났을 때도 그와 비슷했다. 나는 잘못이 없는데도 힘든 것은 나 하나뿐이었기 때문에, 약한 동조를 일으켰다. 하지만 그때도 가족들이 집주인을 욕하면서 나를 지지해 준 덕분에 증상이라 인식할 수 있는 수준에는 이르지 못했다.

동생의 죽음을 이해할 단서는 그런 내 경험 속에 있을지 몰랐다. 동생의 증상을 관찰한 바, 동생은 머리에 들어온 외계인의 생각이 자신을 조종하거나 죽이려 한다고는 말하지 않았다. 그 생각으로 자아를 상실하거나 의식이 붕괴하지도 않았다. 강제적인 세뇌처럼 생각이 덧씌워지는 것이 아니라, 외계인의 생각이 밀어 넣어져 이미 존재하던 자신의 생각들과 경쟁하는 것처럼 보였다.

추론해 보면, 외계인들의 정신 전이는 상황적 조건 없이 일어나는 동조 압력처럼 작용하는 것일 가능성이 있었다. 거기에 하필이면 그 정신의 내용물이 동생으로서는 받아들이기 힘들 정도로 '끔찍'하고, '이질적'이고, '괴상'하고, '징그럽'고, '믿거나 상상하기 힘들 정도로 다르'고, '버티기 힘들'고, '거부감이 느껴지'는 것이었기에 병적 동조에서 일어나는 정신생리적 반응이 촉발된 것이다.

그 가설이 맞는다면 동생이 느꼈던 강력한 공포와 괴로움은 생각의 경쟁 과정에서 유도되는 것이 분명했다. 상담사는 동조압력을 주는 상대방에게 저항하는 사고와 행동이 편도체를 활성화해 공포를 유발한다고 말했다.

조금은 걸을 수 있게 되자, 나는 욱신거리는 허리를 짚은 채 창고 바깥으로 나왔다. 좁은 범위에서 계속 방향이 바뀌는 채 기묘하게 소용돌이치는, 자욱한 흙먼지를 들이마시며 동생이 있는 곳까지 걸어가는 도중 사람의 비명소리를 들었다. 그 비명소리는 가파르게 기세를 더해 갔고, 어느새 여러 방향에서 들려오기 시작했다. 절대 다수가 마을 안에서 들려오는 것이었다.

"으아아아악!"

나는 농로 위를 뛰어오는 남자 하나를 보았다. 남자는 이내 뛰는 것을 완전히 멈추고 바닥에 주저앉아서 손톱으로 얼굴을 긁으며 계속 비명만 질렀다. 나는 고함을 치며 남자에게 다가갔지만, 내가 미처 닿기도 전에 남자는 결국 목을 쥐어뜯더니 피를 뿜으며 거꾸러졌다.

"#&(#$&(#(&#^*&@#^*&@^!"

그와 동시에 귀를 금속 막대로 긁는 것 같은 기분 나쁜 음소가 가득 포함된, 낯선 언어로 외치는 소리가 들려왔다. 김영미 선생이었다. 선생은 뿌연 먼지 속 어디선가 홀연히 나타나서 죽은 남자에게 다가가더니 시체를 신경질적으로 걷어찼다. 평범한 스마트폰을 들고 송화기 너머의 상대방에게 악에 받친 태도로 신경질을 부리고 있는 것 같았다.

"궤아아아아악!"

잠시 뒤 열이 뻗쳤는지 선생은 손으로 스마트폰을 부숴 버렸다. 그리고 곁에 있던 나를 노려보며 손톱까지 날카롭게 세우면서 고래고래 고함쳤다. 마주하는 것만으로도 움찔할 정도의 증오심이 나를 향한 태도와 말에서 생생하게 흘러 넘쳤다.

"내가 여기에 몇 년을 공들였는데! 내가 내 손으로 아직 제대로 순치되지도 않은 놈들한테 정신 주입을 하고 있어야 돼? 위쪽은 대체 어쩌자는 거야! 수율이 안 나올 거라고 위쪽에 그렇게 말했는데! 이따위로 진행해 놓고 또 자기들끼리 잘했다고 포상 잔치하는 꼴을 내가 또 보고 있어야 해? 너 이거 어떻게 할 거야! 다 너 때문이야! 너랑 네놈 동생 때문이라고! &((^*@#*@^!"

발언을 종합해 보면 동생의 사고로 인해 '위쪽'의 판단이 변화한 것인지, 마을에 쏴아내기를 목적으로 한 대규모의 실험적인 정신 전이가 이루어지고 있는 것 같았다. 공포와 고통을 이기지 못해 지르는 비참한 비명소리가 마을 안의 이곳저곳에서 점점 더 많이 들려왔다.

"복수할 거야! 너한테는 반드시 복수할 거라고!"

나는 그렇게 외치는 김영미 선생을 지나쳐 걸어갔다.

먼지로 채색된 시야에 흐릿하게 드러난 마을은 이미 새로운 형태의 공격에 의해 공포로 신음하는 사람들로 가득 찬 아비규환이었다. 유치원생 정도의 모습을 하고 있는 외계인들여섯이 집 지붕 위에 일렬로 나란히 서서, 내기라도 하듯이 자기들이 순서대로 발광하게 만든 사람들을 내려다보며 각자 기뻐 일그러진 얼굴로 비웃는 모습이 보였다. 김복순 할머니가 치아가 없는 입을 웃는 꼴로 헤벌리고 레드카펫이라도 걷는 것처럼 뽐내는 얼굴로 양팔을 벌린 채 경사로를 걸어 내려오자 경사로에서 발광하는 사람들을 건사하던 멀쩡한 사람들 역시 위에서부터 차례대로 발광하기 시작하는 광경도 보였다.

아까 전보다 더 깊게 찢은 입으로 웃고 있는 개량 한복의 남자는 눈을 허옇게 까뒤집은 채로, 발광하는 이웃들을 대문 너머로 보며 울고 있던 멀쩡한 할아버지 한 명에게 정신 전이를 일으킨 다음 몸을 뒤트는 이상한 움직임을 취하며 골목 안으로 사라졌다. 할아버지는 너무 연로한 것이 문제였던지 공포 발작을 일으키고 얼마 후에 심장을 부여잡고 나무토막처럼 쓰러졌다. 그 곁에 있던 50대 정도의 아주머니도 같이 전이를 받았는지 혼비백산해서 비명을 지르며 집 밖으로 뛰쳐나와 어디로 도망쳐야 할지 모르는 것처럼 같은 자리를 왕복하다 집 담벼락에 머리를 찧기 시작했다.

나는 가능한 빠른 걸음으로 마을을 향했다. 어쩌면 희망은 있을지 모른다는 사실을 하나라도 많은 사람들에게 알려야 했다. 정신 전이가 동조라는 사실 때문에 우리는 대항할 수 있을지 모른다.

결국 장기적으로 사용할 수 없는 임시방편이겠지만, 지금 전이된 생각에 대해 느끼는 공포가 외계인들에게 농락당하는 것을 넘어 정신적으로 전락하는 데까지 이르지 않기 위해 우리에게 주어진 강력한 무기라는 점을, 그래서 지금 느끼고 있는 공포 자체가 우리를 죽이려고 하는 것이 아니라는 점을 이해시키면, 최소한 공포로 인한 평범한 사람들의 즉각적인 죽음만큼은 막을 수 있을지 모른다. 그렇게 생존한 다음 모두 함께 피신한 곳에서 서로를 지지하여 원래의 정신적 균형을 되찾도록 하는 것도 아마도 가능할지 모르는 것이다.

  공포가 우리를 우리 자신으로 계속 존재할 수 있게 만들고 있기에, 공포를 무작정 두려워하고 죽음으로 그것을 해소하려는 욕망에 사로잡혀서는 안 되었다. 공포가 존속한다는 것은 우리가 올바른 방향으로 가고 있다는 증거라는 것을, 공포가 있는 한 우리는 자유로울 수 있다는 것을, 모두에게 알려 공포를 잠시간 재정의하도록 하는 것이 이 비극의 피해를 최소화하는 열쇠이기를, 궁극적으로는 아직 '순치'되지 않았을 생존자들이 가장 많을 지금 시점에서 외계인에게 저항할 수 있는 단초로 이어질 수 있기를 나는 계속해서 기원했다.

  부디, 공포가 본디 무엇이었는지 사람들이 서둘러 깨달을 수 있기를⋯.

작가의 한마디

코스믹 호러에서 자주 등장하는, 뭔가 알거나 보고 미쳐 버리는 화소의 패러디이다. 외계에서 온 존재가 시골 거주자들의 심신 상태를 나쁘게 만드는 내용이라서 제목도 「우주에서 온 색채」를 패러디해 지었고, 유사한 화소를 좀 더 작은 스케일 안에 구현해 낸 괴담인 쿠네쿠네의 패러디도 중간에 이스터 에그로 넣어 보았다. 코스믹 호러에서는 보통 압도적인 존재나 지식 때문에 미치지만, 현실에서는 사람 때문에 미치는 경우가 많아서 사람에 의한 정신 오염의 일종인 동조로 전술한 화소를 재구성해 보았다.

경성지옥

낯설 수 있는 용어들이 많이 등장하지만 모두 분위기와 세계관 조성을 위한 부가물이기 때문에 전후 맥락으로 추측할 수 있는 개략적인 느낌 이상의 지식이 필요하지는 않다. (예시: 답조국현은 사상서, 취온은 뭔가 생각이 구체화된 나쁜 것, 세조대는 목을 맬 수 있는 것) 거창한 이야기보다는 오컬트 소설에 걸맞게 거창하게 보이는 이야기를 추구하였으므로 아무쪼록 가볍게 읽기를 권한다.

01

수요일 한밤중, 키하라 저택의 별채에 수십 명에 달하는 사람이 모여들었다. 나와 키하라상이 개최하는 첫 번째 집회에 참석하기 위해서였다. 별채는 종교학자인 키하라상이 개인 연구실로 지은 1층짜리 목조 건물로, 외관은 투박했지만 그 면적이 100조(疊)에 달했고, 내부는 가로막히는 벽 없이 터놓은 구조였다. 집회 때에는 창문에 두꺼운 암막을 치고 종교적 도상이 새겨진, 원색으로 가득한 피륙을 벽마다 늘어뜨려 놓아서, 안에 있으면 바깥과는 유리된 별세계에 와 있는 듯한 느낌을 주었다.

출입문과 마주 보는 반대편 벽에는 낮은 단상이 있었다. 단상 위에 벽면을 마주 대고 긴 제단이 놓였다. 새빨간 주단(綢緞)을 덮은 제단에는 흑단목으로 만든 기괴한 조상들이 열을 지었다. 키하라상이 여러 종교나 설화에 등장하는 존재들의 형태를 본 따 조형한 것이었다. 그 아래에는 조선 전역에서 긁어모아온 주물(呪物)들이 과시하듯이 배열되었다.

교주 역의 키하라상은 색 있는 옷감들과 부작(符作)들을 엮어 만든 치렁거리는 옷을 입고 제단 앞에서 예식을 집전했다. 제단 위에 켜 놓은 촛불들이 키하라상의 긴 의복과 운두 높은 관(冠), 가슴 부위에 걸어 놓은 거울 등에 반사되어 휘광이 뿜어져 나오는 효과를 연출했다. 뿌연 연기가 키하라상의 발치에 자욱해 마치 별천지에 서 있는 것 같았다. 젖은 나뭇잎에 대마를 얹어 태워 만든 연기였다.

단상 아래에서는 경성에서 모여든 수많은 신도들이 벌거벗은 채로 울부짖으며 연기 속에서 몸을 뒤틀고 있었다. 키하라상은 내가 여러 문헌들에서 발췌한 문장들로 조합해 낸 제문과 주문, 교전과 설법을 낮고 몽환적인 음률로 낭송했다. 옥색 비단으로 된 권자장에 쓰여진 백서(帛書)를 낭독하던 키하라상이 휘장 뒤에 숨어 있는 나에게 눈길을 주며 웃었다. 교조(敎祖)로서의 신뢰감을 보장해 주는 깨끗하고 잘생긴 얼굴이었다. 키하라상 본인이 교주로서 전면에 나선다는 발상은 내가 제안한 것이었다. 요승(妖僧) 처경의 사례에서 볼 수 있듯이 사람들은 잘생긴 사람을 따르는 일을 좋아하기 때문이다.

분위기가 충분히 달아오르자 키하라상은 단상 아래에서 젊은 여자 한 명을 끌어내 자기 앞에 세웠다. 그리고 흑요석 세석기로 여자의 배를 그어 깊은 상처를 내었다. 복막이 빠져나올 정도로 지독한 손상이었지만, 황홀경에 빠진 여자는 아무런 저항을 보이지 않았다. 이내 키하라상이 제단 위에서 꽃잎이 기이하게 많은 노란색의 꽃을 집어 여자의 배에 난 상처를 부드럽게 쓰다듬었다. 그러자 흘렸던 핏자국만을 남긴 채 배의 상처가 감쪽같이 아물었다. 신도들이 일제히 탄성을 터뜨렸다.

강당의 측면에 내린 검은 휘장 뒤에 숨어서 의식을 지켜보던 나는 활성탄과 여과지가 든 천 주머니로 코와 입을 막는 것도 잊고 숨을 깊이 들이쉬었다. 볼 때마다 놀랍게 느껴지는 광경이었기 때문이다. 방금 그것은 단순한 눈속임이나 어중이떠중이 같은 사기꾼들의 호작질이 아니었다.

노란 꽃의 이름은 살오를꽃, 저승의 서천꽃밭에 핀다는 환생꽃의 일종이었다. 우리가 사는 세계의 뒷면에는 신비로 가득한 또 다른 세계가 존재했다.

02

오늘도 죽상을 하고 돌아다닌다며 아침부터 모르는 사람에게 군소리를 들었다.

"우리 딸이 다카야마 선생의 인상이 너무 음침해서 과외를 할 때마다 기분이 안 좋아진다고 불평이네. 소개받아서 고용하기는 했다만, 좀 웃으면서 즐겁게 수업해 줄 수는 없나? 어째 볼 때마다 침울한 모습이야? 데려온 고양이가 매주 죽기라도 하나?"

"울지 마, 아가야. 오키쿠가 아니야. 접시도 세지 않고 머리도 짧잖니. 저건 다카야마 선생이야."

"죄송하지만 수업은 이번 달로 끝내는 것으로 부탁드립니다. 제 아들이 요즘 학교도 제대로 안 나가고 부모 말을 잘 안 듣는데, 이건 분명 제 탓이 아니라 선생님의 음울한 기질이 제 아들에게 영향을 줘서 데카당스 바람이 들게 만들었기 때문인 게 틀림없어요!"

"선생은 왜 그렇게 늘 죽을상인가? 몸은 자주 움직이나? 하루 종일 방에 틀어박혀서 책만 읽으니까 기분이 가라앉는 게 당연하지. 매일 나랑 라디오 체조를 하면 얼굴도 펴지고 애인도 생기고 연줄도 생기고 그럴 걸세."

그러나 그것은 라디오 체조 때문이 아니라 마음 깊이 달라붙은 불안 때문이었다.

흥이 지도록 묵은 불안은 도무지 익숙해지지 않는다. 나는 내 몸에 씌워진 불안을 다스릴 힘이 없다. 재담 외기, 송시, 독서 따위로 눈을 돌리고 있을 때도, 전경의 불안은 심신을 두식(蠹蝕)한다. 좁은 폐소에 갇히거나 칠성판에 몸이 속박된 느낌, 대기가 사방에서 심해처럼 내리누르는 듯한 느낌에 탈력(脫力)되고, 의지가 꺾이고, 즐거움과 기쁨에 의한 고양감도 불안과 혼동되고, 먼지 한 톨이나 낙엽 한 장마저 불안을 야기하는 유인으로 확대된다.

오늘 자 〈경성일보〉에 춘원의 칼럼이 있었다. 창씨개명에 동참하자는 문면이었는데, 대충 훑고 던져 버렸다. 경성콤그룹 기관지 더미가 날아간 신문에 맞아, 책더미들이 줄줄이 무너져 나를 덮쳤다.

"갸아악!"

나는 심호흡을 했다. 몸이 아프면 증상이 심해지는데, 고뿔을 앓았더니 이 모양이다. 나는 제국주의니, 민족주의니, 공산주의니, 주의나 종교, 혹은 그에 경도된 언문을 접하면 심한 불안에 사로잡힌다.

어렸을 때부터 앓던 병증이다. 사고(思考)의 침투를 주소(主訴)로 하는 신경증으로, 도그마적인 언문을 접하면, 그 시점의 내 심리 상태나 언문의 내용, 노출 시간이나 빈도 등에 따라 차등은 있었지만 그 생각이 '결국은' 나를 사로잡아 끔찍한 일을 하게 만들 거라는 망념이 부상했다. 전구기에 생각을 돌리지 못해(대개 그러지 못했고, 불안하면 더 힘들었다) 불안을 먹이로 심화하면 이인감(離人感)과 무의식적인 호흡부전을 시작으로, 거꾸러지는 까마득함과 신체에 대한 모든 통제를 상실하고 무참한 일을 저지를 것 같다는 공포감, 방향을 찾지 못하는 분노에 빠져드는 것이 증상이었다.

답조국현(答曺國鉉)이나 천양무궁의 신칙 따위의 사상(思想)도, 술 취한 복벽파의 격성이나 훈도가 설파하는 내선일체 찬양 같은 언설도 내게 발작을 유발할 수 있었다. 불안이 극심한 날이면 어른들의 훈육조차 나를 통제하고 조종하려는 계책이 분명하다는 망상에 사로잡히고는 했다.

발작이 없을 때조차 언제 어떤 기화로 발작이 찾아올지 몰라, 늘 강도 높은 불안과 마주쳐야 했다. 고문실에 갇혀 언제 다음 고문이 찾아올지 몰라 공포에 떠는, 눈이 가려진 죄수의 심정이 아마 이러할 것이다. 불안이 심하거나 몸이 아프면, 외부의 자극 없이 기억만으로도 증상이 나타났다.

그런 내 삶은 증상에 대한 방략을 찾아온 역사였다. 무방비한 어린 시절에는 증상이 발현할 것 같으면 생각을 돌리기 위해 엎어져 "아니야! 아니야!"란 외침만 되뇌었다.

증상이 악화되면 흉몽으로 깊게 잘 수도 없었다. 대부분의 꿈에서 나는 엉클어진 길을 걸어간다. 길 양옆은 절벽으로, 바닥은 암흑이다. 발을 디디려 아래를 내려다보면 입에서 검은 피를 쏟는 일그러진 암자색 얼굴'들'이, 절벽 아래 빼곡히 들어차 나를 바라보고 있는 광경이 보였다. 나도 그 얼굴처럼 되고 말 것이라는 공포감과 함께, 잠에서 깨어나곤 했다.

두 번째 방략은 인식도 생각도 않으면서 불청(不淸)한 정신을 유지하는 것이었다.

하지만 내 증상을 기허(氣虛) 탓으로만 돌리려던 어머니의 강권으로 보통학교에 들어가 실패했다. 나를 계속해서 현실에 붙잡아 놓는 훈도들의 광언 속에, 나는 황국신민과 조선인 어느 쪽에도 순응 않고 모호한 존재로 남으려 애썼다. 최성기엔 '나는 살아 있다'라는 개념도 못 받아들여 생각으로만 이루어진 귀신처럼 떠다닌다는 식으로 나를 지각했다. 훈도들은 그런 나를 조롱거리로 만들어 생도들을 결속하는 데 활용했다.

"야! 이거 봐! 얘는 건드리고 때려도 아무 말 못해. 야! 야! 울어봐!"

"얘는 자기 이름만 불러도 바닥에 엎어져서 운다? 내가 해볼게. 신기하지?"

그 시절의 내가 남의 눈에 어떻게 보였는지를 들을 기회가 있었다. 늘 멍하고, 철저하게 둔마(鈍痲)된 시체 같은 인간…. 나는 어떠한 무리에도 속하지 못했고, 친우 하나 만들 수도 없었다.

그러다 기부금을 내고 들어간 고등보통학교 때, 매를 맞으며 수신서와 어문독본을 암송하다 불안의 감소에 글 외기가 오히려 효과적이라는 사실을 깨달았다. 여러 정신적 불리함에도 나는 기계적 암기에 재능이 있었고, 그 사실에 어느 정도의 통제감을 되찾은 것이다. 또한 그렇게 얻은 다양한 생각들이 비현실성을 띠기 시작한 생각에서 도망치는데도 도움을 주었다. 공포의 대상을 내가 직접 이성과 텍스트로 상대적 관점에서 반박하면 그 대상을 현실에서 떼어와 텍스트 내에 가두고 멀리서 조망하는 효과가 있었던 것이다. 그때부터 나는 다양한 사람들의 다양한 생각과 세계관을 머리에 받아들이는 데 몰두하기 시작했다.

시간이 지남에 따라 독서는 고도화, 형식화되었다. 문헌은 모두 소지했고, 손에 넣은 문헌마다 규칙에 따라 기호를 붙이고 줄마다 번호를 매겼다. 그리고 텍스트를 읽으며, 문장마다 동조하거나 반대하는 다른 텍스트의 문장들을 기호-장-줄 형식으로 병기했다. 구입할 수 없는 책은 통으로 필사해서 같은 작업을 반복했다. 나는 불안감과 싸우며 글을 탐독했고, 지쳐 잠들기를 반복했다.

과중한 독서로 약했던 몸이 상해 갔다. 독서로 당장의 불안을 경감하는 대신 감당해야만 하는 가중된 정신적 피로 때문에, 독서를 하지 않는 동안 더욱더 생각 사이에서 균형을 잡으려 거듭 긴장하고, 신경을 쏟지 않으면 허기지고 차가운 감각과 불안과 공포가 엄습해오고 신체 증상과 거대한 얼굴의 환영이 찾아왔기에, 휴식도 요원했다. 언제까지 이 방책에 의존할 수 있을지 불분명하다는 점도 불안을 부추겼다. 눈을 혹사시키다 안질로 시력을 잃는다면? 중풍이나 사고로 사지가 마비되거나, 머리에 손상을 입어 글을 읽을 수 없게 된다면? 매 초, 매 순간 불안에 시달리는 삶에서 벗어나기 위해 무엇이든 하겠다는 생각을, 나는 그 즈음부터 본격적으로 떠올리기 시작했던 것 같다.

제2고보를 졸업했을 때 불안증이 신경쇠약으로 심화되었다. 내지 대학은 물론 경성의 전문학교 생각도 힘들어져, 어머니의 간청에도 진학을 포기하고 양아버지의 포목점에서 가벼운 일을 도우며 용돈 받는 삶을 시작했다. 양아버지와는 여덟 살 때 만났다. 친부는 조선인이었지만 내가 아주 어릴 때 돌아가셨기에 얼굴도 기억나지 않았다. 친부가 사망하고 몇 년 후에 어머니는 일찍 상처(喪妻)한 조선인과 재혼해 경성 남촌으로 이사했고, 나는 다카야마(高山) 히사토(寿人)가 되었다.

운이 좋았다. 남폿불 아래 방이 까매질 때까지 글을 읽는 일에 돈이 들기 때문이다. 양아버지가 황금통에 가게를 낼 넉넉한 형편이 아니었다면, 나는 동팔(東八)호에 들어갔거나 객사했을 것이다.

룸펜으로 전락한 지 몇 년, 서른 되던 날에 어머니께서 나를 방으로 불러 말씀하셨다.

"너 언제까지고 허드렛일이나 하면서 살 건 아니지 않니. 지금이야 괜찮겠다만 나하고 네 양아비 죽은 다음에는 어떻게 생활할 수 있겠니. 이제 신경증도 나아진 것 같으니 진학해라. 넌 공부에 천성이 있으니 더 늦기 전에 제대에 들어가라. 조선인은 구직도 어려운데 심약하고 몸도 약한 네가 살아남으려면 이 길밖에 없다. 영문과를 나오면 네 양아비가 영어 과외를 주선해 줄 게다."

그러고는 한숨을 푹 쉬시더니 평소에는 잘 하지 않던 친아버지 얘기를 덧붙이는 것이었다.

"네 친아비는 네가 교원 되는 걸 그토록 싫어했지만, 이건 학교 밖에서 영어나 가르치는 거니 하늘에 있는 그이도 모쪼록 이해해 주겠지."

어머니는 그렇게 말하고는 하얀 봉투에 담긴 50원을 내게 건네주셨다.

"네 친아비가 벌어 왔던 돈이다. 애초에 너에게 쓸 돈이었기에 보관하고 있었다. 제대에 가겠다면 이것을 첫 학기 등록비로 쓰거라."

읽을 수 있는 텍스트가 늘어났기에 경성제국대학 영어영문학과는 만족스러웠다.

예과 수료 후 학과 생활을 시작하고 〈신흥(新興)〉의 필진이 되기도 했는데, 내가 쓴 문예비평이 창간사명에 불합하다는 이유로 일본인과 조선인 편집진들이 공동으로 나를 배척했다.

"당신이 공부를 많이 한 것은 알겠지만, 히사토군… 학자들이나 평론가들의 이론들을 나열하는 것 말고, 이 작품에 대한 당신의 입장과 견해가 대체 무엇인가?"

역시나 가깝게 사귄 사람은 없었다. 나를 제자로 키우려는 교수들도 있었지만, 제국 관료로서의 마음가짐을 강조하는 교수진들이 내겐 가장 두려운 존재였다.

졸업한 후에는 양아버지의 인맥으로 어린 학생들에게 과외로 영문법을 강습해 주며 생계를 유지할 수 있었는데, 키하라 상과는 그 즈음 만났다.

03

오전 동안 남산정 2정목에서 아이들을 모아 과외하고, 점심 먹기 전에 마루젠에 들러 책을 좀 사려던 생각이었다. 사잇길을 걷다가 동본원사 경성별원 곁길로 나온 순간, 나는 좌측에서 덮쳐온 사람과 충돌해 뒹굴었다.

"어이쿠!"

그렇게 키하라 쿄세이와 만났다.

"괜찮으십니까? 죄송합니다! 제가 한눈을 팔다가 그만."

키하라상은 나를 일으켜 주더니 미안하다는 말을 거듭하며 내 옷의 먼지를 손으로 털어 주었다. 과민한 신경으로 내 몸은 사소한 충격에도 과도하게 흥분한다. 키하라상은 빈맥으로 식은땀을 흘리고, 어지러워진 눈알을 굴리고, 날숨으로 심호흡하는 나를 보고 심각한 일이라 생각한 것 같았다.

"아픈 데가 있으신가요? 가까운 가게라도 들어가시죠. 인력거를 불러 병원까지 모시겠습니다."

"아닙니다. 크게 다치지는 않은 듯합니다."

사실 직전까지 〈매일신보〉에 눈을 들이밀고 있던 터라 찔리는 데가 있어 사양했다. 그러나 불안으로 어두운 시야로 움직이다 또다시 바닥에 주저앉았다. 하필이면 흙탕물 위였다.

"큰일이네! 어서 업히세요!"

쫄딱 젖은 나는 키하라상의 권유를 받아들여야 했다. 오르막길을 오른 키하라상은, 이토 총감이 즐겨 찾던 곳이라면서 천만궁(天滿宮)으로 이어지는 긴 계단의 초입에 있는 찻집으로 들어갔다. 거기서 키하라상의 중재로 물수건으로 몸을 닦고 바지도 빌렸다.

키하라상은 새 옷을 구해오라 행인(行人)을 보내고 나를 2층의 전망 좋은 창가로 안내했다. 깔끔하게 다려 입은 키하라상의 양복에선 진한 나후다링 냄새가 풍겼다. 그러나 청결하고 단정한 복색과 다르게 초췌하고 불안해 보인다는 게 키하라상의 첫인상이었다. 손도 미세하게 경련했고, 쫓기는 것처럼 주위를 둘러보는 버릇이 있었는데, 나도 불안 때문에 자주 보이는 습벽이었다.

"경성제대 법문학부를 나오셨다고요?"

"네… 그렇습니다."

불안 때문에 신물이 섞인 헛트림이 나오는 것을 참으며 답했다.

"저도 동경제국대학 문학부 출신입니다. 종교학종교사 전공이었죠."

내지 후작가 출신이라는 키하라상은 종교학을 전공한 종교 전문가로, 현재는 총독부 학무국에서 종교 방면의 자문을 담당하며 조선의 민속에 관한 개인 연구를 진행하고 있다고 하였다.

"다카야마상을 만나기 전엔 기분전환 삼아 경성신사를 구경하고 내려오던 길이었습니다. 그러면 우측에 동본원사가 보여서, 그것을 관찰하느라 앞을 살피지 못했습니다. 다카야마상은 혹시 종교에 대해서 관심이 있습니까?"

"잘… 알지 못하기도 하고요…."

도그마를 겁내는 내게, 종교는 속효성 독과 같았다. 하지만 키하라상은 초기 일본 종교학계의 과학주의적 관점을 따른다며, 중립적인 위치에서 전체적인 상(象)을 상대적이고 고르게 조망하는 태도를 철저히 고수했다. 심지어는 국가신토에 대해 이야기할 때도 그랬다. 모든 주제에서 같은 태도였다.

남과 대화하며 불안감이 가신 일은 처음이었다. 구토하기 직전까지 지속되던 헛트름도, 뻐근할 정도로 경련하던 손가락과 양다리도, 점차 안정되어 갔다.

키하라상은 한 주제에 대해서 모순되는 남의 말들만 나열하는 내 대화법도 불편해하지 않았다. 오히려 귀일협회(歸一協會) 이야기를 해 주며 경청했다. 그러다 보니 대화의 주제가 백백교의 우두머리인 전용해의 집이 경성 한복판에 있었다는 이야기를 지나 내 졸업 논문 주제였던 존 던(John Donne)을 위시한 형이상학파 시인들에 이르렀을 때는 벌써 저녁이었다.

한참 후에야 당사자를 통해 안 사실이지만 당시의 키하라상은 내가 〈신흥〉에 썼던 글을 보고, 제대 졸업생 명부를 조사하여 내 얼굴을 이미 알던 상태였다. 그날 동봉원사 앞에서 마주친 것은 우연이었던 것 같지만, 그 직후 나를 찻집으로 끌고 가 이런저런 대화를 나눈 것은 이후의 계획에 나를 활용할 가치가 있을지를 재 보려던 의도적인 행동이었을 것이다.

키하라상의 그러한 복안과는 별개로, 서로의 병증에 이해가 깊고 사고방식이나 말하는 태도 등이 잘 맞았던 우리 둘은 그 후로도 교분을 이어 나갔다. 대화의 내용이라고 해야 잡사

(雜史)나 뜬구름 잡는 현학(玄學)뿐이었지만, 불안감에서 벗어나 불편함 없이 이야기를 나눌 타인을 평생 그리워했던 나로서는 키하라상을 만나게 된 것이 참 기쁜 일이었다.

그것은 키하라상도 마찬가지인 것 같았다. 사교성으로 위장한 모습과 달리 키하라상의 교우 관계는 무척 협소했고, 나처럼 사회적 사상이나 종교적 열정을 혐원했다. 우리는 상대가 그러한 성향이라는 것을 금방 알았고, 서로가 안다는 것도 알게 되었지만 구태여 입 밖에 내지는 않았다.

04

어느 날, 키하라상이 "도움을 청하고 싶다"며 나를 자신의 저택으로 초대했다. 일전에도 몇 차례 와 본, 봉래정4정목의 외진 곳에 지어진 규모가 작은 양식 저택이었다. 화족인 키하라상의 아버지는 황전강구소(皇典講究所) 총재인 친왕과 친밀한 관계인 듯해서 키하라상 본인도 총독부로부터 꽤 많은 배려를 받는 것 같았다. 키하라상 본인이 학술적으로 기여한 부분도 가볍지 않았는데, 최근에는 중추원판 『교정세종실록지리지』 편찬에 유의미한 역할을 했다고 들었다.

"히사토군. 혹시 내 연구를 도와줄 생각이 있습니까?"

그날따라 보기 고통스러울 정도로 유난히 불안해 보이던

키하라상이 그런 말로 운을 뗐다.

"도움이 될 수 있다면야. 어떤 연구인가요?"

"내게는 라이프 워크라고도 할 수 있는 중요한 연구입니다. 개인적인 연구지만, 워낙 큰 주제인 데다가 사회적 중요도가 높아 총독부에서 예산을 지원해 주기로 되었습니다. 그런 만큼 실적을 빠르게 내야 하기에 히사토군이 도와준다면 좋겠습니다. 꼭 도와주실 거지요?"

그러나 '총독부에서 예산을 받는다'는 부분이 마음에 걸렸다. 특정한 이념의 정점에 위치한 기관에 복무한다는 자각이 발작으로 이어질 수 있기 때문이었다.

"저도 되도록 도와드리고 싶지만, 정확히 어떤 일인지 먼저 들어볼 수 있을까요? 예약된… 과외 일정이 많아서요. 맡을 일의 범위를 보고 좀 신중하게 말씀드리려 합니다."

가빠진 호흡으로 침을 비처럼 뿌리며 만든 내 답변에, 키하라상은 잠시 고민하고는 입을 열었다.

"기밀사항입니다만, 최소한의 것은 말씀드리지요. 히사토군도 우리 총독부가 천도교나 백백교 같은 병적인 종교로 골치가 아프다는 사실을 알지요? 우리도 불교나 기독교 같은 정상 종교는 인정하지만 경무총감부 소관인 범죄단체들까지 포용할 수는 없습니다. 이런 종교단체들의 준동을 경감시키고자 하는 심전개발운동의 일종입니다."

이야기를 듣자 아차 싶었다.

"제가 거기서 할 일이 있을까요? 종교는 잘 몰라서요."

키하라상은 이번에는 한참을 고민하더니 말을 이었다.

"저녁 먹고 잠시 저랑 같이 어디를 좀 가시지요. 보여 드리고 싶은 게 있습니다."

그렇게 해서 가게 된 곳이 저택에서 조금 떨어진 곳의 별채였다. 당시에도 내부는 벽 없이 트여 있었지만, 단상과 휘장은 없었다. 대신 책과 문서로 가득한 책장들과, 잡다한 기물과 지도가 산더미처럼 쌓인 널찍한 탁자가 방 한가운데 있었다.

"사실은 히사토군이 〈신흥〉에 썼던 글을 봤었습니다. 그때부터 히사토군이 이 작업에 적임자라는 생각을 해 왔죠. 이 일은 창발적인 주장을 내기보다는 여러 주장들 사이에서 균형을 유지하는 능력이 중요합니다. 지나치게 몰입하는 성향을 가진 사람은 오히려 배제해야 하죠."

카하라상은 책장 중 하나에서 해시상회 포장지로 감싸인 라벨 없는 유성기 음반을 꺼냈다. 키하라상이 그 음반을 탁자 위의 유성기에 거치하고 작동시키자 나팔에서 남자의 격앙된 목소리가 흘러나왔다. 독일어였다. 제대에서 의무로 독어 과목을 이수해 알아들을 수 있었다.

"요즈음의 독일 사정은 좀 아시나요? 이자는 독일 선전상

괴벨스입니다. 당신처럼 문학을 전공했죠. 연설을 하는 폼이 주문(呪文)을 읊는 것 같지 않습니까?"

"훌륭한 정부도 선전 없이는 오래 지속될 수 없습니다! 훌륭한 선전을 하는 훌륭하지 않은 정부보다 말입니다!"

"들으신 대로, 우리 친구들인 국가사회주의자들은 종교와 예술을 통합해 고도로 조직화된 종교를 개발했습니다. 저는 이처럼 철저하게 의도적으로 설계된 관영(官營) 종교를 만들고자 합니다. 조선의 풍토와 정서에 맞추어서 말이죠."

나는 키하라상에게 내가 앓는 경계증(驚悸症)의 정확한 병태는 말하지 않았다. 종교나 사상 등에 거부감이 있고, 강박관념이 심하다고 표현했을 뿐이었다. 식은땀이 흘렀다. 내가 느끼기에도 창백할 내 안색을 살피던 키하라상이 다급히 말을 덧붙였다.

"히사토군이 가진 신념은 나도 알고, 이해합니다. 종교를 만든다고는 하지만 몰입할 필요는 없습니다. 내게 필요한 것은 종교인이 아니라 예술가입니다. 이미 자리를 선점한 토착 종교들 사이에서 우위를 점하려면 사람의 마음을 끌어들일 예술을 동원해야 합니다. 미술이나 음악 등은 내가 선별하지만, 교리나 주문, 연설 같은 언어 예술은, 내 조선말 능력이 세밀한 문화심리적 맥락에 달통하지 못해 그럴 수가 없어요. 내게는 히사토군이 필요합니다."

그 연구가 왜 그토록 중요한 것인지는 모르겠으나, 키하라상은 당장 울음을 터뜨릴 것 같은 표정이 되어 있었다. 이토록 간절한 권유를 거절한다면 우리 관계가 예전처럼 지속되지 못하리라는 생각이 들었다. 나는 내 인생의 유일한 친구를 잃어버리는 것이었다. 숨통을 터놓고 머리에 담은 것들을 털어놓는 시간은, 내게는 신선한 공기를 들이마시는 것과 같은 일이었다.

결국 나는 내 병증에 대해 키하라상에게 가감 없이 털어놓을 수밖에 없었다.

"세상에… 역시나… 그랬군요."

내 얘기를 들은 키하라상은, 눈물을 글썽이며 나를 위로해 주었다. 그러더니 갑자기 입이 귀에 걸릴 정도로 함박웃음을 지으며 들뜬 목소리로 말했다.

"히사토군, 나를 믿고 말하기 힘든 일을 말해 주었으니 나도 숨기던 얘기를 하나 해 드리겠습니다."

그렇게 말한 키하라상은 내 손을 잡고 나를 별채 출입문의 맞은편으로 데려갔다. 바닥에 직사각형 구멍이 하나 뚫려 있었는데, 지하로 통하는 계단의 입구였다. 키하라상을 따라 계단을 내려가자 흐릿한 전등으로 밝혀진 살풍경한 방이 나타났다. 사면은 미장하지 않은 콘크리트였고, 방 중앙에는 커다란 책상이, 좌우 벽에는 수납장들이 놓였고, 계단 반대편 벽에

철창을 댄 두 개의 감옥 같은 공간이 있었다. 높다란 더미를 이룬 문서와 기물들로 발 디딜 틈이 없었다.

"히사토군, 이 얘기는 누구에게도 한 적이 없습니다. 눈치채셨겠지만, 나도 당신과 비슷한 병증이 있습니다. 당신은 나를 이해해 줄 수 있으리라 믿습니다. 나도 당신처럼 어떠한 종교적 관점이든, 사상이든, 지나치게 한쪽으로 마음을 기울이면 공황상태가 됩니다. 그런 공포 자체도 괴롭지만 그러한 공포감이 언제 어디서 덮쳐올지 모른다는 사실이 언제나 나를 불안으로 미치게 만듭니다."

그 말을 하는 키하라상의 표정이 괴로운 듯이 일그러지더니 뺨으로는 눈물이 흘렀다.

키하라 쿄세이가 태어난 곳은 야마나시현의 산에 있었던 세마환신교(世磨換神敎)라는 소규모 종교 공동체였다. 밀교와 지역 민간 신앙이 혼합된 종류로, 유신 이후 종교 습합을 피해 산에 숨어 살며 벽곡 등의 양생법과 가학적인 고행법을 따랐다. 키하라상은 신도였던 어머니와 당시 교주 사이에서 태어났다. 그러다 메이지 말기, 신도였던 화족을 사망케 해 꼬리를 밟은 내무성이 토벌을 감행해 왔다.

"내가 그때 다섯 살이었습니다. 순사들이 신당으로 들이닥쳤을 때 내 어머니는 그때까지 항전하던 신도들과 함께 펄펄 끓는 열탕이 든 커다란 가마 안으로 들어갔습니다. 평시에는 찬물에 잠수하여 버티는 수행에 사용되던 가마였지요. 나 또한 함께 뛰어들라는 지시를 받았지만 현장을 지휘하던 경보국 관리가 내 몸을 구속했습니다. 순사들이 우왕좌왕하는 사이 어머니는 열탕 안에서 신도들과 함께 끔찍한 꼴로 비명을 지르며 죽어 갔습니다. 히사토군… 그때 나는 하마터면 나 또한 제 발로 그곳으로 들어갈 수 있었다는 사실을 깨닫고 나서 견딜 수 없이 무서워졌습니다."

키하라상은 눈물 때문에 새빨갛게 충혈된 눈으로 나를 바라보았다.

"그 광경을 바라본 결과로, 나는 평생을 따라다닐 병을 얻었죠. 지금도 피곤하거나 불안하면 머릿속에서 그때의 장면이 영사기처럼 재생됩니다. 나는 한겨울에도 찬물이 아니면 세수도 못하고, 위장병이 있음에도 탕이나 뜨거운 차를 못 마십니다. 시야가 가려지면 주변에 아무도 없어도 일그러진 비명소리가 들리고 숨이 막힙니다. 하지만 가장 괴로운 것은 언제든 나 스스로를 통제할 수 없게 될지 모른다는 두려움입니다. 나는 나 자신이 언젠가 교주의 세뇌에 홀린 어머니처럼 뜨거운 열탕 안에 스스로 뛰어들 거라는 불안감에서 벗어날 수가 없었습니다."

키하라상은 내게 탁자 앞의 의자를 권했다. 탁자 위에 놓인 책들은 1913년에 총독부에서 발간된 『전설동화조사사항』을 시작으로, 『어우야담』, 『청파극장』, 『기묘록』, 『용재총화』, 『성호사설』, 『청성잡기』, 『연려실기술』 등 모두가 조선의 설화를 다루는 것들이었다.

의자에 앉았을 때 나는 탁자 가장자리에 놓여 있던 어항 안에서 무언가 움직이고 있는 것을 곁눈으로 보았다. 원래 물도 없이 모래 위에 작은 돌 하나만 들어 있는, 사용하지 않는 것 같은 어항이었다. 그러나 다시 자세히 살펴봐도 그 안에 움직일 만한 것은 없었다.

"나는 나를 구해 준 경보국 관리를 통해 후사 없던 후작가에 입양되었습니다. 나는 형체 없는 두려움과 싸웠습니다. 조금씩 대중법을 개발하면서 인간의 정신, 사상, 관념, 특히 종교적인 생각들의 바탕에 대해서 연구해 왔죠. 종교는 무엇인가, 어떤 방식으로 사람을 죽게 만드는가, 어떻게 해야 그런 생각에 사로잡히지 않겠는가…. 그러나 단순히 문헌 학습만으로는 증상이 관해될 기미가 없었습니다."

키하라상은 선반의 가장 높은 곳에 있는 나무 상자에서 작은 덩어리 하나를 꺼내 왔다. 고름같이 생긴 것으로 크기는 주먹만 했다. 노란색과 초록색이 뒤섞인 역겨운 색감이었다.

"세마환신교의 본산을 답사하다, 나는 우연히 산 깊은 곳에 숨겨진 혈옥(穴獄)에서 정신이 온전치 않은 노인 하나를 발견했습니다. 자백제로 심문해 보니 자신이 인어의 고기를 먹고 센고쿠 시대부터 430년 가량을 살아왔다고 진술하기 시작했죠. 내 친부가 이 노인을 야마나시의 산에서 찾아냈다는 이야기를 듣고, 나는 내 어머니와 다른 신도들이 참혹한 고행을 견디고 끓는 물속에서 자결한 비결이 바로 이 노인이라는 기적을 직접 목격했기 때문이었다는 사실을 이해했어요. 나는 죽여 달라 애걸하는 노인을 에테르로 마취시키고 해부하는 과정에서 노인의 비자와 유합된 이 고깃덩이를 얻었습니다. 정말로 이것을 섭취한 자들은 아무리 굶기고 신체를 상해해도 죽지 않았죠."

키하라상은 내가 아까 전에 눈길을 주었던 어항을 손등으로 톡톡 두드렸다. 그러자 돌인 줄 알았던 것에서 갑자기 다리가 돋아나더니 어항 반대편으로 헐레벌떡 달아나는 것이었다. 그 돌은 어항 벽면과 부딪치고 벽면을 넘으려는 듯이 펄쩍펄쩍 도약하더니 이내 포기하고는 바닥에 주저앉아 다치고 겁에 질린 짐승처럼 파들파들 떨었다. 생각도 못한 광경에, 나는 놀라 일어났다.

"조선의 설화에서 존재가 언급되는 걸어 다니는 돌입니다. 저세상의 종남산 산기슭에 서식한다고 당신네들 문헌에 나와 있죠. 원래는 하나가 더 있어 해부해 봤는데 현미경으로 살펴봐도 내장도 없는 진짜 돌이었습니다. 이것들을 총독부의 지원으로 오대산의 깊은 곳에서 기적적으로 찾아낼 수 있었어요. 조선에 와서 이러한 존재들을 몇 개 발견한 뒤에야, 나는 각국의 종교나 설화에서 말해지는 초자연적인 세계가 보이지 않는 곳에 실존하리라는 사실을 확신했습니다."

키하라상은 탁자 위의 책들을 한데 치웠다. 그 아래 드러난 지도는 조선 팔도의 신비에 대한 해부도와 같은 것이었다.

"히사토군… 내 최종 목표는 그 세계와 접촉하는 것이에요. 내 어머니를 죽인 세마환신교의 교리는 진짜 신비의 편린을 본 교단 고위층들의 자의적인 망상에 불과했어요. 하지만 실제 신비들이 존재하는 세계의 진짜 법칙과 규범을 확인한다면, 나는 세상의 수많은 엉터리 교설들을 자연학의 이름으로 걷어 낼 수 있어요. 그러면 더 이상 스스로가 인간을 조종하려 자의적으로 만들어 낸, 무한한 숫자의 교리 중 하나에 홀려 죽을까 두려울 필요가 없어질 겁니다."

키하라상은 화지에 감싸인 길다란 무언가를 하나 꺼내 왔다. 그 안에 든 것은 샛노란 색의 잎이 많은 기이한 꽃이었다.

"저 돌과 함께 내가 조선에 와서 거둔 유이한 성과입니다. 마이산의 바위틈에 딱 한 송이가 피어나 있던 것을 찾았습니다. 살에 생긴 손상을 말끔히 치유해 주죠."

정말로, 키하라상이 메스로 자기 팔뚝을 긋고 그 상처에 꽃을 가져다 대자 상처는 핏자국만 남기고 씻은 듯이 사라졌다.

"나는 이것이 서천꽃밭에 핀다는 살오를꽃이라고 봐요. 서천꽃밭에는 인간의 감정을 변화시키는 꽃들도 있다고 합니다. 공포감을 없애는 꽃도 있죠. 동대산의 약수도 우리에게 도움이 되겠군요…. 나는 무엇보다도 최종 목적을 위해 하늘나라와 연결된다는 노각성자부줄을 찾고 싶습니다. 전승되는 기물 중에 저쪽 세계와의 통로도 있으니, 언젠가는 이세계와 접촉할 실마리를 찾을 거라고 믿습니다. 조선 각지에 숨겨진 이러한 이물(異物)들을 수색하려면 총독부의 도움이 필요하고, 예산과 인력을 내도록 설득하려면 관영 종교를 만드는 연구라고 속여 성과를 낼 필요가 있는 것입니다."

키하라상이 말해 준 관영 종교 사업의 요체는 이러했다.

"총독부는 이미 1937년에 유사 종교 해산령을 발표했고, 황조신 아마테라스를 모시는 숭신 단체들을 창교해 무격들을 묶고 신토를 포교하려 했지만 효과는 미비했습니다. 조선땅에서 자생적인 종교는 사라지지 않을 것으로 보였죠. 일본에도 신은 800만이나 있지만 조선인들은 길가에 있는 똥도 신으로 믿습니다. 바로 그 점을 파고들자는 겁니다. 무지렁이인 전용해도 했으니 당신과 나라면 더 좋은 것을 만들 수 있습니다. 사회의 지배 이데올로기가 혼란해 여러 이설이 나오는 지금이 적기입니다. 발을 디딘 땅이 단단하지 못하다는 두려움이 절대적인 진리에 대한 갈망을 증폭하는 법입니다. 나는 이 계획을 오래전부터 총독부에 기안해 왔습니다. 〈경성일보〉와 〈매일신보〉에 현실과 가상을 뒤섞은 괴담들을 수년간 연재한 것도 내 계획이었죠. 그러한 이야기의 수용에서 조선인과 일본인이 어떤 차이를 보이는지를 조사해 총독부를 설득하려는 작업이었습니다."

아마 충격과 경이로 상기되었을 내 표정을 보고, 키하라상은 내가 참여하게 되리라 확신한 것 같다. 키하라상은 좀 더 직접적인 태도로, 나에게 『정감록』의 이본(異本)부터 숙독하도록 요구했다.

"우리가 만들 종교는 철저하게 조선의 신격들을 우리 입맛대로 재해석한 결과물들을 숭배 대상으로 삼을 겁니다. 일단 『정감록』을 차용해 때가 되어 민족의 구세주가 오면 천지가 개벽하여 세계가 조선민족의 발아래 무릎을 꿇을 것이라는 교리를 핵심에 둡니다. 여기에 대동아공영권을 기치로 삼는 일본 제국의 정복 전쟁은 구세주께서 미래에 조선 민족이 다스릴 땅을 원수들의 손으로 닦는 과정이며, 그러므로 일제의 팽창에 복무하는 것은 궁극적으로 미래의 조선에 복무하는 것과 동일하다는 논리를 덧붙입니다. 이렇게 하면 현실에 타협해 일제에 부역하거나 일제를 방관하는 것이 민족 반역 행위가 아니라는 말이 되어 조선인 신도들의 죄책감이 희석됩니다. 더 나아가서는 그러한 행위가 오히려 일제에 대한 '적극적' 공격행위가 될 수 있다는 관념으로 강력한 유대감이 확보될 겁니다. 일제에 충성하는 민족 종교 집단이 되는 것이죠."

키하라상은 그렇게 말하며 내 앞에 책과 문서들을 산더미처럼 쌓기 시작했다.

"천도교는 공부한 적이 있으신가요? 우리가 일차적으로 넘어서야 할 대상이 천도교입니다. 그자들보다 훨씬 호소력 있는 미학이 필요합니다."

나로서는 불안과 공포에 시달리다 백치가 되어도 새삼스럽지 않을 일일 터였다. 하지만 내 병증을 완치할 확실한 방도가 있다는 말이 마음을 움직였다.

나는 무엇이든 할 수 있다고 생각했었다. 무엇이든.

"만약 협력한다면… 내가 무엇을 해 주기 바랍니까."

"문장들을 편집해 주세요. 누가 어떤 맥락에서 한 말이든, 어떤 국가의 어떤 시대에 어떤 책에서 나온 말이든 상관없습니다. 역사를 통해 검증된 모든 문장을 조합해서 우리 종단 지도자들이 선포할 교리서와 설법문들을 구성해 주세요. 모든 부분에서 이성보다 감정을 자극해 주시고요. 논리는 내가 구성하고 최종 검수도 내가 합니다. 우리는 면밀하게 협조할 필요가 있고, 히사토군, 그러니 나와 마음이 잘 맞는 당신이 나를 도와주게 되어 기쁩니다."

05

 구급약을 주렁주렁 달고 처음 섬망에까지 시달리면서, 일은 수개월 동안 서서히 진행되었다. 궁하면 꾀가 나온다. 나는 환각으로 최소한의 기능조차 잃기 전에 결국 백백백의의의적적적 따위의 사례를 적극적으로 활용해 모든 글을 음향학적 기능만 가진 장광설로 만들어 정신을 보호하는 방략을 개발했다. 대부분이 조금의 자의(字義)도 고려되지 않은 의사(擬似)다라니들이었다. 조금 더 복잡한 사고와 윤문이 필요하면 다독을 기반으로 술이부작(述而不作) 하여 대응했다. 압박감에 하루 걸러 체하다 위염까지 걸린 나와 달리 키하라상은 해맑고 들떠 보였다. 제단 위에 오르면 두리번거리는 시선도 혀로 끝없이 입술을 축이는 버릇도 깨끗하게 사라졌다. 본인은 어떻게 생각할지 모르지만 키하라상은 종교 지도자로서의 재능이 있었다. 내가 동서고금의 시문(詩文)을 배합해 만든, 외양만 화려한 문장보다 키하라상의 예술적 기질과 신비롭고 중성적인 외모가 교세 확장에 훨씬 큰 역할을 했다. 모든 것을 철저한 허구로 조롱하고 유치한 놀이로 거듭해서 재구조화하는 것이, 증상에 대한 키하라상의 전략인 것 같았다. 교주와 종사(宗師)의 꼬락서니가 이러함에도 압도적인 자본력으로 만들어진 화려함과 장엄함 앞에 사람들의 정신은 무력했다. 따뜻한 봄날 밤에 수요일 집회를 시찰 나온 내무국 관리는 경성의 명망 있는 조선인들이 거대하고 위압적인 형상과 색채들로 가득한 별채의 전당(殿堂)에서 나체로 제단에 절하는 모습을 보고는 충격을 받았다.

어느 정도 교세가 커지자, 몇 차례의 검토를 거쳐 우리는 경기도 인천부를 시작으로 지방으로 신당을 확대해 나갔다. 경무총감부 주도의 천도교 토벌 작전과 발맞추어, 떨어져 나온 신도들을 날름날름 흡수한다는 계획이었다. 그와 더불어 키하라상은 총독부에서 내려준 경찰력과 종단에 포섭된 조선인들을 통해 조선 각지에서 "신비적인 효능이 있다."고 보고된 물품들을 차근차근 경성의 저택으로 옮겨왔다. "교세 확장에 어쨌든 도움이 된다."는 것이 총독부 쪽에 내세우는 핑계였다. 순사들은 키하라상이 지명한 곳을 낱낱이 부수고 들어가 은닉된 물건들을 꺼내 왔다. 별채의 지하실은 갖가지 해괴한 물건들로 가득가득 채워졌다.

개중에는 진짜 신비였던 것들도 있었는데, 대부분이 흉흉한 기운을 담고 있었다. 상목동(桑木童)으로 판별된, 아이의 혼령이 담긴 나무 인형은 바늘을 꽂자 엉엉 울었고, 키하라상이 지방의 신도들에게 실험해 보았더니 제대로 사용하자 하나같이 급살을 맞아 죽었다고 하였다. 대나무 대롱 안에 든 무언가는 그것을 본 사람이 빠짐없이 비명을 지르며 즉사해서 정확히 뭐가 들어 있는지는 결국 확인할 수 없었다. 용인 쪽의 버려진 굴형 신당에서는 말라비틀어진 금빛 벌레를 발견했는데, 물에 넣어 불리자 몸에서 사람 내장이 제멋대로 돋아나더니 머리가 생성되는 시점에서 죽었다. 뇌가 입에서 빠져 나와 있었는데, 원래부터 몸의 일부가 찌그러져 있었기에 사람으로 발달하던 과정에 무언가 문제가 생긴 것 같았다. 하나같이 바깥에 꺼내 둘 것들이 아니어서, 상자 등에 밀봉한 다음 부적을 덕지덕지 발라 연구실 안에 처박아 두었다.

"어쨌든, 우리에게 필요한 물건들을 언젠가는 찾으리라는 희망이 커지고 있으니 좋게 생각하죠."

키하라상이 정제수에 히로뽕을 희석해 들이켜고는, 고양되어 큰 소리로 웃더니 외쳤다. 나도 이 일을 시작하고 불안이 심해져 탕제를 돈복하는 신세지만, 나보다 교주로서 사선(死線)에 가까이 선 키하라상의 증세는 빠르게 악화했다. 몸 상태부터 참혹했다. 잦은 경기의 대응으로 독한 한방재에 절여져 간이 상해 있었고, 신장도 손상돼 극심한 요통에 시달렸다. 통증과 불안을 다스리려 아편을 복용했고, 과로에 만성 수면 박탈 상태라, 키하라상은 늘 탈력감에 괴로워했다. 그런 몸으로 어디서 기력을 끌어모으는지 신기했는데, 간식처럼 까먹는 각성제가 답이었던 것이다. 이 일에 착수하고 뒤가 없는 사람처럼 복용량이 매일같이 증량되고 있었다.

"우리 신도들이 천도교 쪽에 잠입해 안성 쪽에 둥지를 튼

조국광복회의 세포를 적발하는 데 성공했습니다. 그 덕에 인력을 좀 더 동원할 수 있게 되었으니 보다 철저하게 수색하면 되겠지요. 아, 그리고 말인데, 저는 내일부터 잠시 출장을 좀 다녀오겠습니다."

며칠 후에 키하라상은 조선인 순사들의 등에 사람이 들어갈 정도로 커다란 나무 상자를 지고 연구실로 돌아왔다. 상자는 가장 안쪽 감옥에 놓였는데, 무릎 아래까지 오는 나무 다라이를 들여놓고 상자를 그 안에 집어넣었다. 상자는 참죽나무로 빈틈없이 짜였으며, 뚜껑은 육중한 자물쇠로 잠겨 있었고 가는 금속 관 하나가 뚜껑면을 뚫고 솟아나와 있었다.

"뭡니까?"

키하라상은 내 질문에도 아무 말을 하지 않다가, 순사들이 연구실에서 나간 뒤에 대답했다.

"그간 여주에 다녀왔습니다. 이건 보은사 지하의 암굴에서 찾아낸 나찰입니다."

"네?"

"나찰입니다. 그렇게 놀란 표정 짓지 마세요. 이런 거 한 두 번 보셨습니까?"

키하라상이 껄껄대며 웃었다.

"설명은 나중에 하고 급하게 해야 할 일이 있습니다."

우리는 상자 아래의 나무 다라이에 물을 가득 채웠다. 그런데 작업 도중에 상자가 큰 소리를 내며 흔들렸다. 짐승이 단단한 무언가로 벽면을 두드리면서 울부짖는 끔찍한 소리가 터져 나왔다.

"나 좀 도와주시오, 히사토군. 아까 금속제 은색 통 봤죠? 그걸 저 상자 옆으로 가져다 주시오."

나는 서둘러 금속 통을 상자 곁으로 운반했다. 무릎 높이의 통으로, 윗부분에 주황색 밸브가 달려 있었다. 키하라상은 구부러진 금속 호스를 통의 마개에 연결하고 호스의 다른 쪽 끝을 상자의 뚜껑면에 돋아난 금속 관에 연결하더니 렌치로 양측 연결부를 조여 단단히 고정했다. 그리고 금속 통의 밸브를 열자 공기 새는 소리가 났다. 상자 내부의 움직임과 울부짖음이 점차 잦아들었다.

"관동군 쪽 인맥으로 얻어낸 루이사이트라는 독가스요. 피부에는 수포를 만들고 폐포는 헐어 버리는 끔찍한 놈이지. 이게 분자량이 커서 바닥에 깔리니까, 밖으로 새도 물하고 만나면 염산이 되니 이런 배치면 우리는 안전하다고 하더군. 그래도 피부에 닿거나 들이마시면 큰일이 되니 조금이라도 이상 증세를 느끼면 도망가야 하오."

키하라상은 종교학에 투신하기 전에는 정신의학을 공부했다고 들었다. 다만 증상성 정신병 치료법과 정신분석 모두에서 증험을 보지 못했고, 뇌 연구도 초기 단계였기에 방향을 인류학으로 틀었지만 의학 공부는 꾸준히 병행하여 학회지도 구독했고 가끔씩 경성의전으로 참관도 갔다. 자율신경계에 대한 관심 때문에 간단한 외과적 술기도 훈련해 놓아서, 내가 백회혈과 사신총에 침을 꽂고 다니다 실수로 침을 부러뜨렸을 때도 직접 두피를 절개해 피부 속으로 파고 들어간 침 끝을 꺼내고 염증을 약으로 처치해 주기도 했다. 당연히 생물학과 화학, 기초 물리학에 대한 지식도 풍부했다.

"아니, 이게 대체 뭡니까?"

"나찰을 모르오?"

"나찰은 압니다. 이거 진짜 그 나찰입니까? 엄청나게 사나워 보이는데 안전한 겁니까?"

"보시면 아시겠지만 곰이라도 이 상자는 못 뚫을 겁니다. 이놈은 사람 몇 명이면 제압이 가능한 수준입니다. 총으로는 못 죽였지만, 지금 독가스를 고농도로 퍼붓고 있으니 곧 죽을 거라고 생각합니다. 그러면 상자에서 꺼내서… 어이쿠! 벌써 오셨구만."

그때 헌병대가 연구실로 노파 한 명을 끌고 왔다. 키하라상이 헌병들을 지휘해 노파를 나머지 빈 감옥 안에 집어넣었다.

"저 사람은 또 누굽니까?"

키하라상은 당장 죽여 버리고 싶다는 눈길로 노파를 노려보며 속삭였다.

"일전에 말했던 안성 쪽 성과입니다. 무당이죠. 민족주의자들이 안성 쪽에서 이 노파를 중심으로 구화교(救禍敎)라는 이름으로 세를 불렸습니다. 그네들 말로는 이자의 예언들이 전부 들어맞았다고 하는데, 구체적인 증언들이 많고 내용도 모순이 없었습니다. 그래도 구전된 사례로 귀납된 것이고, 예언자가 이물(異物)인 건 처음 보니 여기서 후향적 조사를 한번 해 보려고요."

노파는 정신이 온전치 않았다. 하얗게 센 머리를 산발하고 입에서는 침을 흘리며 멍한 눈으로 허공을 바라볼 뿐이었다. 헌병들이 떠난 뒤 키하라상이 수첩을 펼치고 문장 하나를 읽었다.

"'오래지 않아 / 바다 건너 / 지옥문이 열린다/ 한 곳은 너른 땅으로 / 산 위에 앉은 새가 보인다 / 다른 곳은 옛부터 있어 온 땅으로 / 기이하게 생긴 산이 자리했다.' 대일본제국의 멸망을 예언했다는데, 자기들끼리 해석이 갈리더군요. 일단은 『고사기(古事記)』를 차용해서 일본 창세 신화의 재현, 그러니까 일제 멸망 이후 새로운 질서가 들어선다고 해석하는 것 같았습니다."

"키하라상은 그 예언을 어떻게 보십니까?"

내 질문에, 키하라상은 이번에 새롭게 탐사된 지역들을 조선 전도 위에 동그라미 치며 대답했다.

"원본을 들은 게 아니니까, 고위층들이 변용했을 가능성이 있어요. 실현 전에는 검증도 불가능하지 않겠습니까? 너른 땅과 오랜 땅이라니까 나조나조(謎謎)식으로 히로시마(広島)와 나가사키(長崎)라는 조합이 가능하더라고요? 조선도 파자(破字)를 하니까 생각해 봤는데… 모를 일이죠…. 애초에 저 노파에게 예언 능력이 없다면 무슨 해석도 틀린 것 아니겠습니까?"

키하라상은 그렇게 말하며 오코시를 입에 넣고 노파를 흘겨보았다. 시간이 자정을 넘겨서, 우리는 연구실 문을 닫고 키하라상의 저택에서 늦은 저녁을 먹었다. 나찰도 노파도, 특히 나찰이 신경 쓰였지만 안 그래도 5일 후에 경성 소재의 총본산(키하라상의 별채였다)에서 치러지는 정기 대집회 준비로 과로한 상태였다. 그래서 골치 아픈 것은 홀랑 잊어버리고, 근자에 〈청량(清凉)〉에 실린 문예 논문과 관련된 잡담이나 나누다 키하라상이 내준 손님방으로 자러 갔다.

"히사토군! 히사토군!"

누군가 자는 것을 깨워 일어나 보니 키하라상이었다. 잠옷 위에 외투만 걸쳤다.

"나찰이 도망갔소! 상자를 부쉈어! 나 혼자서는 제압 못 하오! 도와주시오!"

나는 깜짝 놀라 자리에서 뛰쳐나왔다.

사방이 남산에서 내려온 안개로 자욱했다. 가로등도 꺼진 새벽이었다. 키하라상은 권총을 들고 앞장서서 뛰어갔다. 나찰은 검은 체액으로 된 발자국을 남겼다. 뭉텅이로 떨어진 살덩이도 보였다.

"으아악!"

얼마 가지 않아 대로변에서 끔찍한 비명소리가 들려왔다. 달려가 보니 피부가 다 녹아 내린 참혹한 형상을 한 나찰이 장명등 켜던 사람을 구거(溝渠)에 밀어 넣고 살을 뜯어먹고 있는 것이었다.

"망할! 이자가 방금 비명을 질렀으니, 순사가 올 거요."

키하라상은 그렇게 말하며 나찰에게 다짜고짜 총을 발사했다. 총을 맞은 나찰의 머리가 날아갔다.

"피부를 좀 녹이니 드디어 총이 맞는군! 썩기 전에 해체합시다! 빨리!"

그런 뒤, 나와 키하라상은 근처에서 융통한 달구지로 나찰의 시체를 별채로 수거하려 했으나 순사들의 발이 더 빨랐다. 몇 분도 지나지 않아 순사부장이 현장을 장악했고, 키하라상이 나찰의 사체를 조선총독부병원에서 해부하겠다는 경찰측 결정에 불응하자 총독부 주임관까지 불려 나와 말싸움이 벌어졌다. 결국 키하라상은 차에 태워져 총독부로 끌려갔다. 키하라상의 안배로 남의 집 담 뒤에 숨은 나는, 신새벽에 깨어

피로한 상태에서 사람이 먹히는 광경을 봐 극심해진 불안에 아껴 둔 값비싼 경옥고를 까먹고, 서둘러 키하라 저택으로 달려가 외국어로 된 책들만 닥치는 대로 병독했다. 그래도 모자라 청심원까지 돈복해서 겨우 잠들었지만, 악몽에 시달렸다.

그리고 점심 즈음 일어나 식당에 가니 키하라상이 식탁 앞에서 일그러진 얼굴로 색색거리고 있었다. 불안으로 과호흡에 속병까지 도졌는지 새빨개진 안색으로 위장을 움켜잡고 침을 흘렸다. 나는 얼른 호주머니에서 생강과 귤피를 꺼내 잔에 쏟고 탕수를 소량 탄 뒤 찬물을 잔뜩 섞어 건넸다.

"총독이 조금만 눈 밖에 나도 즉시 나를 잡아먹으려 들 겁니다."

"무슨 말입니까?"

머리끝까지 열이 오른 키하라상은 손으로 식탁을 쾅쾅 내려치며 격성으로 대꾸했다.

"조선총독부가 주먹구구식인 거야 어제오늘 일이 아니지만, 자기네들도 괜찮다 싶어 지원해 놓고 막상 일이 너무 잘 진행되니 겁을 먹었어요. 내부에서 신토가 아닌 종교로 조선인들을 순치시키는 게 온당한 일이냐는 반대도 만만치 않다는데, 총독이 그런 건 조율을 해 줘야 하건만 행정가가 아니라 군인 출신이라 못하는 건지… 총독이 나찰을 보고는 그럽니다. 대본영 몰래 생화학 병기라도 만들고 있느냐, 자신은 원로회의

쪽 눈치를 봐서 편의를 보장해 줬지만 앞으로 대본영은 그렇지 않을 거라고. 사실상 이제는 총독부 전체가 우리 적이 되었다고 봐야겠습니다."

이야기를 더 들어보니 공중(公衆)에 전모가 알려졌을 때 다른 방향에서 진행되고 있는 황민화 정책에 악영향을 끼칠 수 있으니 슬슬 종단의 해체 수순을 밟자는 것이 총독부 측의 표면적인 입장이라고 했다. 총독부는 이미 키하라상이 서류상의 계획 외에 무언가 남에게 알리고 싶지 않은 일을 물밑에서 진행하고 있다는 사실도 대충 파악하고 있었다.

"관료 놈들이 간이 좁아붙어서는, 조금이라도 수상한 짓을 하면 적성분자로 몰겠다는 거죠. 이건 이미 모든 준비가 마련되었다는 경고입니다. 모든 일정을 총독부 측에 상신한 후 허가를 받아 진행하라고 하더군요. 이제 와서 그딴 소리를! 이 사업은 오래가지 못할 겁니다. 일에 속도를 더 붙여야 할 듯해요. 히사토군은 걱정 마세요. 당신의 신상은 총독부에 알리지 않았으니까요."

키하라상은 그렇게만 말하고 식힌 잣죽 두 그릇을 마시듯이 해치우고 떠나 버렸다. 그러다 저녁에 연구실에서 천궁을 썹으며 제문을 손보는데 급사가 전언을 가져왔다. 키하라상이 원산으로 출장을 갔다는 것이었다. 당혹스러웠다. 겨우 4일 후가 대집회인데, 나 혼자 준비하기에는 애로사항이 많았다.

그와 함께 오늘자로 예정된, 예언자 노파에게서 예언을 추출하기 위한 전간발작 유도와 약물 투입도 자연히 중단되었다. 고문은 별로 하고 싶지 않아서, 그 점은 나쁘지 않았다.

그런데 키하라상이 노파의 거취에 대한 안배를 해 두지 않아 졸지에 노파를 돌보는 것이 내 책임이 되어 버렸다. 나에게는 연구소에 다른 사람을 들일 권한이 없기 때문이다. 키하라상은 약물 처리 후 뇌를 열어 전도자로 자극하고 절제도 해 본다고 말한 만큼 감옥에서 죽일 작정이었던 것 같기에, 딱히 시킨 것은 아니었지만 고개를 들면 뻔히 보이는 것을 굶기고 외면할 수 없었다.

그나마 손이 많이 가진 않았다. 끼니마다 사온 죽을 대주면 잘 받아먹었다. 대소변은 차마 손을 대기 힘들어 방치했는데, 햇빛도 들지 않는 감방 안에서 똥오줌 무더기를 뭉개는 모습이 안쓰러워 결국 천기저귀와 적신 헝겊으로 해결해 주었다. 가끔씩 알아듣기 힘든 자그만 말을 중얼댔는데 구태여 무슨 말인지는 들어보지 않았다. 때때로 나를 보며 숨죽여 흐느꼈다. 그 모습이 보통 처량하지 않아서, 나는 키하라상이 돌아오면 노파의 향후 처우 얘기를 좀 해 보자고 생각했다.

키하라상은 전보로 내가 할 일들을 알려 주었다. 키하라상은 총본산에서 집전되는 의식만큼은 반드시 세부 요소까지 직접 통제했다. 여력만 있다면 지방 신당들도 손수 꾸몄겠지만 물리적으로 불가능해 타협한 것뿐이었다. 의식과 관련되어 대리할 일이 있으면 까탈스러운 키하라상은 언제나 나만을 지목했다. 교단 고위층도 총본산의 의식 준비에 관여할 수 없었다. 무한한 수정 끝에 신도들의 신심까지 말끔히 지워 버릴 미학적 완벽주의 때문에, 키하라상과 나만이 작업이 가능했다.

큰 물건이나 무거운 물자 등은 인부들이 새벽에 별채에 갖다 놓아서 나는 제단을 마련하고 집회장을 꾸미는 일만 했지만 그것도 만만치 않았다. 키하라상에게 말하면 신도들로 인력을 붙였겠지만, 애초에 나는 정신적인 문제로 이 종단의 철저한 부외자로 참여한 상태라, 신도들을 지휘하는 입장에 서서 그 미묘한 인식을 깨트리면 여태껏 조심한 게 도루묵이 될까 거절했다.

키하라상은 결국 기일까지 본당에 복귀하지 않았다. 보내온 전보의 수도 적었고, 지시사항도 치밀하지 못했다. 불안해진 내가 5일 전부터 줄기차게 전보를 쳤지만 답장도 없었다. 집회 당일 오후 5시쯤 무대 장치들을 다 만드니 내 눈에도 어색하고 빈약했다. 그래서 앞쪽에 검은 휘장을 달아 가려 놓기로 했다. 키하라상이 손을 좀 보고 신도들 앞에 개방하면 나아질 것이었다.

7시 정각이면 신도들이 모여들 것이라 커튼 설비를 마련하기에는 촉박했고, 벽 위쪽에 못을 박아 줄을 허공에 가로지르고 거기에 휘장을 걸쳐 놓기로 했다.

양아버지의 포목점에서 휘장을 구입해 배달 보내고, 나는 요기거리를 포장해서 별채까지 걸어왔다. 그런데 저택으로 진입하는 길목에서 누가 말을 걸었다. 모종의 꿍꿍이인지 행인처럼 가장했지만 총독부 고위 관리였다. 칙임관인 법무국 꼭대기의 높은 양반이라고 들었다. 몇 번 집회 때 시찰을 나와 나는 얼굴을 알았지만 그는 숨어 있던 내 얼굴을 모를 것이었다. 누가 나 아니라고 할까 단박에 불안해져 움츠러들고 식은땀이 흘렀다. 우리 어머니가 봐도 수상하게 보일 모습이었다.

"아까 물어보니까 이 저택으로 휘장이 들어가던데, 여기서 무슨 파티라도 여나요?"

이자라면 분명히 오늘 집회가 열리는 것도 알고 있고, 열쇠가 있으니 십중팔구 별채까지 들어갔다 나왔을 터였다. 나에게 이런 걸 묻는 건 아마 나를 신도라고 생각하고, 여태까지 보지 못했던 얼굴이니 신상이나 캐내려는 것이구나 하는 생각이 들었다. 나는 다급하게 얼버무렸다.

"그건 아니고 이 집 주인하고 조금 친분이 있어서요. 오늘 오랜만에 출장에서 돌아온다고 들어서 잠깐 얼굴만 볼까 하고 들렀습니다."

"그러신가요? 저도 이 집 주인하고 꽤 친한데 그쪽은 한번도 뵌 적이 없는 것 같군요. 실례가 아니라면, 성함이 어떻게 되시죠?"

"하하하, 그렇게 많이 친한 것은 아닙니다. 예전에 길에서 넘어졌을 때 도움을 받아서요. 죄송하지만 제가 여기 들렀다 또 갈 곳이 있습니다. 그럼."

불안으로 침이 안개처럼 튀어 칙임관이 일그러진 표정으로 얼굴을 쓸었다. 상태가 급속히 나빠져 말을 더듬느라 상대방이 알아들었는지도 모를 지경이었다. 더 수상한 꼴이 되기 전에, 나는 대충 목례하고 자리를 피했다. 이미 키하라상을 보러 왔다 했으니 저택으로 들어가는 도리밖에 없었다.

"집주인 아직 안 돌아왔는데요?"

칙임관이 내 등 뒤에 대고 외쳤다. 나는 못 들은 척하고 서둘러 길모퉁이를 돌아 시야를 벗어났다.

사람들이 모이고 고지된 시각이 지나도 키하라상은 나타나지 않았다. 나는 머리 위에서 알아서들 경건하게 경전을 낭독하는 신도들의 목소리를 한 귀로 흘리며 연구실 안에서 신문혈을 주무르며 학무국이 구해 준 희귀본들에만 정신을 쏟았다. 그때 키하라상이 계단을 뛰어내려오다 바닥에 굴렀다.

"아, 여기 계셨군요!"

키하라상은 복식을 갖추지 않고 신도들 앞에 나서지 않았다. 그래서 나는 휘장 위치를 조금 앞으로 옮기고 그 뒤에 가려진 창문을 열어 놓았는데 다행히 키하라상이 내 생각을 읽고 그리로 들어와 준 것 같았다. 그런데 몸 상태가 나빠 보였다. 얼굴은 하얗게 질리고 눈은 충혈되었고, 계속 식은땀을 흘리며 몸을 경련했다.

불과 두 달 전에 남산에 벼락이 떨어졌을 때, 우리 증상에 도움이 될 거라며 벽력침(霹靂鍼)을 찾겠다고 폭우가 내리는 남산에 올라간 적이 있었다. 그때 키하라상이 사태로 미끄러져서 죽다 살아난 적이 있었는데, 바위에 머리를 이리저리 부딪치고 진흙더미에 수십 분간 파묻혀 있다가 빠져나와서는 "차라리 죽었으면 마음이 편했을 텐데." 하며 웃던 때보다도 상태가 훨씬 나빠 보였다.

"출장 간 동안 잠을 한숨도 못 잤거든요. 그래도 좋은 소식을 가져왔습니다. 하하하하!"

키하라상은 들떠 있었다. 나를 보자 눈물까지 흘렸다. 부푼 기분을 주체할 수 없는지 계속 팔을 휘젓고 웃으며 손바닥만 한 천꾸러미를 품에서 꺼내 내용물을 자기 손에 쏟아 나에게 보였다. 자그만 회색의 돌 조각으로, 평범해 보였다.

"이게 무엇입니까?"

"중놈들을 족쳐서 이것의 진위를 확인하느라 시간이 많이 걸렸습니다. 그러나 수차례 탐문하고 실험한 결과에 따르면 확실한 것으로 보입니다. 이건 지장의 석장인 육환장(六環杖)의 조각입니다. 여기 유리 건판이 하나 있습니다. 인화 장비를 못 구해서 음화(陰畫)이니, 검은 쪽이 빛입니다. 불목하니들을 암실에 가두고 사용하게 했을 때, 외벽에 뚫은 구멍으로 촬영한 것입니다."

노출 시간 동안 움직임이 많았는지 알아보기 힘들어도, 검은 빛이 넘실대는 배경 앞에 사람 형체들이 식별되었다. 화면 중앙에 키가 12척 정도 되는 두 거한이 찍혔는데, 좌측은 인식이 어려웠지만 우측은 뿔 달린 짐승의 머리를 가졌다. 조선 무교는 불교의 영향을 깊게 받았고, 저승의 형상도 마찬가지였다. 조선에서 광범위하게 전존되는 불교 설화에 지옥망자들의 구원자인 지장보살의 석장인 육환장이 지옥의 문을 부순다는 이야기가 있었다.

"노각성자부줄은 아니지만 나쁘지 않은 성취입니다. 칠현산 냇가에 평범한 돌처럼 숨어 있었는데, 찾아낸 게 천운이지요. 나는 드디어 저 세계의 모습과 법리를 내 눈으로 확인할 수 있을 겁니다. 당신에게도 꼭 보여 주고 싶었는데 마침 여기 계시니 지체할 필요가 없군요."

키하라상은 그렇게 말하고는 서둘러 제의용 복식으로 갈아입기 시작했다. 나는 키하라상이 유행하는 엔카를 흥얼거리는 모습을 처음 보았다.

"제단 쪽 준비는 괜찮았습니까?"

내가 묻자 키하라상은 손을 내저으며 말했다.

"아, 괜찮습니다. 괜찮습니다. 어차피 오늘 집회 자체도 열면 안 되는 일이었습니다."

"네?"

"총독부가 집회도 금지했거든요. 이 돌이 진짜 육환장으로 확인되지 못했다면 오늘 밤 건물 채로 날려 버릴 생각이었습니다. 어차피 이번 출장 자체가 불법이라서…"

처음 듣는 소리였다. 일단 날리지는 않는다는 것 같아서, 나는 아까 만났던 칙임관의 기묘한 태도부터 언급했다.

"헤헤헤, 역시 왔네요. 이 일에 가장 반대하던 놈이라, 벼르고 있었죠. 헌병들도 몰려올 겁니다. 잔칫날에 방객이 많은 건 환영할 일이지만, 올라가자마자 지옥문을 열어야겠네요. 저 노파도 데리고 올라가죠. 관측치가 많아야 하니 다 가지고 올라가겠습니다."

키하라상은 계단을 올라가 신도 몇 명을 데리고 왔다. 신도들이 연구실 내부의 기괴한 물건들을 어리둥절한 눈으로 바라보았다. 키하라상은 신도들을 시켜 우리가 그 동안 모아 왔던 신비의 파편들을 모조리 위층으로 옮기도록 했다. 나는 키하라상의 팔을 붙잡고 물었다.

"잠깐만요. 이거 지금 제대로 되어 가는 겁니까?"

"말했잖습니까. 이 돌을 열면 지옥이 열릴 것이고, 그 너머에 있는 진짜 신비를 관측하게 되겠죠. 이것을 위해 지금까지 이 많은 일을 진행해 온 것 아니겠습니까?"

가까이서 보니 확실히 알 수 있었다. 키하라상은 겁에 질려 있었다.

"지옥이라니, 그곳에 우리 병을 치료할 만한 게 있겠습니까? 그런 전승은 읽은 기억이 없습니다."

"히사토군… 일하다 뼈가 부러졌으니 좋은 보상만 있겠습니까…. 여기 있으라고 강요하는 게 아니니 도망가도 괜찮습니다."

불안이 심해졌지만 차마 도망가지는 못했다. 키하라상은 땀을 뻘뻘 흘리며 눈알만 굴리는 나를 빤히 바라보다가 책상에 쌓인 문서들을 와락 밀치고는, 연구실을 맴돌며 외치기 시작했다.

"히사토군, 나를 도와주세요. 지옥이라는 말에 걱정하는 것도 이해하지만, 내가 보호해 주는 당신과 달리 난 더 뒤를 생각할 수가 없어요. 이 병에 시달리는 삶이 괴로워요. 아무 생각이든 갑자기 지옥으로 바뀔 수 있는 삶보다 죽는 게 낫지. 어차피 내버려두면 약물에 절임이 되어서 죽겠지만. 이건 내 마지막 기회예요. 총독부와 척을 졌으니, 이 기회를 잡지 못하면 나 혼자 어떻게 국가 하나를 뒤집으면서 숨겨진 신비를 긁어 모으겠습니까? 죽을 때까지 제정신이라도 유지하면 다행이지. 그건 당신도 마찬가지 아닌가요. 당신이 왜 그 병에 걸렸는지는 모르겠지만, 당신도 당신 병을 고칠 방법이 이런 방편 외에는 없으리라 생각했기 때문에 나와 함께한 것 아닙니까?"

"그렇지만 총독부가 들이닥친다면서요? 집회는 해산하고 육환장은 천천히 사용하도록 합시다."

내 말에 키하라상은 잠시 고민했다. 그러나 이내 약으로 삭은 치아를 드러내고 활짝 웃으며 고개를 저었다. 눈에서는 눈물이 흘러내렸다.

"히사토군… 저 세계를 보면 내 병이 낫는다는 것은 가설일 뿐이에요. 그 가능성을 붙잡고 평생을 이 일에 매달려오다 이제야 검증할 기회를 얻었어요. 그런데 가설이 참이 아니라면? 예상은 했어도, 이렇게까지 무서울 줄은 몰랐어요. 칠현산에서 바로 사용하고 싶은 걸 참고 여기로 가져온 건 나를 유일하게 이해하는 당신이 무서움을 함께 견뎌줄 거라고 생각했기 때문이었어요. 그런데 천천히 쓰자고? 이젠 더 못 버티겠어요…. 구금될 게 뻔한데 그 상황에서 버틸 자신도 없고요. 문은 지금 열 겁니다. 병이 낫지 않으면 저놈들이라도 죽여야 억울하지 않겠어요. 히사토군… 난 저 위에 있는 놈들을 볼 때마다 증오스러워서 견딜 수가 없어요. 꾸며낸 헛소리를 진실이라고 믿는 것들을 보면 증오스러워서 정신이 나갈 것 같다고요."

키하라상은 분노한 기색이 되더니 버럭 소리를 질렀다.

"바로 저런 놈들이 내 어머니를 죽였고, 나를 미치게 만들었어! 일본 제국의 모든 인간들도 마찬가지야. 천황이 신이라고? 일본인들은 요시히토 덴노에겐 그렇게 형편없이 굴었으면서 히로히토 덴노에 와서는 손바닥 뒤집듯이 신이라 숭배하고 있어. 그 멍청한 꼴이 다 뭐란 말이야! 스스로가 우습지도 않은가? 난 이제 저놈들에게 진짜 신비를 보여 줄 겁니다. 저놈들이 지금까지 바보 같기 짝이 없는 것들을 진짜라고 믿었다는 사실을 깨달으면 어떻게 절망할지 보고 싶습니다."

키하라상은 지장의 육환장 조각을 눈앞으로 들어올렸다. 새빨간 눈에 광기가 번들거렸다.

"나가고 싶다면 지금 나가세요."

키하라상은 계단을 구르듯이 뛰어올라갔다. 나는 다급히 뒤를 따라갔다. 제단 앞의 휘장은 걷어져 바닥에 나뒹굴었다. 어느새 총을 찬 순사들이 신도들을 에워싸고 도열해 있었다. 단상 앞에 서 있던 특별고등경찰이 연구소에서 나오는 키하라상을 보고 말했다.

"키하라 쿄세이! 너는…."

그러나 키하라상은 멈추지 않고 제단 앞으로 걸어가 모두의 시선을 모았다. 그리고 양팔을 들어올려 만세 하며 외쳤다.

"자! 이곳을 봐라, 멍청이들아!"

내가 뭐라 말하기도 전에 키하라상이 돌 조각을 허공으로 던졌다. 떨어진 돌 조각이 단상 바닥과 부딪치자 한순간 고막을 찢는 폭음과 온몸을 쥐어 짜내듯이 뒤틀리는 감각이 찾아왔다. 나는 몸을 가누지 못하고 넘어져 극심한 오심(惡心)으로 구토했다. 별채 안에 있던 신도들과 순사들도 마찬가지였다. 그와 함께 제단 위에 놓여 있던 기물들이 기묘한 움직임을 보였다. 말라 조각난 구렁이 사체가 10촌 정도 되는 아이로 변해 별채 바깥으로 쪼르르 달려나가는 것을 시작으로, 지네의 사체가 괴이한 빛을 발했고, 칠보산에서 가져온 황계의 사체는 별채 가운데로 던져지더니 독성 가스를 내뿜었다. 제단 위에 널브러져 있던 무당 노파는 비명을 지르면서 머리를 쥐어뜯었다.

"이, 이것이 다 뭐냐!"

당황한 고등계 형사가 자신을 향해 달려드는 커다란 구렁이에게 권총을 난사했다. 키하라상이 제단을 짚은 채 껄껄거리며 웃었다.

"역시! 진짜였어! 이제 세상의 모든 빌어먹을 종교쟁이들에게 진짜 진리가 어떤 건지를 보여 주겠다! 진짜, 진짜 진리를 말이야! 그리고 내가 전부 진짜 지옥으로 끌고 가 주겠어! 자,

봐라! 너희들이 보고 있는 것이 진짜 신이고 진짜 천국이고 진짜 지옥이다!"

키하라상이 바닥에서 돌 조각을 주워, 이번에는 온 힘을 다해 바닥으로 내던졌다. 돌이 바닥과 충돌하자 세상이 무너지는 듯한 소리가 들렸다.

06

그곳에서의 경험은, 지각을 통해 포착하는 것조차 어려운 일이었다. 어떠한 것도 다음 순간에는 다른 것이 되어 있었기 때문이다. 키하라상은 그곳에 굳건한 법리가 존재할 것이라 말했었다. 그러나 내가 마주한 것은 상상조차 하지 못했던, 완전히 다른 것이었다.

그 세계는 현실 위에 드리워진 투명한 막처럼 지각되었다. 그러나 근본적인 법칙조차 고정되어 있지 않아 모든 것이 시시각각 변화했다. 사물은 무시무시한 속도로 일그러지는 끔찍한 형상과 색채 덩어리가 되었다. 익숙한 것이 보이지 않게 되고, 낯선 것이 시야에 드러났다. 시각을 제외한 나머지 감각들도 빠른 속도로 바뀌며 생소한 자극들을 쏟아냈다.

가장 끔찍한 변화는 운동이었다. 한 걸음을 디디자 단단한 벽이 몸을 두드렸고, 탁자에 손을 짚자 손이 탁자를 뚫고 들어가 어느 순간 허공으로 떠오른 손끝이 천장의 모서리에 닿았다. 같은 움직임도 다음 순간에는 완전히 별개의 결과를 낳았다. 가만히 있으려 해도 제멋대로 움직이는 상태에서 벗어날 수가 없었다.

"사, 살려줘!"

나는 폭발하는 감각의 변화에 비명을 질렀다. 뱃속에 있는 것도 모두 게워내었다. 변천하는 감각도 괴로웠지만 그것들이 한데 모여 만들어 내는 총체적인 불안정감 때문에 까무러칠 것 같았다. 나라는 존재에 대한 모든 확신이 사라졌다. 몸과 영혼이 조각조각 찢겨 아득한 어둠 속으로 흩어졌다. 도망치려 몸을 비틀었지만, 그럴수록 몸은 단단한 바닥과 벽면과 천장에 무참하게 충돌했고, 때때로 콘크리트를 반쯤 투과하기도 했다.

움직임의 기세는 점차 강해졌다. 나는 허공으로 쏘아지는 움직임으로 별채 바깥으로 튀어나왔다. 밤하늘과 땅을 분간할 수 없었다. 일그러진 밤의 경성이 시야에 펼쳐졌다. 그 허공에서 나와 같이 사방으로 버둥거리며 날아다니는 사람들이 보였다. 경성 전역의 불 밝힌 건물들이 찰나마다 형태와 색채가 달라져 여러 색깔의 불길처럼 넘실거렸다. 혼미한 의식조차 유지할 수가 없었다.

그때 누군가 내 뒷목덜미를 잡고 강한 힘으로 끌어당겼다.

나는 이내 단단한 바닥에 엎어졌다.

"흐어엉! 으허어어어엉! 으아아아아악!"

눈물 콧물로 범벅 된 얼굴을 소매로 닦고 살펴보자 허공에 뻗은 좁고 구부러진 흙길 위였다. 길 바깥의 경성은 계속 일그러지며 변화했지만, 주체할 수 없던 몸의 움직임은 멈췄다.

눈앞에 사람의 두 다리가 보였다. 눈알만 치켜떠 올려다보자 키가 20척은 될 법한 새까맣고 거대한 인간 같은 형체가 보였다.

"길 바깥이 네 눈에 어떻게 보이느냐?"

자신을 보고 기겁하여 흙바닥에서 자반뒤집기하던 나를 내려다보며 인형이 말했다.

"모든 게… 계속 빠르게 변화해요…"

"혼돈이라고도, 명망(冥茫)이라고도 하는 곳이다. 마음에 중심도 없이 면종복배하거나 곡학아세하던 자들의 지옥이다. 무상지상(無狀之狀)한 곳에 어찌 그 경계를 논하겠는가(豈復議其邊陲哉)…. 그 못돼 먹은 일본놈과 갖은 나쁜 짓을 저지르더니 결국 깊은 원한을 사 지옥에 떨어졌구나."

그 말에 심장이 철렁 내려앉았다. 그 잠깐 겪은 것만으로도 엄청난 고통을 경험한 차였다. 나는 바닥에 머리를 처박고 두 손을 싹싹 빌며 외쳤다.

"저는… 그저 제 병을 고치고 싶어서!"

내 절규를 듣던 인형이 섬뜩한 눈길을 내게 보냈다. 그리고 커다란 손바닥을 뻗어 내 눈을 덮었다. 초가지붕에 깔린 기분이었다.

 "이 기억을 눈을 떼지 말고 끝까지 바라보고, 네가 느끼는 바에서 마음을 돌리지 말아라."

 인형이 말했다. 꿈에서 보았던 커다란 남자의 얼굴이, 어둠 속에서 피 흘리는 입을 오물거리고 뒤집힌 눈을 움찔거리고 있었다.

 내 아버지는 언제 떨어질지 모르는, 매달린 칼 같았다. 유약하고 온화하다가, 돌연 이규(李逵)처럼 변했는데, 그 성정을 스스로 통제하기 어려워하는 것 같아 가족으로서는 더욱 공포스러웠다.

 그런 아버지는 모두에게 불행하게 선비로서의 체신을 포기하지 않았다. 양천제 폐지도 전, 당신 열두 살 때 집안이 몰락했음에도 그러했다. 신주단지 모시듯 하며 토씨 하나까지 외는, 집안 어른들의 시문과 서한들을 틈나면 나에게 보여 주고 양반으로서의 지체를 잊지 말라 당부했다. 실학자의 책이지만 배울 게 많다며 즐겨 읽던 『이목구심서(耳目口心書)』의 '오하위재(吾何爲哉) 독서이이(讀書而已)'라는 구절은 하도 외는 바람에 내가 옹알이를 튼 뒤 처음 흉내 낸 말이라고, 아버지는 뿌듯한 얼굴로 말씀하시고는 했다.

그럼에도 아버지는 처자식과 아사한 양반들과는 다르게 최소 한도의 노동으로나마 생계에 기여했다. 언젠가 그것에 대해 질문했을 때, 아버지는 슬픈 표정으로 아무 대답도 하지 않았다. 아버지는 원망(願望)하던 세계와 본인의 육신이 갇힌 현실을 융화하려 시도했다. 날품팔이 뒤에 파김치가 되어도 아버지는 어린 나에게 한학 가르치는 일을 거르지 않았다. 사림(士林)들이 은사금을 받고 기뻐했다는 이야기를, 나에게 소학(小學)을 강독하다 어머니에게 전해 듣고 깨문 입술에서 피 흘리던 모습도 선하다. 아버지는 태열(胎熱)에 시달리던 내 몸가짐을 모질게 훈육했고, 소양감으로 수면 부족이던 내가 글을 외지 못하면 심하게 매질했다. 그런 내게 가장 오래되고 강렬한 감정은 죽고 싶다는 갈망이었다. 조금 더 정확히는, 평온함으로 가득한 다른 세계로 떠나고 싶다는 바람이었다.

나는 어릴 때부터 열병 후유증으로 잔병이 잦고 몸이 약했다. 날품팔이로 가족을 건사하던 어머니는 책상 앞에서 일하는 직업을 찾아 주지 못하면 내가 비참해질 것이라 믿었다. 오매불망 걱정하던 어머니는 과거가 없어지고 한세월이라며, 공염불 같은 한학은 그만두고 은사금으로 신식 교육을 시키자고 오열하며 아버지를 재촉했고, 설득된 아버지는 왕래가 끊긴 옛 친우를 찾았다. 그리고 쓸모 없는 족보를 팔지 않은 덕에 문우인 유생의 보증으로 천황 은사금 50원을 하사받았다.

집으로 돌아온 아버지는 새카매진 얼굴로 침울해했고 책에만 눈을 두고 밥도 한 술을 못 넘겼지만, 내가 기분을 풀어 주려 곁에서 암송하던 경문의 틀린 부분을 짚어 주는 등 그럭저럭 정신을 잡았다. 그러다 해가 지고 집 앞 구거의 새까만 바닥을 내려다보며 한숨만 쉬더니, 날품팔이를 나갈 망정 팔지 못한 고본(古本)들이 썩어가던 광에 틀어박혀 새벽까지 고개를 떨구고 있었다. 아버지는 광에서 작은 말소리를 내며 서성이다가, 조부의 문집을 껴안고 울다가, 홀연히 밖으로 나와 광문 앞을 지키던 어머니와 방 안의 나를 천천히 응시했다. 그러고 글을 읽을 테니 방해하지 말라는 언질만 남기고 다시 광으로 들어갔다. 직감으로 불안을 느낀 나는 어머니 곁으로 달려갔고, 그 사이 광 안의 아버지는 눈을 감은 채 대아(大雅)의 구절들을 마구잡이로 외다가 궤좌(跪坐)를 하고 가마솥 물에 얼굴을 담갔다. 문틈으로 지켜보던 어머니가 뛰어들어 가마솥을 엎고 아버지의 팔을 잡자, 아버지는 어머니를 보이지 않는 듯 무시하며 자개 상자 안의 너덜거리는 흰색 대창의를 걸치고 세조대(細條帶)를 양손에 든 채 흑립도 없이 마당으로 걸어 나왔다.

겁먹은 내가 열심히 공부하겠다고 옆에서 싹싹 빌어도 들은 척조차 하지 않았다. 현실이 아닌 것들을 바라보며 망집에 붙잡힌 아버지의 엄숙한 얼굴이, 나는 나를 매질하기 직전의 노한 얼굴보다 무서웠다. 아버지는 광 문고리에 세조대를 묶었다. 충격으로 혼절해 있던 어머니는 대를 풀어 던지고는 아버지를 껴안고 연신 소리쳤다.

"여보, 제발 정신 좀 잡아! 여태까지 잘 해왔잖아! 정신 놓으면 안 돼!"

세게 밀쳐진 어머니는 광문 가로대에 뒤통수를 부딪치고 늘어졌다. 아버지는 발을 끌며 마당 가운데로 걸어가 눈을 질끈 감고 입을 오물거리더니 비틀거리며 자리에 주저앉았다. 그리고 한동안 무언가를 목으로 넘기다가 기침하며 많은 피를 게워냈다. 혀 조각은 보이지 않았지만, 국망(國亡) 때 그렇게 자결한 의병들의 이야기를 아버지에게 들었기에 무슨 일인지 알 수 있었다. 겁에 질린 나는 아버지의 팔을 부여잡았지만, 아버지는 힘없이 나를 밀어냈다. 아버지가 회초리질 하던 때의 엄혹함이 상기되어, 나는 아버지를 거역하지 못했다. 그 후로 아무 대처도 못한 채 입에서 시커먼 피를 흘리며 죽어가는 아버지를, 한 자 앞에서 눈도 못 떼고 바라보았다.

아플 정도로 빠르게 뛰는 심장과 압도하는 감정에 나는 얼어붙었다. 아버지는 거듭해서 앉은 자세를 바로하려다가 피거품을 물며 뒤로 거꾸러졌다. 달빛 아래 드러난 아버지의 얼굴은 눈에 보이지 않는 세계로 신백(神魄)을 던진 얼굴에 가까웠다. 눈을 흰자까지 보이게 부릅뜨고 계속 입에 모인 피를 삼켰다. 그 눈… 남에게 크게 봉변을 당하면, 아버지는 침식을 폐하고 그런 눈으로 어두운 방에서 내내 경서만 독송했다. 어머니가 울면서 떠 넣는 죽을 그대로 흘리면서, 성즉리(性卽理)니, 명분론(名分論)이니 하는 주자의 공리공담을 쓰러질 때까지 강독하는 것이었다.

어린 정신에 부모의 상은 실체보다 뚜렷하게 맺힌다. 나는 원래 신경질적인 어머니보다 온화한 아버지가 좋았고, 밤마다 아버지의 송서(誦書)를 들으며 자는 걸 좋아했다. 같이 걸으며 시를 합창하는 일도 좋았다. 아버지는 늘 초충(草蟲)을 읊었고 나는 구조가 쉽고 재미있어 항상 부이(芣苢)를 읊었다. 하지만 마지막 두 해 동안 아버지는 나를 훈육할 때 외에는 언제나 낙담하거나 슬퍼하는 표정이었고, 때때로 지금처럼 눈을 크게 뜨고 백악(白堊)을 양각한 듯한 얼굴로 변했다. 머리가 덜 여물어 무슨 일인지 이해가 어려웠지만 어쨌든 그럴 때의 아버지가 이 세상의 존재가 아닌 것처럼 무섭고 불쾌하게 느껴졌다.

일 안 하고 밥만 탄다며 상가의 사인(使人)들에게 조왕대신(竈王大神)이란 말을 듣고 부엌에 숨어 눈물만 떨구던 때도, 양반 흉내는 그만두고 남들처럼 살자고 탄원하는 어머니 앞에서 고개를 숙이고 자신은 양반이라는 말만 반복하던 때도,

잔반(殘班)이라고 비웃는 이웃들의 말을 못 들은 척 걸어가 후미진 길에 미동 없이 서 자장(子張) 3장만 읊던 때도, 장터 바닥에서 변통한 일로 매질당하면서 쉬는 동안 보겠다고 사철해 들고 간 『치목반기(治木盤記)』를 끝까지 부여잡던 때도, 누군가 던진 돌에 부르터서 말도 안 나오는 입으로 내게 『논어』를 울먹이며 강독하던 때도, 대창의를 갖춰 입고 어두운 방에서 홀로 멍한 표정으로 말없이 밤을 새던 때도… 끓는 물에 뛰어드는 것처럼 극적이지 않지만, 분명히 세계의 경계를 일그러뜨리며 허망한 세계로 추락해 가는 의식이었다.

달이 지날수록 그런 행동을 보이는 빈도도 늘어갔었다. 아버지와 빼어 닮았다는 소리를 듣던 나는 종종 그런 아버지를 거울에 비친 나 자신처럼 느끼고는 했다.

아버지는 마지막 순간에 울혈로 자색이 된 얼굴을 달빛 아래 드러내고 경련했다. 가까이서 보던 내 눈에는 희미하게 웃고 있는 것 같아 더 견디기 힘겨웠다. 절명 직전에는 기도로 넘어간 피로 질식한 것 같았지만 고통스러워 몸을 비틀면서도 대창의 자락을 붙잡은 두 손을 떼지 않았다. 자진이 아니라 보이지 않는 힘으로 죽임당하는 것처럼 느껴지기도 했다.

"그깟 망한 나라의 양반 노릇이 뭐 그리 대단하다고! 그거 하나만 내려놓으면 되는걸! 그 윗놈 양반들은 그렇게 대단해서 나라 팔고 작위 받아서 우리 목구멍에 쌀 한 톨이라도 넣어쨌냐고!"

 정신을 차린 어머니는 아버지의 주검 앞에서 울부짖었다. 저녁 때까지는 그럭저럭 멀쩡했던 아버지도 족보를 빌미로 은사금을 하사받는다는 행위로 자결하게 될 줄은 몰랐을 것이다. 그러나 열패감에 잠식된 아버지의 정신은 이미 본인 머릿속의 독(毒)과 같은 무망에 잡아 먹혀 언제든지 저편의 세계로 넘어갈 준비가 되어 있었을 것이다. 은사금은 그저 기폭제였을 터이다.

 나는 피범벅이 된 흰 대창의의 날카로운 빛깔을 눈을 돌려도 시야에서 떼어낼 수 없었다. 망향(望鄕)하던 것 같은 암자색 얼굴도 떨쳐낼 수 없었다. 아버지가 필사적으로 매달리며 나에게 강권하던 주자학이 예의 모든 일화마다 등장했고, 산발을 하고 얼굴을 할퀴던 어머니가 광 안의 책들을 끄집어내 "이게 사람을 죽였다."고 갈기갈기 찢는 모습을 보던 내가, 이른바 선후인과의 오류로 주자학이 아버지를 죽였다고 부절을 맞춘 것은 자연스러운 일이었다. 확신에는 까닭이 따른다. 나는 날붙이나 질주하는 우마, 깊은 물처럼, 그러나 무언가 다른 방식으로 생각이 사람을 죽인다는 이치를 고안했다.

 심장이 펄떡거려 사흘을 새던 나는, 모든 감각이 과민한 상태에서 꿰맨 눈과 찢어진 입을 한 채 빛이 내리는 하늘로 끌려 올라가 피를 가마솥 물처럼 쏟는 아버지가 나오는 백일몽에 시달렸다. 새하얀 백일몽은 불안을 양식으로 기괴하게 변해 갔다. 나는 갈마드는 잔혹한 환각들과, 광증의 예기에서 오는 불안에 경기했다. 일전에 보았던 노기(乃木)의 무잔회(無殘絵)처럼, 배를 갈라 순사(殉死)하는 화상 따위도 겹쳐졌다. 나도 생각에 잘못 홀리면 아버지나 그들처럼 주체할 수 없이 스스로를 고통스럽게 만들 수 있겠구나! 그런 두려움과 함께 아버지의 정신을 지배하던, 어머니 말로 '몽상'은 물론, 아버지가 천주쟁이들의 광증과 같다 하시며 이를 갈던 국체론(国体論) 따위를 포함해 인간을 속박하는 모든 도그마를 견고한 실체로 받아들이고 무서워하는 증세가 찾아왔다.

아버지의 얼굴이 자꾸만 다가왔다. 그 환영이 무언가 끔찍하고 고통스러운 작용을 초래할 것이라는 확신이 나를 괴롭혔다. 나는 숨도 못 쉬고 웅크려 간청했다.

"제발 살려 주세요…! 제발 저 좀 도와주세요…!"

이토록 생생한 환영은 처음이었다. 지워 보고, 축소해 보고, 보이지 않는다고 생각해 보고, 직면해 보고, 우습게 만들려 해도 환영은 형태만 조금씩 바꾸며 거듭해 나타났고 두려움은 끝없이 커졌다. 심지어 내가 무서워하는, 우물이나 거대한 뱀의 형상과 뒤섞여 우물에서 뛰쳐나오는 아버지 얼굴의 뱀 따위로 변화하기도 했다. 시각 외의 감각에 집중하면 나아질까

했지만, 그 즉시 아버지가 경서를 강독하던 음률로 귓가에서 "너는 네 머릿속에 든 것 때문에 끔찍하게 죽을 것이다."라고 속삭였다. 나는 기겁하며 더 견디기 쉬운, 시각의 환영에 집중했다. 아직 그런 통제는 가능했다.

"아니다. 형상에 집중하지 마라. 그것은 없는 것이기 때문에 볼 수도 들을 수도 없다. 나를 믿어라. 나는 무의(巫醫)였기에 너 같은 병자들을 여럿 보았다."

인형이 나를 타일렀다.

"당장은 어려울 거야. 하지만 진짜 마음을 두어야 하는 것은 저 형상이 나타나는 근원이다. 환영의 나타남은 근심 때문일 수도 있고, 불안 때문일 수도 있고, 두려움 때문일 수도 있고, 험한 기억 때문일 수도 있고, 괴로운 일을 겪기 때문일 수도 있고, 부족한 잠 때문일 수도 있고, 곯은 배 때문일 수도 있고, 구갈 때문일 수도 있고, 신열 때문일 수도 있고, 어둔 데 있었기 때문일 수도 있고, 가위 때문일 수도 있고, 노환 때문일 수도 있고, 탈혈 때문일 수도 있고, 전증(癲證) 때문일 수도 있고, 독 있는 본초(本草) 때문일 수도 있다. 그것들은 유인이나 환자에 따라 온갖 형태를 가진다. 그러나 그것은 깊은 마음을 비추며, 무시하지 않으면 현실에 섞여 들어와 멀쩡한 상을 일그러뜨리고 해로운 생각들을 이끌어 낼 것이야. 그러니 지우려 하지도 말고 받아들이려 하지도 말고 이해하려고 하지도 말고 의식하지도 말아라. 오로지 진짜 원인에만 마음을 두거라."

인형이 손가락으로 내 미간을 짚었다.

"네가 이곳에 붙잡은 것들은, 어린 시절 내내 아비에게 시달리고 그 죽음을 눈앞에서 보았던 기억에서 시작된, 세상과 너에 대한 잘못된 믿음에서 나왔다. 네가 무력하고 나약해 강대한 힘 앞에서 아무 저항도 못한다는 믿음, 이 세상이 근본적으로 모두 위험하고 사악해 너를 결국 끔찍한 죽음으로 기쁘게 몰아갈 것이라는 믿음… 서책을 수없이 읽고 그 책이 이번에도 너를 죽이지 않았다는 사실을 끝없이 확인하지 말고, 바로 그 잘못된 믿음을 바꾸는 것에 마음을 두면 비로소 너는 네 병을 고치는 바른 길 위에 올라설 것이다."

인형이 내 얼굴을 들어올렸다.

"너에게 보여 주고 싶은 것이 있다. 지금 이 순간에도 일어나고 있는 끔찍한 일을 말이다."

인형이 손가락으로 내 뒤통수를 눌러 나는 바닥으로 엎어졌다. 아래쪽의 거대한 암흑 공간에서 내 눈을 향해 바늘 같은 빛이 비쳐 들었다. 갖은금단청보다도 현란해 눈 아픈 색채와, 끔찍한 형상들이 빛에 실려 있었다. 수많은 사람과 짐승들의 절규와 지독한 취미(臭味)도 빛에 들러붙어 있었다. 마치 사마(四魔)를 모시기 위해 지옥에 세워진 법당의 옥심주(屋心柱) 같았다. 차가웠고, 벼려진 날처럼 날카로웠다. 달궈진 칼로 능지(凌遲)되는 통증이 일었다. 코로 들어온 악취가 입에서 썩은 고기 맛을 풍겼다. 나는 도망치려 했지만 인형의 손아귀를 벗어날 수 없었다. 이 강대한 신고(辛苦)를 피할 어떤 방도도 없다는 깨달음에서 까마득한 무력감과 절망감이 엄습했다.

이내 무서움증이 도졌을 때보다 훨씬 무서워지더니, 주변의 어둠에서 악의를 가진 끔찍한 형상들이 나타났다. 색과 형상만 아니라 갖가지 괴로운 소리, 곽란을 유발하는 향미, 불타는 촉감 또한 어지럽게 떠올랐다. 나는 외마디소리를 지르며 머리를 감쌌다. 아득하고 몽롱해져 나와 내가 아닌 것이 뒤섞일 때, 하나의 생각이 고개를 들었다. 오래 이어지는 공포 발작 끝에 매달리곤 하던, 절망을 쏟아내는 효용만을 가진 축생처럼 즉물적인 마음의 발출이었다.

'이 아픔이 무슨 의미가 있어! 내가 무슨 이유로 이렇게 괴로워해야 하는 건데! 이렇게 고통스럽게 살고 싶지 않아! 이곳이 아닌 다른 곳으로 가고 싶어! 제발 자비를! 신이라는 게 정말로 있다면! 하늘이라는 것이 정말로 있다면! 제발! 나에게 자비를! 아니면 차라리 나를 죽여 줘!'

"지금 네 육경(六境)이 아득한 고(苦)에 들어섰다. 너는 생신(生身)으로 영토(塋土)의 바깥을 볼 것이다."

인형이 외쳤다. 시야의 광경이 변화했다. 헤아릴 수 없이 많은, 안온한 세계들이 겹쳐 있었고, 어느 곳에 마음을 두는지에 따라 각 층을 이루는 감각들이 선명하게 떠올랐다. 그중 한 곳이 내 마음을 끌었다. 눕기 좋게 부드럽고, 파란 풀이 깔린 너른 언덕 위로 청량한 바람이 부는 곳이었다. 하늘에서 떨어지는 꽃잎들이 이불처럼 지표를 덮었다. 커다란 나무 그늘에서 잠들면 모든 괴로움이 일소될 것 같았다. 나는 필사적으로 그곳으로 향하려 했다.

"가서는 안 된다."

하지만 인형이 나를 짓누르고 있었다. 버둥거려도 인형의 힘이 너무 강했다. 아득한 고통으로 모든 사고가 미물 같은 수준에서 이루어져, 나는 인형에게 저주를 퍼부었다.

"내가 뭘 했다고 나한테 이러는 거야! 내가 뭘 했다고! 죽여 버리겠어! 반드시 죽여 버리겠어! 천벌을 받을 거야! 내가 널 반드시 지옥으로 끌고 들어갈 거야!"

인형에게 내가 겪은 고통을 어떻게 부풀려 되갚을 수 있을까! 어떻게 해야 내 괴로움과 분노가 가라앉을 수 있을까! 그와 함께 눈앞에 범람하는 상들이 거대한 고문터의 광경들로 변화했다. 어떤 곳에서는 수억의 사람들이 혈해 속에서 끓어오르고 있었다. 끓다 못해 녹아 육장(肉漿)이 된 사람들이 다시 새로운 몸을 이루어 끝없이 괴로워했다. 또 다른 층에서는 땅 안에 파묻힌 수억의 사람들이 거대한 벌레들에게 물어뜯기며 비명을 질렀다. 내가 처음에 보았던, 만화경처럼 변화하는 세계에서 지푸라기처럼 날아다니는 모습도 보였다. 끝없이 이어지는 잔학한 고통들 속에 자비심이라고 부를 수 있는 모습은 단 한 톨도 없었다. 그 점이 내 마음에 들었다.

"저곳 중 하나에 머물려면 반드시 대가가 필요하다. 너는 그 끔찍한 대가를 치르고서 나를 저곳에 집어넣겠느냐."

나는 당장 그러겠다고 대답했다. 인형이 손을 뻗어 나를 지옥에 집어넣었다. 침산(針山)을 구르며 걸레짝이 되는 사람들로 가득한 곳이었다. 피범벅인 대지와 피바람의 열기로 뿌연 대기는 온통 붉었다. 하늘에서 산란된 빛이 검붉은 세계를 흐릿하게 비췄다. 나는 가학적인 기쁨으로 발광했다.

"에헤헤! 에헤헤!"

그때, 시야 끝까지 빼곡히 들어차 분해되고 찢기는 사람들 사이에 산만큼 거대한 괴물들이 수도 없이 돌아다니며 침산을 구르는 자들을 직접 고문하거나, 산마루에서 떨어뜨려 고문당하도록 돕는 것이 눈에 띄었다. 몇몇 거인들이 하늘에서 내려온 나를 올려다봤다. 이내 산 인간과 금수와 물고기와 곤충이 뒤섞여 거인의 형태를 이뤘다는 사실을 깨달았다. 개체마다 똑같은 부분이 하나도 없는 괴물들의 커다란 몸체 곳곳에, 무수한 인간과 금수와 물고기와 곤충의 얼굴과 상반신이 삐져나왔다. 특히 사람의 비중이 높은 그 얼굴과 상반신들은 괴로운 얼굴로 분노하거나, 괴로운 얼굴로 웃으며 아우성쳤는데, 누구에게 물어봐도 참혹한 고통에 시달린다고 말할 모습이었다. 하지가 땅에 뿌리를 내려, 시시각각 땅에 흡수되었다가 다시 솟아나는 괴물들은 땅의 일부가 연장된 것 같았다. 정말로 땅과 하늘, 법랑질처럼 보이는 칼날을 포함해 고문당하는 사람들을 제외한 모든 것이 생물에게서 유래한 물질 혹은 살아서 버둥거리는 생물로 이루어져 있었다. 내가 완전히 땅에 발을 디디자 그것들이 손과 앞발, 촉수 등으로 나를 붙잡고 땅속으로 끌어들이려 했다.

"어푸푸! 어푸푸!"

기겁한 나는 다시 빠져나가려고 발버둥쳤다. 인형이 손을 잡아당겨 나를 생물들의 손아귀에서 뜯어내 지옥에서 빼냈다. 이미 원한 같은 것은 사라진 지 오래고, 단지 고통과 두려움 없는 곳으로 가고 싶다는 갈망만 가득했다. 인형이 그런 나를 극락 속으로 집어넣었다. 하지만 평화로워 보이던 세계도 지옥과 다를 게 없었다. 나는 어느 세계로든 들어가려는 욕심을 완전히 벗기까지 몇 군데의 세계를 거쳐야 했다. 도원의 복숭아나무는 서로 뒤섞여 근육이 벗겨진 앙상한 사지를 뻗고 울며 간구하는 인간과 짐승들이었다. 정토(淨土)의 청청한 연꽃도 붉게 드러나 산 채로 꿈틀거리는 육편들과 각질들, 저며진 뇌조각들을 팽팽하게 당겨 만들어졌다. 경련하고 맥동하는 신경이 잎맥을 이루고, 잎 뒤편에는 다양한 생물의 울고 있는 눈알들이 빼곡했다. 곤륜(崑崙)을 날며 자비롭게 웃는 여선(女仙)들마저 장기를 생모(生毛)로 잇고 살갗으로 감싸 형태를 빚은 것이었다. 그런 모습으로 힘줄이나 혈관을 꼰 줄로 바닥의 아우성치는 생물들과 이어져 있었다. 운해(雲海) 위, 옥처럼 보이는 뭉쳐진 손발톱과 치아들로 이루어진 옥좌 위에 앉아 있는 것은 태산같은….

내가 그 모습을 보고 까무러치고 깨어나기를 거듭하며 버둥거리자 인형은 나를 극락에서 꺼내 주었다. 끔찍한 광경들에 탈력된 나는 인형의 손가락에 원숭이처럼 달라붙어 멍한 정신을 가다듬었다.

"너는 악로관(惡露觀)으로 이곳의 근본을 관했다. 이제 상이 너의 육근(六根)을 섭(攝)하지 못한다."

인형이 말했다.

"너희 두 놈들은 볼 생각도 하지 않았지만, 무릇 창생(蒼生)은 괴로울수록 현실에 머물기 어려워지는 법이다."

애타는 바람이 꺾이거나 고난에 시달리는 마음일수록 도원경을 거닐거나 심상속의 지옥에 사로잡히기 십상이라는 것이었다. 천지가 불인하기에 추구(芻狗)들은 공포와 불안, 천지자연이 가하는 무의미한 고통을 피하고 자신의 문드러진 염원을 보듬어 줄 다른 세계를 끝도 없이 상상해 왔다. 이곳은 그러한 번뇌에 시달리는 무수한 인간들과 삶의 가운데에서 끝없이 부풀어오르고 뒤틀리는 마음의 세계, 눈에 보이는 속세의 상하종횡으로 펼쳐진 껍데기 아래로 까마득한 층들을 가지고 숨겨진 유체(幽體)의 세계라고 했다.

인형은 나를 데리고 상의 미로를 거닐었다. 현란하고 차가운 빛 아래 절규하는 생명들이 모여 만들어진 무수한 세계들이 보였다. 꿈처럼 규범 없이 넘실대는 상들은 빼곡하고 가는 선들로 연결되어 있었다. 나타나는 상은 끊김이 없었고 바뀔 때는 간격조차 없었다. 무간(無間)의 세계였다.

이곳은 본디 청정무구한 곳으로 깨끗하게 비어 있으며 거리와 경계도 없었다고 했다. 오로지 어떠한 상이 있다 생각하는 사람의 마음만 잠시 머물 뿐이었다. 간혹 상을 지나치게 붙잡더라도, 결국 붙잡지 않으면 사라지는 무표색(無表色)의 세계였었다.

말을 마친 인형은 양손으로 얼굴을 감쌌다.

"상(想)을 짓는 게 사람의 본성이기에, 인간은 형체 없거나 존재하지 않는 것에도 명언(名言)을 달고 심상(心想)을 맺는 일을 자연스레 행해 왔다."

본디 사람이 살아가기 위해 만들어 낸 자질이지만, 천도무친(天道無親)한 탓에 그러한 법리가 인간에게 해롭게 변질하고 말았다는 것이었다.

얼굴에서 손을 뗀 인형은 울고 있었다.

인형이 무당으로서 신대를 잡기 전, 산에서 죽어 갈 때 한 신격을 만났다고 했다. 그 신격은 허공에 사람 모양의 구멍이 뚫린 모습으로, 만물을 변형하고 조합해 갖가지 기물(奇物)을 만드는 권능을 보여 주었다. 그것은 자신이 극대와 극소를 아우르는 만상의 법칙을 알고 있으며, 인간의 마음은 작은 모래알과 같다고도 말했다. 그리고 모든 사람은 우주 순행을 위한 바퀴나 침척(針尺)으로 승화되어 별과 같이 위대해진다고 하고는, 인형에게 삶의 목적을 부여하겠다며 갖가지 본초와 질병에 대한 지식을 전수해 주었다. 하산한 인형은 역병이 돌던 산하촌에 약방을 일러준 인연으로 유의(儒醫) 어른 댁에 3년간 더부살이하다가 신병에 들렸고, 오랜 고생 끝에 신장할머니를 받아 무당이 되었다.

인형의 신력은 신령님들께 청원해 산 자나 죽은 자의 기억을 읽거나, 가까운 장래를 후계(後戒)하는 것이었다. 세간에 이름이 나 벼슬하는 양반들도 내왕했지만, 인형은 시간이 날 때마다 자신처럼 신통력을 가진 사람들을 찾아 유랑했다. 인형의 몸주신인 대신(大神)말명은 인형의 외할머니셨고, 인형은 다른 사람의 입으로 내게 내려오시는 분이 정말 본인의 외할머니라는 사실을, 할머니가 자신을 위해 언제나 함께 계신다는 사실을 확인받고 싶었다. 인형은 신대를 잡은 후부터 이 세계의 모습과 신백(神魄)들을 몸으로 느껴 왔지만, 형체도 소리도 안개 같을 따름이었다. 그래도 오랜 세월 무당 노릇 하며 인형은 이 세계가 음양의 이치에 따라 단단하게 만들어졌다고 확신해 왔다. 하지만 귀신잡이로 전광(癲狂)병자를 구명하던 충청도 박수나, 윤회전생을 보며 현생 사람 앞에서 전생 사람의 비밀을 읊던 평안도 만신, 천안통(天眼通)으로 벽을 투시하던 창원의 고승 모두 이 세계에 대해 인형과 조금씩 다른 것들을 이야기했다. 국경을 넘어가 만난, 축지(縮地)로 수백 리를 반나절에 걷던 수산(夙山) 출신의 도사나 솟대에 묶은 비단 천을 잡고 날아오르던 몽고의 술사에 이르면 그 내용은 너무나 달라졌다. 인형과 몽고의 술사는 그 연유를 한참 논쟁했지만, 결국 서로 상대방이 잘못된 상을 본다고 말할 수밖에 없었다. 술사의 말은 인형에게 감응하는 신령이 본인의 외할머니가 아닐 수 있다는 이야기였기에 인형은 그 말을 절대로 받아들이지 못했다. 하지만 몽고의 술사는 내가 만났던 인형과 비슷한 존재를 알았다. 그 술사는 날 때부터 신족통을 가졌는데, 어릴 때 실종된 어머니가 자신을 배기 전 예의 구멍 뚫린 존재가 찾아왔다는 이야기를 들려주었다는 것이었다.

그자의 고향에 이를 방도를 구하며 안산에 머물던 중, 인형은 일출 방향으로 걸어가는 순례 중인 서장(西藏) 사람을 만났다. 그 수행자는 의식하의식이라 부르는 곳에 서물(庶物)을 숨겨 두는 술법을 부렸다. 그자에게 답을 간구했지만, 그자가 바라보는 세계와 인형이 바라보는 세계도 너무나 달랐다. 그 수행자는 수행이 부족한 자는 이 세계의 일부만을 염상해 코끼리를 보고 기둥이라 말한다며 인형을 타일렀다. 낙담하는 내게 그자는 자기 스승들이 양신(陽神)과 비슷한, 혼백의 몸을 만들어 저 세계로 직접 출입한다고 말했다. 서장은 너무나 멀어 인형은 수행법을 전수해 달라고 매달렸다. 그자는 스승이 되기엔 자신의 경지가 너무 낮다며 거절했지만 인형이 애걸하자 마지못해 몇 가지 호흡법과 자세, 인당혈(印堂穴)에서 영체를 염상하는 방법을 알려 주었다. 그자는 헤어질 때 지도 없는 수행은 위험하다 당부했지만 인형은 집으로 돌아온 뒤 사람들도 모두 물리고 수행에만 매진했다. 경고대로 기역(氣逆)과 선병(禪病)에 시달리며 죽을 고비를 넘겨도 독한 약초를 쓰고 몸주신께 수없이 옥수(玉水)발원하여 결국 백회(百會)로부터 염상해 낸 유체로 이 세계에 들어올 수 있었다.

  인형은 상의 격류에 휩쓸렸지만, 어떤 존재가 인형을 붙잡았다. 그자는 토번(吐蕃) 사람으로, 인형과 같은 의문을 품은 채 이 영역에 들어왔다가 흐름에 휩쓸렸다고 했다. 서로의 말이 달랐지만 혼백으로 이루어진 둘은 장애 없이 대화할 수 있었다. 무상심에서 벗어나지 않는 것으로 흐름에 버티면서 그는 자신과 학려(學侶)들이 알아 낸 모든 사실을 인형에게 말해 주었다.

'당신은 비어 있는 녀석이었나? 자연의 법칙을 알고 있다고 말했다고? 나는 서쪽의 열지(熱地)에서 나타났다고 말하던, 높은 금색 관을 쓴 연못물처럼 보이는 녀석이었다.'

'다른 형태들에 대한 증언도 얼마든지 있어. 그것들은 신도 귀신도 아니야. 인간이 만들어 낸 괴물이다!'

'오래전에 세상에 태어나서 지식도 없이 맨몸으로 자연에 시달리던 무수한 사람들이 자연의 인격으로서 심상해 낸 창조된 존재다! 우리가 싸워야 하는 것들은 신이나 귀신 따위가 아니야! 자연의 법칙이다!'

그자의 말에 의하면, 이곳은 본디 한 명의 사람마다 고유한 마음의 세계로, 사람이 맺은 행해상모(行解相貌)만이 잠시 스치는 곳이었다고 했다. 넓이도 너비도 없고, 상이 있다 생각하는 마음만 명멸할 뿐이었다. 하지만 그런 곳이라도 지나치도록 강하게 혹은 부러 반복해서 붙잡고 놓지 못하는 상은 너무 오래, 너무 생생하게 나타나거나, 접촉한 다른 사람의 영역을 침범하는 취온(取蘊)으로 점차 변모할 수 있다. 그래도 상을 놓기만 하면 제아무리 강한 취온이라도 청정으로 돌아갔다. 왜냐하면 그것은 없는 것이기 때문이다.

하지만 수십억의 인간, 수만 년의 시간이라면 이야기는 달라진다. 우리 모두는 혼백에 대한 상을 가지고 있다. 혼백은 죽음을 아는 인간이라면 반드시 한 번은 맺는 상이다. 세세한 형태와 성질은 달라도, 그것이 죽은 무엇인가라는 근본은 동서고금 동일하다. 그처럼 오랜 세월 동안 수많은 사람들이 혼백과 혼백이 거하는 세계라는 상을 공유한 결과 서로의 마음이 이어져 이 유계(幽界)의 바탕이 되었다. 이 과정은 토번 사람과 그 학려들의 궁구(窮究)에 따르면 수천 년간 천천히 진행됐고, 이 세계를 항구적으로 느끼는 인형 같은 인간도 100년을 살지 못하기에 일반 사람은 일어나는지도, 존재하는지도 모르던 자연의 현상이다. 한번 심상의 실존을 믿은 사람들은 다른 상을 만들기도 쉽다. 곧 신이나 정령의 상도 나타났다. 그리고 토번 사람이나 인형처럼, 이 영역과 교통하는 사람들이 그 상들을 더 번성하게 했다. 비춰진 상들을 육입(六入)으로 받아들여 진실로 믿음으로써 상과 상, 상과 현실 사이에 연기(緣起)를 세우려 새로운 상들을 상상해 냈다. 온갖 상들에 명언(名言)이 심겨지고 요별된 체계가 만들어졌다. 이곳에 현실에서 공존 못하는 상들이 함께하는 이유이다.

오랜 세월 동안 체계로 승국(勝國)이 이루어지고, 상으로 권세를 누리는 자들이 나타났다. 일부가 사람을 상에게 바치거나, 자신이 상이라 하는 등의 염오견(染汚見)을 전파했다. 상에 능한 자들이 번성했다.

사람들이 항상 상들을 현실이라 믿거나 현실이기를 바라왔기에 모든 상은 현실로 넘어오려는 본질을 띤다. 하지만 생각으로 현실을 조작하는 것은 한 사람은 물론 수 세대의 노력으로도 불가능하다. 그러나 토번 사람의 학맥은 이 세계에 대한 이해를 위해, 개조(開祖)부터 본인의 대까지 3천 년 가량 개량하며 구전된 지식들과 어떠한 전승에도 속하지 않는 개념들에 비정상적으로 입정(入定)하는 식으로 얻은 수많은 증험들의 뒷받침을 통해 취온(取蘊)이 현실로 넘어오는 조건들을 구명했다. 하나는 수만 년과 수백억의 인간이라는 염상의 축적, 그리고 다른 하나는 인세의 재난이다. 이곳에 가장 많은 상이 지옥이다. 고통과 절망에 시달리는 사람보다 지옥을 강하게 염상하는 사람은 없기 때문이다. 천재지변과 팔고(八苦), 욕심과 망염에 찬 인간들의 죄업이 사람들에게 지옥을 염상하게 만들었다.

경계는 이제 얇다. 혼백의 상은 이미 현실과 구분이 어려워, 죽으면 여기로 빨려 들어온 지 오래되었다. 토번인과 같은 술사들이 이 세계에서 신통력을 끌어낸 것도, 가능해진 지 벌써 수천 년이 지났다. 토번 사람과 인형은 이곳을 지혜롭게 활용하고 있다고 생각했지만 사실은 자신들이 이곳에 꿈과 환영과 물거품과 그림자와 이슬과 번개를 새기던 것이었다.

토번 사람은 자신도 신통력에 눈이 멀어 취온(取蘊)의 세계에 일조한 누양승(羺羊僧)이었다고 한탄하며 울었다. 그 순간 그가 외쳤다.

'아아! 마음이 흐트러진다! 나는 더 버티지 못해! 나는 팔라 땅의 바기라티 강과 접한 도시의 분원에서 수천년의 학통을 이어왔다. 그 지식이 아직 전수되고 있을지도 몰라! 그 도시의 이름은…!'

 하지만 곧 둘은 상의 격류에 휘말렸고, 토번 사람이 상에 희석되기 직전에 인형을 현세로 밀어냈지만 큰 충격을 받은 인형은 온전한 정신이 아니었다."

 인형은 양팔을 들어 이세계를 일별했다.

 "자, 어떠냐! 내세, 별세계, 저승, 지옥, 명부, 천당, 용화정토, 다양한 이름으로 불리지만, 그 실체는 사바세계에서 고통받으며 저주, 미움, 화, 슬픔, 두려움으로 가득하고 이루지 못한 바람으로 속이 썩어 문드러진 사람들이 빚어낸 원망(願望)의 세계다."

 인형은 사람들이 저 원한의 도원(桃園) 같은 지옥들을 끝도 없이 만들어 낸다고 말했다. 사람들이 현실에서 눈을 돌리게 하는 난세에 이 외경(外景)들은 현실로 침입했고, 경계는 얇아지고 있다. 인간의 사지오관(四肢五管)은 위태로우니, 사람들은 결국 보지 말아야 할 것을 보고, 만지지 말아야 할 것을 만지고, 듣지 말아야 할 것을 들을 것이다. 이곳의 모든 것에 미움과 두려움과 더러운 소원이 묻어 있어, 그 끝은 생신으로 경험하는 지옥일 것이다.

인형이 내 어깨를 잡았다. 그리고 새끼 손가락으로 내 뺨을 찰싹찰싹 갈겼다. 그리고 자신도 곧 저 속으로 녹아 들어갈 것이니, 그전에 여기서 내보내 주겠다고 했다.

다시 아래에서 빛이 비추는 어두운 공간으로 돌아오자, 비틀거리는 나를 인형이 잡아 주었다. 그러더니 내 손안에 무언가를 떨어뜨렸다.

한때 우리가 지장의 육환장 조각이라고 불렀던 이제 실타래처럼 뒤엉켜 간원하는 작은 인간과 짐승들이었다.

인형은 끔찍한 빛이 비추는 나락 앞에 나를 세우고 밀기 시작했다. 나는 화들짝 놀라 바닥에 납작 엎드려서는 빌었다.

"제발! 제발! 저를 살려 주세요!"

"살려 주고 있지 않느냐."

인형은 내 몸을 손가락으로 튕겼다. 나는 떨어지지 않으려고 인형의 발가락에 매달려서 엉엉 울었다. 인형이 말했다.

"두려워 마라. 저 빛, 저 공포의 원천이 바로 현실이다. 현실을 가득 채우고 있는 저 끔찍한 고통들이 이 지옥들의 본상(本像)이다."

인형은 타이르는 목소리로, 육환장은 사바세계에 시달리며 자비심을 구하던 마음들이 만든 강력한 기물이라고 알려 주었다. 가지고 있으면 마음의 방향을 잡는 데 도움을 줄 것이라 했다.

"어서 가거라. 네 마음이 자유로우려면 이곳이 존재하지 않는다는 사실을 잊지 마라. 하지만 그보다 중요한 것은 많은 사람들이 지옥이니 도원이니 하는데 마음을 팔지 않아도 되도록 만드는 것이야. 그러니 가능하다면 네가 한 패거리로 지내던 일본놈들을 막거라. 그놈들이 더 많은 사람들을 고통으로 몰아넣으려 하고 있다."

"키, 키하라상은 어디 있나요! 저를 도와줄 수 있을 겁니다! 제 유일한 친구입니다!"

인형은 고개를 저었다.

"너는 감옥에서 나를 도와준 업으로 내가 꺼내 줄 수 있었지만, 그 일본놈은 나도 구제할 수 없었다. 네가 육환장을 들고 빠져나가면 함께 현실로 돌아가겠지만 나처럼 제정신은 아닐 게야."

나는 그제야 그 검고 거대한 형체가 예언자 노파라는 사실을 완전히 확신할 수 있었다. 인형은 내 등을 발로 세게 찼다. 나는 밝은 빛을 향해 사지를 버둥거리며 떨어져 내렸다. 극한의 공포와 환열(歡悅)이 뒤섞이며 이내 밝은 빛에 휩싸였다.

07

나는 별채의 허공에서 바닥으로 떨어졌다.

"아윽!"

"뭐냐!"

순사들이 나에게 총부리를 겨눴다. 별채의 벽과 바닥은 피범벅에, 사지가 찢기거나 목이 잘리거나 가죽이 벗겨지거나 불에 타는 가지각색의 시체들이 사방에 낭자했다. 순사들은 대부분이 그런 꼴이었고, 신도들도 많은 수가 그러했다. 산 사람들도 꽤 있었는데, 개중에는 몸이 뒤틀려 고통에 신음하거나 웅크리고 흐느끼는 사람들도 보였다. 제단 위에서 멍한 눈으로 실실거리며 웃는 키하라상이 보였다. 고등계 형사를 포함해 난리에 휘말리지 않았던 듯한 순사 셋은, 역시 별세계로 이동하지 않았던 것처럼 보이는 신도들을 별채 구석에 몰아넣고 제압 중이었다. 그들 모두 별채 안에 펼쳐진 광경을 보고 당황했는데, 내가 떨어지면서 수많은 시체들과 다친 사람들도 별채에 나타났다는 사실을 짐작할 수 있었다.

"이… 이게…."

내 왼편에서 떨리는 목소리가 들렸다. 오후에 만난 칙임관이 앉아 있었다. 전신이 방금 생긴 듯한 베인 상처로 난자된 채, 공포에 질려 바들바들 떨었다.

"칙임관 각하!"

고등계 형사가 관리에게 달려오며 외쳤다.

"이게 어떻게 된 일입니까!"

"어떻게… 이런 일이….."

 칙임관이 얼빠진 눈으로 주변을 둘러보더니 갑자기 자리에서 벌떡 일어나며 고래고래 소리쳤다.

"다 죽여! 다 쏴 죽이라고! 으아아아악!"

"무슨 말씀이십니까? 진정을….."

"갸아아아아악!"

 칙임관은 발광하며 고등계 형사의 권총을 빼앗더니 떨고 있던 신도들에게 난사하기 시작했다.

"으아아악! 이 괴물들! 괴물들이야! 다 죽여야 돼!"

 신도들이 공포에 질려 이리저리 달아났다. 고등계 형사는 칙임관을 뜯어말리는데 온 신경을 쏟았기에, 나머지 두 순사가 흩어지는 사람들을 통제하려 했지만 역부족이었다.

"뭐 하는 거야! 어서 쏘라고! 나는 천황께서 임명한 몸이다! 저것들을 하나라도 놓치면 네놈들 모두 불경죄로 감옥에 처넣겠다!"

 그 말에 우왕좌왕하던 순사들도 사람들에게 총을 쏘기 시작했다. 그 아비규환 속에 시체들과 부상자들 사이의 작은 남자아이가 눈에 띄었다. 손가락 하나 움직이지 못하고 얼어붙은 채 공포로 동공이 열린 눈만 크게 뜨고 있었다. 집안 어른의 손을 잡고 집회 장소에 이끌려 왔을 것이리라.

 아이가 보는 광경으로 저쪽의 세계에 무엇이 맺히고 있는

지, 그 일로 저쪽 세계에서 앞으로 무엇이 저 아이에게 보이게 될지, 그 사실을 경험으로 아는 나로서는 보기 힘들 정도로 고통스러운 모습이었다. 나는 괴성을 지르며 순사들을 밀치고 아이에게 뛰어가 작은 몸을 품에 안아 들었다. 그리고 혼란한 사람들 사이를 비집고 별채 입구를 향해 뛰쳐나갔다.

"도망가는 놈이 있다! 죽여! 죽이라고!"

뒤편에서 총탄이 날아왔지만 몸을 움츠리고 계속 달렸다.

긴 꿈을 꾸고 일어난 기분이었다. 몽롱함 속에 파묻힌 감각들이 깨어나 몸과 정신을 아프게 두드렸다. 품 속의 아이는 떨고 있었다. 아이가 곁눈으로 나를 올려다보았다. 눈에 불안과 공포가 가득했다. 나는 안심하라고 웃으며 아이를 토닥거렸다. 밝은 표정을 지은 일이 오래되어 제대로 했는지는 몰랐다. 아이는 몸에서 긴장을 풀더니 자기 품에 머리를 파묻고 소리 없이 울기 시작했다.

밤이 깊었으나 남대문통은 사람들로 붐볐다. 인파 속에서 헌병이 튀어나올 것 같았다. 총독부에 내 신변이 드러났을까? 칙임관이 다치고, 키하라상은 항명 혐의를 받았으니 가볍게 마무리되지 않을 것이다. 나는 이제 어떻게 될까? 내 어머니는 어떻게 되는 거지?

불안과 두려움이 커지자, 오른손의 육환장 조각이 울음소리를 발하기 시작했다. 다시금 돌멩이에서 작은 인간들의 집합체로 자라난 육환장 조각이 손안에서 꿈틀거렸다.

'더 이상 버틸 수 없어⋯.'

'나를 괴로움이 없는 곳으로 데려다 줘⋯.'

'구원을⋯.'

'자비를⋯.'

나는 고개를 저었다. 애초에 존재하지 않는 것, 불안과 공포로 가득한 내 마음이 눈을 돌리고자 만들어 낸 가짜 심상이다. 눈을 질끈 감고 그런 생각에 집중하니 육환장은 이전보다 작은, 평범한 돌조각으로 돌아갔다. 이제 어떻게 하는지 조금은 알 것 같았다.

하지만 그래서? 불안과 공포의 원인은 여전했다. 병에 시달리던 때로 돌아갈 생각은 없었지만, 겨우 병을 통제하자 폐허같이 무너진 삶과 목숨을 건사하기 어려운 미래만 남았다. 나는 키하라상의 곁에서 만세일계니 만방무비 따위의 몽상들로 이루어진 거대한 환상인 일본 제국의 힘과 잔학함을 관찰해 왔다. 그래서 앞으로의 내 현실이 얼마나 지옥 같을지 뼈저리게 느낄 수 있었다.

'네가 너무나도 무력하고 나약해 강대한 힘 앞에서 아무 저항도 할 수 없다는 믿음, 이 세상을 구성하고 있는 것들이 모두 위험하고 사악해 너를 결국 끔찍한 죽음으로 몰아갈 것이

라는 믿음….'

　나에게 그것은 믿음이 아니라 냉엄한 현실이다…. 하지만 그런 생각도 결국은 심상의 하나이지 않을까? '본디 사람이 살아가기 위해 만들어 낸 자질…' 나는 가능한 즐거운 생각, 거대한 총의(總意)들이 현실에도 마음에도 생지옥을 만드는 일들을 막기 위해 내가 할 수 있는 일이 분명히 있다는 생각에 필사적으로 매달리며, 밤 공기에 몸을 웅크리고 휘황한 황금통 속으로 걸어 들어갔다.

작가의 한마디

러브크래프트의 「허버트 웨스트-리애니메이터」 연작의 영향을 받아 쓰여졌다. 개연성을 높이기 위해 키하라 쿄세이는 절세의 미청년으로 설정했다.

작중에 등장하는 마음의 세계는 신지학 쪽에서 많이 언급되는 아스트랄계의 개념을 차용했지만 세부적인 설정을 구축할 때는 실제(?) 아스트랄계의 성질을 전혀 고려하지 않았기에 사실상 기초만 같은 완전히 다른 개념이라고 보는 게 맞지 않을까 싶다.

경성지옥

ⓒ 녹차빙수, 2025

1판 1쇄 인쇄 2025년 6월 23일
1판 1쇄 발행 2025년 6월 30일

지은이 녹차빙수

발행인 김지아
표지 및 본문 디자인 Misoso

펴낸 곳 구픽
출판등록 2015년 7월 1일 제2015-27호
주소 서울시 광진구 동일로 459, 1102호
전화 02-491-0121
팩스 02-6919-1351
이메일 guzma@naver.com
홈페이지 www.gufic.co.kr

ISBN 979-11-93367-18-6 03810

※ 이 책은 구픽이 저자와의 계약에 따라 발행한 것이므로 본사의 서면 허락 없이는 어떠한 형태나 수단으로도 이 책의 내용을 이용하지 못합니다.
※ 책값은 뒤표지에 있습니다.